serrote é uma publicação do Instituto Moreira Salles que sai três vezes por ano: março, julho e novembro.

COMISSÃO EDITORIAL **Alice Sant'Anna, Antônio Xerxenesky, Daniel Trench, Eucanaã Ferraz, Flávio Moura, Flávio Pinheiro, Francisco Bosco, Heloisa Espada, Matinas Suzuki Jr., Paulo Roberto Pires e Samuel Titan Jr.**

EDITOR **Paulo Roberto Pires**
DIRETOR DE ARTE **Daniel Trench**
COORDENAÇÃO EDITORIAL **Alice Sant'Anna e Flávio Cintra do Amaral**
ASSISTENTE DE ARTE **Gustavo Marchetti**
PRODUÇÃO GRÁFICA **Acássia Correia e Jorge Bastos**
PREPARAÇÃO E REVISÃO DE TEXTOS **Denise Pessoa, Flavia Lago, Flávio Cintra do Amaral, Juliana Kuperman e Valeska de Aguirre**
CHECAGEM **José Genulino**
ASSESSORIA DE COMUNICAÇÃO **Marília Scalzo e Nathalia Pazini** / nathalia.pazini@ims.com.br

Av. Paulista, 1294/14º andar São Paulo SP Brasil 01310-915
tel. 11.3371.4455 fax 11.3371.4497
www.ims.com.br
N.º 12 novembro 2012

IMPRESSÃO **Ipsis Gráfica e Editora**

As opiniões expressas nos artigos desta revista são de responsabilidade exclusiva dos autores. Os originais enviados sem solicitação da ***serrote*** não serão devolvidos.

ASSINATURAS 11.3971.4372 ou assinatura@revistaserrote.com.br
www.revistaserrote.com.br • leitor@revistaserrote.com.br

Imagem da capa:
Lynd Ward, *Gods' Man*

Página de rosto:
Lynd Ward, *Wild Pilgrimage*

Agradecimentos: Caroline Carrion, Laura Liuzzi, Lúcia Prancha e Socorro de Andrade Lima.

CARTA DOS EDITORES

Perdidos e achados

Lynd Ward fazia *graphic novel* nos anos 1930. Na década seguinte, Robert Warshow enxergava em Hollywood algo mais que a indústria. Ambos pagaram pelo pioneirismo e, depois de longo ostracismo, ganharam o reconhecimento merecido.◖ É desse gênio extraviado das artes gráficas a ilustração da capa desta ***serrote***, que a ele dedica um ensaio visual comentado por Art Spiegelman. De Warshow, morto aos 37 anos, a revista traz um texto fundamental que faz ver no gângster o protótipo do sonho e das frustrações americanas.◖ "Contra os poetas" é, também, uma joia perdida. Obscurecida pela obra exigente de Witold Gombrowicz, reflete a solidão radical deste autor exilado por princípio, que, escrevendo em polonês entre a Argentina e a França, fez da deriva modo de vida e de criação.◖ Mais que escolha, a solidão é o elemento da inteligência, lembra George Steiner em "Dez (possíveis) razões para a tristeza do pensamento", um irretocável ensaio clássico que bota a filosofia num ponto equidistante entre a erudição e o arremedo de autoajuda.◖ O bom ensaísmo tem, no entanto, que viajar ao passado e encarar o presente com o mesmo destemor. E é isso que faz Pedro Meira Monteiro ao dissecar a polêmica entre Caetano Veloso e Roberto Schwarz, Jonathan Lethem na defesa de uma cultura de trocas e remixes e, finalmente, Wayne Koestenbaum em impiedoso retrato da humilhação nossa de cada dia.◖

FEDERAL RESERVE NOTE
THE UNITED STATES OF AMERICA
THIS NOTE IS LEGAL TENDER
FOR ALL DEBTS, PUBLIC AND PRIVATE
C 00000000 M
RIO DE JANEIRO, R. J.
ZERO
C 00000000 M
UNCLE SAM
SERIES
1984
A
Treasurer of the United States
Secretary of the Treasury
ZERO DOLLAR

DEBATE Ao ler criticamente *Verdade tropical*, Roberto Schwarz reafirma a tensão das esquerdas diante das possibilidades de experimentação dos anos 1960

O que é isso, Caetano? Revolução, culpa e desejo

PEDRO MEIRA MONTEIRO

Passados quase 50 anos do golpe de 1964, uma série de perguntas parece assombrar as consciências de esquerda: há revolução à vista? Agora que a distribuição de renda vem se alterando, e que o "povo" ganha ares de consumidor soberano no Brasil, que fazer das esperanças frustradas pelo golpe? Estaríamos finalmente vivendo o futuro daquele país cujo futuro foi roubado em 1964? Mas o que fazer com um futuro quando ele decepciona? E a quem ele decepciona?

Há poucos meses veio à luz um denso ensaio de Roberto Schwarz ("*Verdade tropical*: um percurso de nosso tempo", em *Martinha* versus *Lucrécia*) cujo alvo são as memórias de Caetano Veloso, publicadas em 1997. A partir dele, talvez seja possível esboçar algumas reações diante daquelas perguntas. Ou então, no embate entre duas visões de mundo tão diversas, talvez possamos ver o desdobramento de uma velha tensão no interior das esquerdas, para as quais as ideias de revolução, transformação, povo e intelectual são ainda centrais.

Em seu ensaio, Schwarz reconhece a qualidade literária de *Verdade tropical*, mas identifica em Caetano uma progressiva perda de engajamento, como se o jovem libertário de Santo Amaro da Purificação tivesse crescido e cedido ao apelo do mercado, da cultura de massas, para finalmente aproximar-se da ditadura, tornando-se incapaz de sustentar uma crítica consequente de seus efeitos nocivos. Provocativo,

Cildo Meireles
Zero dollar **(1978-1984)**
Litografia sobre papel, coleção do artista, cortesia Galeria Luisa Strina

o texto funciona também como um acerto de contas geracional, como se perguntasse: o que você fazia e dizia enquanto outros sofriam sob a ditadura?

O crítico reconhece a fusão de revolução estética e social que está na origem do pensamento de Caetano Veloso, desde o adolescente inquieto, exposto à bossa nova e ao cinema, até o tempo em Salvador, quando a universidade vivia a ebulição dos anos 1960. Tempo também em que os meios de comunicação de massa – o rádio, a televisão, a indústria fonográfica, a publicidade – permitiam imaginar novas relações entre o "povo" e o artista, ou o intelectual. Aí aparecem divergências profundas, que permitem repensar os debates da época no Brasil e no mundo.

Ocorre que a experimentação tropicalista não existiria sem o encontro despudorado do "público de massas", enquanto para grande parte da esquerda o mundo da diversão comandado pelo mercado rima com alienação. Mas sabe-se que justamente no entroncamento entre cultura e mercado os tropicalistas decidiram cultivar seu jardim, promovendo um curto-circuito entre cultura "alta" e "popular". Suspensos os filtros, o tropicalista recebe feliz a massa de referências que lhe vêm de todas as partes: Coca-Cola, Chê, Chacrinha, Roberto Carlos, tudo ao mesmo tempo agora.

A aproximação do popular já mobilizara, como bem lembra Schwarz, os modernistas do século passado. Como vanguarda estética, eles queriam aliar-se ao meio popular iletrado e "socialmente marginal", além de mestiço. Na década de 1920, Oswald de Andrade se divertia ao transformar em alegoria o encontro do arcaico e do moderno, abrindo a picada que os tropicalistas depois trilhariam à sua maneira, já em diálogo com a pop art dos anos 1960.

Mas seria possível criar uma arte de qualidade no nosso acanhado "quintal" brasileiro? Curiosamente, o "quintal" é proeminente nos textos de Schwarz, inclusive na mais conhecida porção de sua obra, dedicada a Machado de Assis. Um leitor seu reconhecerá aí a força do espaço periférico, e há de perguntar se o entusiasmo diante de Capitu, a menina pobre que mora ao lado, não dá a senha de todo um projeto crítico, como se o quintal fosse uma espécie de grau zero do inconsciente de Schwarz. Em outros termos, como se na obliquidade do olhar do dependente estivesse o cerne de toda a questão, e Capitu fosse o signo irredutível e irresistível de um saber avantajado da periferia.

Voltemos no entanto à questão sobre o que esperar daquilo que se produz nos quintais do mundo. A resposta pode ser contundente: ao deixar de lado a vergonha diante dos lugares mais sofisticados, era possível receber com júbilo criativo o que eles tinham a oferecer. No caso do jovem Caetano, segundo Schwarz,

> a incorporação da coisa estrangeira vinha em benefício do foco nacional, puxado para a atualidade pelas transgressões bem meditadas, que o questionavam e lhe aumentavam o valor problemático. À maneira da antropofagia oswaldiana, que vinha sendo redescoberta por conta própria, a importação das inovações internacionais favorecia o desbloqueio e a ativação histórica das realidades e dos impulsos de um quintal do mundo.

No arco que une o modernismo de Oswald ao tropicalismo de Caetano, os elementos internacionais, carburados pelo gosto e pela invenção locais, entravam numa máquina artística de nova ordem, capaz de oferecer ao mundo uma matéria a um só tempo local e universal.

Schwarz se entusiasma com o potencial dessa máquina criativa, mas faz suas ressalvas. Em seus melhores momentos, Oswald teria canibalizado "soluções poéticas do vanguardismo europeu", combinando-as "a realidades sociais da ex-colônia, cuja data e espírito eram de ordem muito diversa", com resultado "incrivelmente original", como se "uma piada euforizante" deixasse "entrever uma saída utópica para o nosso atraso meio delicioso, meio incurável". Assim Schwarz lê o modernismo do poeta brechtianamente breve, Oswald de Andrade.

Já o tropicalismo, 40 anos mais tarde, conjugaria "as formas da moda pop internacional a matérias características de nosso subdesenvolvimento, mas agora com efeito contrário, em que predominava a nota grotesca".

Enquanto nos poemas curtos de Oswald, na década de 1920, o descompasso entre a arte de corte europeu e a realidade da ex-colônia sugeria uma saída utópica, no Caetano pós-1964, a guarda crítica teria baixado, e, como resultado, teríamos a "eternização de nosso absurdo desconjuntamento histórico, que acabava de ser reconfirmado pela ditadura militar". Como se, após o golpe, o músico tivesse feito as pazes com a iniquidade aprofundada pela ditadura, despreocupando-se das dinâmicas excludentes do subdesenvolvimento, desatento ao conjunto social e, no limite, conivente com um sistema político que mandaria ao inferno dos porões seus críticos mais coerentes e radicais. O retrato é cruel e injusto.

Os dois elementos que Schwarz critica com acidez em Caetano – a cegueira diante da exploração capitalista e a consequente adesão ao mercado – funcionam como pecados capitais, como se estivéssemos diante de uma racionalização teológica, mais que sociológica. Em suma, uma relação saudável com o mercado e a desistência diante de certas agendas da esquerda durante a ditadura seriam suficientes para condenar o músico, aproximando-o daquele "horizonte rebaixado e inglório do capital vitorioso", como se lê no final do ensaio de Schwarz. Do seu ponto de vista, o capitalismo é um mal a que Caetano sucumbe. Em vez da "discriminação sóbria dos fatos", ele teria se encaminhado, ao longo da carreira, para a "personificação mítica do país".

Não se trata de discutir se o mercado é vetor da barbárie, se sua "regulação" é suficiente para sustentar a civilização em bases minimamente justas, ou se ele será sempre o espaço de uma dominação incontrolável. Para compreender o confronto entre Schwarz e Caetano, é preciso entender que o crítico espera de alguém que se alinhe à esquerda mais que uma simples fidelidade partidária ou de princípios. Com suas marcas de exclusão, o mercado desfazia os nós de uma utopia costurada na imaginação da esquerda, e Schwarz se incomoda especialmente com o momento em que Caetano, supostamente cego "ao jogo dos conflitos e das alianças de classe", teria se deixado encantar pelo Brasil em

Coca-Cola
MARCA REG DE FANTASIA
MOLOTOV
PAVIO
FITA
ADESIVA
GASOLINA

plena ditadura, numa indesculpável "conversão ao mito". Onde o crítico espera um artista alerta, encontra alguém que teria desertado, deixando de lado a promessa de um futuro sonhado desde antes do golpe – numa referência ao esquentamento da agenda de esquerda no início dos anos 1960, em especial no período João Goulart.

CURTIÇÃO INSTANTÂNEA

Esquematicamente, pode-se dizer que parte importante da esquerda, no Brasil e no mundo, não deu conta dos anseios abertos pelos anos 1960, que tinham pouco em comum com a ideia do futuro como síntese histórica. Ao contrário, tais anseios sugeriam o valor possível da *curtição* (palavra que, salvo engano, se instala no vocabulário a partir daí), como se o próprio *momento* fosse o foco das atenções, o que abria espaço para as políticas do corpo e do sexo, para a experimentação individual e para a expansão da consciência a partir do flerte com o inconsciente, o automático e o delirante. O final da década é o tempo de glória de Michel Foucault, do "desconstrucionismo" na França, momento de emergência do discurso ecológico na Europa, de recrudescimento do feminismo, da antipsiquiatria na Itália etc. Tempo que, no Brasil, ficou latente numa série de perguntas não respondidas, muito significativas para as gerações que viveram a ditadura: os cuidados com o corpo, o indivíduo e seus desejos, são veleidades que atrasam a revolução? Entregar-se ao prazer do instante, abrir-se ao fluxo das imagens e dos simulacros sem lhes antepor qualquer filtro, é puro descompromisso, narcisismo irresponsável diante do sofrimento da massa?

Seja qual for a resposta, o próprio mercado trataria de adaptar-se aos "desejos" estampados na agenda dos anos 1960, instituindo novas modalidades de consumo de que os nossos hábitos "saudáveis" e "ecológicos" de hoje são apenas uma consequência tardia. Eis aí um ponto insolúvel, em que a psicanálise vem em auxílio da teoria social: o desejo, que pretende quebrar tudo, é perseguido de perto pelo capital, que lhe morde os calcanhares assim que ele descansa e se cristaliza, tornando-se hábito. Diante de qualquer novo comportamento, o mercado vê um "nicho", ao qual responde com sua contumaz eficácia.

Em termos de "distribuição" do desejo, muitos dos que pegavam a onda da contracultura supunham que o *querer*

Cildo Meireles
***Inserções em circuitos ideológicos: projeto Coca-Cola* (1970)**
Garrafas de Coca-Cola, decalque em silkscreen, coleção do artista, cortesia Galeria Luisa Strina

atravessava as classes sociais, e que a realização dos impulsos individuais não poderia acontecer apenas quando se atingisse um idealizado estado de felicidade social. O querer e estar sempre a fim – para jogar com os versos barrocos de Caetano – instaura uma dinâmica cujo âmago é individualizante, o que aliás colabora tanto para o fortalecimento do ego quanto para o aprofundamento de uma ferida narcísica. Em termos mais leves, ou menos técnicos, poderíamos dizer que, entregue à força do desejo, o *eu* abre para si a possibilidade de quebra de um molde fixo da subjetividade. O mecanismo é muito conhecido: o desejo implica o risco de desconhecer-se e de reencontrar um eu diverso a cada instante. "O quereres e o estares sempre a fim do que em mim é de mim tão desigual": no quiasmo, estampa-se a velha batalha entre sujeito e vontade. A verdadeira sede de ser é a sede de ser outro, sempre outro, como se o *eu* não descansasse em si mesmo.

Insista-se que, para aqueles que pegaram de fato a onda da contracultura, a felicidade individual era a felicidade social, e vice-versa, numa espécie de estado de revolução permanente cuja estranha condição (a *revolução sem fim*) terá regressado precisamente agora que o cinema retoma a obra máxima dos beats, *On the Road*. Tanto o filme de Walther Salles Jr.quanto a necessária releitura do livro de Kerouac disparam perguntas irrespondíveis numa época como a nossa, que preza os objetivos claros e recusa as formas mais radicais de errância. O que implicaria, afinal, permanecer à margem, quando uma "rede" nos conecta insistentemente ao "social"? Qual o peso e o preço da paixão de permanecer na estrada? E aqueles que permanecem na errância porque a condição marginal lhes foi imposta: que fazer dos velhos deserdados da terra que a ordem global põe impiedosamente em movimento? E até quando?

Se algumas dessas questões explodem nos anos 1960, quando a geração beatnik começa a sacralizar-se e os hippies vão simbolizar o descompromisso com a ordem opressiva do "sistema", pode-se dizer que elas se anunciaram na angústia da década anterior, quando, ainda nos anos 1950, muitos se deram conta da armadilha que o pós-guerra impunha, sobretudo nos prósperos Estados Unidos do início da Guerra Fria: na realização plena do desejo material, que está no cerne do *baby boom*, o mundo em que vive o sujeito se esvazia, e não lhe resta senão escapar permanentemente. Entretanto, se estar sempre na estrada configura uma impossibilidade, a atualização do desejo de escape vai se dar pela escrita frenética que rememora e atualiza a viagem (como em *On the Road*) e, ao fazê-lo, forja uma resposta singular à falência que ronda todo e qualquer estado "permanente".

Pode-se então dizer que a aceleração do consumo gera espaços de fruição insuficientes, e o indivíduo passa a buscar, no plano da *experiência*, aquilo que o corredor do supermercado não pode suprir. Tão mais interessante se torna o problema quanto mais a geração dos tropicalistas, já flertando com o espírito pop, vai fazer as pazes inclusive com esse espaço maldito do mercado ampliado.

Nesse emaranhado de questões estará porventura o fundo – praticamente silenciado no ensaio de Schwarz – das diferenças entre os tropicalistas e a esquerda, com seus inúmeros matizes nos anos 1960. O impulso original dos beats, que se entregaram a uma sorte de vácuo criada pelo espaço sem fim, se atualiza de diversas formas na agenda da década, causando o maior incômodo àqueles que, diante de qualquer vazio, tratam de preenchê-lo com a esperança de uma "outra sociedade". Em termos mais simples, toda uma erótica ligada ao instante é refugada pela mentalidade revolucionária alerta.

CAMINHOS CRUZADOS

Tomo um atalho para pensar no que pode nos dizer hoje o embate entre Caetano e Schwarz. Ao fazê-lo, é certo que se extrapolam os termos do debate. Lembro, então, dos quadrinhos geniais, não raro homofóbicos, de Henfil. Num deles, no início dos anos 1980, logo após a anistia que trouxera, entre outros, Fernando Gabeira de volta ao Brasil, era precisamente Caetano Veloso quem figurava ao lado do ex-guerrilheiro, ambos de tanga nas areias de Ipanema, efeminados, tocando-se os dedos de forma afetada, a exclamar, um ao outro: "Gabê!", "Caê!". A crueldade toma formas interessantes quando seu canal é o humor. Henfil era muito bom nisso.

Mas que faziam então Caetano e Gabeira lado a lado, na imaginação do cartunista? Para além do fantasma da homossexualidade, há um incômodo profundo diante daqueles que teriam resolvido curtir a si mesmos. Mas o que ocorre quando o sujeito faz uma pergunta sobre o próprio destino como algo possivelmente desviante do destino coletivo? A gênese do título das memórias de Gabeira é curiosa; diante do titubeio do guerrilheiro, que vê a vida correndo fora da empresa clandestina e se sente tentado a desembarcar, vem a pergunta alarmada: "O que é isso, companheiro? Não vê que estamos com uma carga pesada?"

A irrupção de desejos súbitos, independentes da missão revolucionária e da certeza sobre os rumos da coletividade, traz à tona um universo de possibilidades que, no caso do tropicalismo, incluía encarar a cultura como laboratório permanente, enquanto o artista se desfazia do peso daquela responsabilidade sobre a transformação coletiva. Mais à frente, a partir dos anos 1990, tanto em suas canções quanto em *Verdade tropical* e em textos depois reunidos em *O mundo não é chato* (2005), Caetano Veloso adicionaria àquele laboratório insistentes perguntas sobre o contraste entre matrizes civilizacionais diversas, interrogando a força do Império norte-americano. A propósito, Schwarz assumidamente ignora a produção musical de Caetano, e tampouco compreende ou aceita o espelho dos Estados Unidos que dá profundidade à reflexão sobre o Brasil em *Verdade tropical*.

Para os tropicalistas, no final dos anos 1960, o intelectual não seria aquele que guia, ou que se imagina capaz de canalizar, ler ou interpretar as necessidades e os desígnios da população explorada. Sua função era antes provocar, como um Chacrinha que não parasse de buzinar nos ouvidos de todos, produzindo efeitos que não se reduziriam à politização das massas, ou à sua "conscientização", mas que operariam no próprio nível da indústria cultural. Esse é o seu campo de batalha, terreno que a esquerda aprendeu a olhar com desconfiança, como espaço de "regressão" e de anulação do sujeito pensante. A sombra dos filósofos de Frankfurt com sua crítica à indústria cultural é imensa, e está também no fundo da reação de Schwarz a Caetano.

No centro do embate entre os dois, está a relação entre o "intelectual" e o "povo". O pomo da discórdia, como já se discutiu bastante, é a interpretação de um momento antológico do cinema brasileiro. Segundo Schwarz, em *Terra em transe*, de 1967, o poeta e jornalista Paulo Martins, vivido por Jardel Filho, "exasperado pela duplicidade dos líderes populistas, e também pela passividade pré-política da massa popular, que não é capaz de confrontar os dirigentes que a enganam", recai "na truculência oligárquica (verdade que com o propósito brechtiano, de distanciamento e provocação)".

> Tapando com a mão a boca de um líder sindical, que o trata de doutor, ele [Paulo Martins, ainda na observação de Schwarz] se dirige diretamente ao público: "Estão vendo quem é o povo? Um analfabeto, um imbecil, um despolitizado!". Meio sádico, meio autoflagelador, o episódio sublinha entre outras coisas a dubiedade do intelectual que se engaja na causa popular ao mesmo tempo que mantém as avaliações conservadoras – raramente explicitadas como aqui – a respeito do povo.

A desqualificação do povo era parte de um complexo "desabafo histórico", que logo mais levaria, ainda segundo o crítico, "à aventura da luta armada sem apoio social". Espécie de "chacota dolorosa das certezas ideológicas do período", a cena desconcertava a própria esquerda, mas sugeria que a revolução não era supérflua, porque "as feições grotescas das camadas dirigentes e da dominação de classe" eram mais assustadoras que nunca. Diante desse beco histórico simbolizado no filme de Glauber, parece haver, para Schwarz, duas possibilidades: o desespero agônico em que cairia a esquerda, ou a "euforia" equivocada com que Caetano interpretou a cena.

Recorde-se a passagem criticada de *Verdade tropical*, de Caetano Veloso (lembrando uma vez mais que se trata de texto publicado em 1997):

> Vivi essa cena – e as cenas de reação indignada que ela suscitou em rodas de bar – como o núcleo de um grande acontecimento cujo nome breve que hoje lhe posso dar não me ocorrera com tanta facilidade então (e por isso eu buscava mil maneiras de dizê-lo para mim mesmo e para os outros): a morte do populismo.

Logo em seguida, Caetano sugere que a fé nas forças populares era descartada

> como arma política ou valor ético em si. Essa hecatombe, eu estava preparado para enfrentá-la. E excitado para examinar-lhe os fenômenos íntimos e antever-lhe as consequências. Nada do que veio a se chamar "tropicalismo" teria tido lugar sem esse momento traumático.

Ali onde Caetano sente a liberação do artista, Schwarz vê uma traição de classe. Da perspectiva do crítico literário, é como se o músico baiano tivesse tomado as palavras de Paulo Martins por seu valor de face, desobrigando-se de qualquer responsabilidade diante do destino da massa explorada. A saudação da "morte do populismo" seria, portanto, para Schwarz,

> o começo de um novo tempo que ele [Caetano] deseja marcar, um tempo em que a dívida histórico-social com os de baixo – talvez o motor principal do pensamento crítico brasileiro desde o abolicionismo – deixou de existir. Dissociava-se dos recém-derrotados de 1964, que nessa acepção eram todos populistas.

O que segue dá uma ideia cabal do desconforto do crítico diante do tropicalismo, e retoma os termos de um debate que se iniciara já nos anos 1960:

> A mudança era considerável e o opunha a seu próprio campo anterior, a socialistas, nacionalistas e cristãos de esquerda, à tradição progressista da literatura brasileira desde as últimas décadas do século 19, e, também, às pessoas simplesmente esclarecidas, para as quais há muito tempo a ligação interna, para não dizer dialética, entre riqueza e pobreza é um dado da consciência moderna. A desilusão de Paulo Martins transformara-se em desobrigação. Esta ruptura, salvo engano, que está na origem da nova liberdade trazida pelo tropicalismo. Se o povo, como antípoda do privilégio, não é portador virtual de uma nova ordem, esta desaparece do horizonte, o qual se encurta notavelmente.

Onde Caetano vê um alargamento do horizonte, depois que o artista se aliviou do peso daquela representação do povo ("representação" em sentido político, sobretudo), Schwarz vê um encurtamento, uma traição à linhagem esclarecida dos que sempre perceberam a conexão profunda entre pobreza e riqueza – desde os abolicionistas, pelo menos. Curiosamente, logo após a publicação de *Verdade tropical*, Caetano regressaria à questão da escravidão, nessa verdadeira *mise-en-scène* do tema que é o concerto *Noites do norte*, de 2001, em parte inspirado por uma passagem das memórias de Joaquim Nabuco. Mas essas são outras polêmicas, talvez.

O MITO E A CULPA

Os tropicalistas, em suma, seriam os desgarrados que deixaram para trás a nova ordem desejada, a qual, do ponto de vista majoritário da esquerda, se tornava um imperativo ético. Da perspectiva de Schwarz, Caetano passaria a inventar utopias mistificadoras, especialmente depois de seu regresso do exílio, no início dos anos 1970. Talvez aí se insinue a possibilidade de ver, em Caetano Veloso, um "neofreyriano", entusiasta da visão incruenta da história brasileira, campeão da democracia racial, incapaz de perceber que as formulações ideológicas do Brasil ocultam uma matriz social injusta que uma visão politicamente bem orientada deveria confrontar, para somente então instaurar um processo propriamente revolucionário.

Impressiona o peso das palavras "mito" e "mítico" no discurso de Schwarz sobre Caetano, porque o *mito* confina com a *ideologia* como ocultadora de uma real exploração. Nesse sentido, a crítica de Schwarz ressoa a famosa e provocadora observação de Roland Barthes: "Estatisticamente, o mito está à direita".

Mas o que está em questão, nesse alívio embaraçoso? O que traz consigo o gesto teatral de se desvestir da fantasia do herói revolucionário, ou melhor, o que significa recauchutar e ressemantizar essa mesma fantasia? É fato que os tropicalistas sempre responderam à urgência dessas figurações do herói. O tempo do herói marginal de Hélio Oiticica é também o tempo de aliviar-se diante do peso desse corpo entregue à revolução.

Curiosamente, no idioma de Freud há uma única palavra para "dívida" e "culpa" [*Schuld*], e ambas, aliás, significam uma pendência em relação ao outro. No caso, o "outro" de Caetano é a própria massa explorada, da qual ele teria se desligado, sem levar culpa alguma para casa: livre, sem dívida a saldar. Resta lembrar o quanto tal massa – ou o que talvez se chame ainda de "povo" – pode ser também uma idealização dos intelectuais, marxistas ou não. Ou então, podemos fazer uma pergunta que nos traz até o presente, desviando-nos ainda mais dos termos do embate entre Schwarz e Caetano: onde está o "povo", diante do qual se deve tanto?

Não se trata de negar as estruturas perversas de acumulação numa sociedade capitalista, nem o papel das camadas exploradas na construção da economia, ou a íntima conexão entre capitalismo e imperialismo. Mas, no seu contraste com a crítica de Schwarz, a reflexão de Caetano permite questionar o papel do intelectual – artista ou crítico universitário – diante desse "outro" que são as massas. Ao entregar-se de corpo e alma à indústria cultural e a uma mensagem alternativa, passando por cima de sua demonização pela esquerda, Caetano se aliviava. É o que se lê em *Verdade tropical*: "Quando o poeta de *Terra em transe* decretou a falência da crença nas energias libertadoras do 'povo', eu, na plateia, vi não o fim das possibilidades, mas o anúncio de novas tarefas para mim".

O desejo quase nunca fala em uníssono com o que os outros proclamam. O "anúncio de novas tarefas" é uma frase

Cildo Meireles
***Zero cruzeiro* (1974-1978)**
Litografia sobre papel, coleção do artista, cortesia Galeria Luisa Strina

A00000
CM1974
BANCO CENTRAL DO BRASIL
0
ZERO
CRUZEIRO
A00000
CM1978

leve, quase flutuante diante do peso assombroso daquela responsabilidade coletiva que grande parte da esquerda atribuía ao artista. Caetano, em resumo, fala de uma quebra na cadeia de transmissão que mantém a imaginação do intelectual revolucionário funcionando, e que supõe sua necessária conexão com a situação das camadas mais exploradas. Mas o que fez Caetano? Traiu as classes oprimidas, ou simplesmente desistiu do papel messiânico de vingá-las?

A discussão é histórica, porque se refere à revolução, às fantasias e aos projetos da esquerda, derrotados no pós-1964. Mas é também uma questão atual, seja na definição do "povo", seja na aproximação simpática à indústria cultural. Afinal, em tempo de redes sociais, de flexibilização do direito à propriedade intelectual, de comunicação descentralizada e de emergência de novos poderes globais na mídia, o sampleamento generalizado da cultura torna-se um fato e talvez uma necessidade. E o tal "povo" é o "usuário" desse mundo, especialmente num contexto como o brasileiro, em que a inclusão digital já é uma realidade palpável.

Poderíamos mergulhar numa intrincada discussão teórica sobre as diferenças entre a "indústria cultural", como pensada nos anos 1960, e aquilo a que hoje chamamos "mundo digital". Mas talvez interessem menos as diferenças que as semelhanças, já que a "cultura popular" ganha novas possibilidades diante desse quadro de aceleração da informação sonora e visual. É claro que resta perguntar o que é o "popular" nesse contexto, e quem é o "povo" nessa história. Vale a pena regressar à sentença lapidar do teórico espanhol-colombiano Jesús Martín-Barbero, no final da década de 1980, quando supunha que "o popular nos interpela a partir do massivo". Isto é, se quisermos perguntar pelo popular, teremos que olhar para a cultura de massas.

Mas onde anda esse povo? A pergunta é tão mais complexa quanto mais o país vive a euforia e a fantasia de um arranque econômico mais inclusivo, quando o quadro das classes sociais parece querer alterar-se, transformando os desafios da infraestrutura e da educação num enigma que devolve a velha pergunta sobre o futuro: para onde vais, com isso que trazes? De toda forma, lembro de minha emoção quando, há pouco mais de cinco anos, caminhava pelo saguão lotado do aeroporto Santos-Dumont e fui abordado por uma senhora humilde, que me pedia que a ajudasse a encontrar o portão de embarque. Ela me mostrava seu bilhete, e levei alguns segundos para compreender que não estava apenas confusa diante dos painéis luminosos. Ela era analfabeta, e ia visitar a família no Nordeste.

Seria o mito a surgir, resplandecente, diante de meus olhos incrédulos? Lembro que o país passara recentemente por uma de suas "crises aéreas", quando não poucas pessoas se sentiram incomodadas porque os aeroportos se pareciam com as rodoviárias, como se cordões de isolamento higiênico tivessem sido rompidos. Exagerando: como se uma gigantesca Sala São Paulo tivesse sido invadida pela Cracolândia.

Em sua virtualidade, o embate entre Caetano e Schwarz sugere muito. Continua claro que, se a mudança existe em algum canto, a iniquidade persiste em outro, basta olhar com cuidado. Mas há um ajustamento da realidade que exige um ajuste das lentes com que a encaramos. Talvez faltem profundidade sociológica e compromisso revolucionário a tais ideias. Não importa: a revolução pode ter se deslocado, sem que nos tenhamos dado conta. De um jeito ou de outro, os tropicalistas estavam, e ainda estão, mais preparados que a esquerda tradicional para olhar para essa nova revolução cotidiana. Que o digam as polêmicas em torno do Ministério da Cultura, que opuseram a concepção fluida do espaço cultural, em Gilberto Gil e Juca Ferreira, à ideia de uma cultura nacional dotada de "raízes" fortes, em Ana de Hollanda – e a despeito de que a posição do próprio Caetano seja algo ambivalente, ao menos nesse *front*.

Extrapolando ainda mais o embate, resta lembrar que o "povo" escuta (e baixa) o que os ouvidos educados das classes intelectualizadas muitas vezes reconhecem como lixo. Nunca, aliás, a sentença profética de Caetano Veloso – que falava "das entranhas imundas (e, no entanto, saneadoras) da internacionalizante indústria do entretenimento" – foi tão atual. Mas não se trata de simples idealização. Gostemos ou não, as pessoas trafegam por aí. E talvez seja melhor acompanhá-las, em vez de esperar que elas realizem nossas mais caras fantasias de mudança; é raro que elas sejam das boas, aliás.

Quando ao Outro cabe simplesmente responder ao meu desejo, o limite político que se estabelece é o da morte, o da completa anulação daquele sujeito cujo corpo deve ser preenchido com todos os objetos da minha fantasia. A imagem é evidentemente sádica, e talvez sirva como convite para a releitura dos textos de Caetano e Schwarz. Afinal, parece claro estarmos diante do grande debate de nosso tempo: ao insistir na responsabilidade diante desse Outro que trafega por aí, as perguntas lancinantes de Schwarz são todavia urgentes, embora nos reste inquirir, com sobriedade e largueza, se a saída dos tropicalistas, nem pela esquerda, nem pela direita, é a mais interessante.

Já que em polêmicas dessa envergadura deve-se sempre evitar o fla-flu, convém parar por aqui, logo antes da resposta. Com a suspeita, aliás, de que os momentos mais interessantes da crítica e da produção cultural *lato sensu* estejam justamente ali onde nenhuma resposta se forjou ainda, no plano portanto em que a *angústia* é ainda a geratriz da reflexão. Mas conviria então aprender a conviver com o mundo informe do que vem antes da resposta, e antes da síntese.

PEDRO MEIRA MONTEIRO (1970) vive há dez anos nos Estados Unidos e ensina literatura em Princeton. É autor, entre outros, de *Um moralista nos trópicos: o visconde de Cairu e o duque de La Rochefoucauld* (Boitempo, 2004) e *Mário de Andrade e Sérgio Buarque de Holanda: correspondência* (Companhia das Letras/Edusp, 2012).

FILOSOFIA O conflito entre a capacidade infinita de refletir e os diversos limites da existência imprime ao homem uma melancolia fundadora

Dez (possíveis) razões para a tristeza do pensamento

GEORGE STEINER

Esta é a tristeza que se apega a toda vida mortal, uma tristeza porém que nunca atinge a realidade, mas serve apenas à eterna alegria de superar. Daí o véu da depressão, do coração pesado, que se espalha por toda a natureza; daí a profunda, indestrutível melancolia de toda a vida.

Só na personalidade existe vida; e toda personalidade repousa em solo escuro, o qual, porém, deve ser também o solo da cognição.

SCHELLING, *A ESSÊNCIA DA LIBERDADE HUMANA* (1809)*

* Dies ist die allem endlichen Leben anklebende Traurigkeit, die aber nie zur Wirklichkeit kommt, sondern nur zur ewigen Freude der Ueberwindung dient. Daher der Schleier der Schwermut, der über die ganze Natur ausgebreitet ist, die tiefe unzerstörliche Melancholie alles Lebens.

—

Nur in der Persönlichkeit ist Leben: und alle Persönlichkeit ruht auf einem dunkeln Grunde, der allerdings auch Grund der Erkenntnis Sein muß. *(Über das Wesen der Menschlichen Freiheit)*

Gerhard Richter Linogravuras da série *Elbe* (1957) Imagens cedidas pelo Atelier Richter

Schelling, entre outros, atribui à existência humana uma tristeza fundamental, inescapável. Mais particularmente, essa tristeza fornece o solo sombrio em que se funda a consciência e a cognição. Esse solo sombrio deve, de fato, ser a base de toda percepção, de todo processo mental. O pensamento é estritamente inseparável de uma "profunda, indestrutível melancolia". A atual cosmologia fornece uma analogia com a convicção de Schelling. É a do "ruído de fundo", das fugidias mas inescapáveis ondas cósmicas que são vestígios do *Big Bang*, do surgimento do ser. Em todo pensamento, segundo Schelling, essa radiação e "matéria escura" primais compreendem uma tristeza, um coração pesado (*Schwermut*) que também é criativo. A existência humana, a vida do intelecto, significa uma experiência dessa melancolia e a capacidade vital de superá-la. Somos, por assim dizer, criados "entristecidos". Nessa noção existe, quase sem dúvida, o "ruído de fundo" das relações bíblicas, causais entre a aquisição ilícita de conhecimento, da discriminação analítica, e a expulsão da espécie humana da felicidade inocente. Um véu de tristeza (*tristitia*) é lançado sobre a passagem, por mais positiva que seja, do *homo* para o *homo sapiens*. O pensamento traz dentro de si mesmo um legado de culpa.

As anotações que se seguem são uma tentativa, inteiramente provisória, de entender essas proposições, de captar, de maneira hesitante, algumas de suas implicações. São necessariamente inadequadas por causa da espiral segundo a qual qualquer tentativa de pensar sobre pensar está em si imbuída do processo de pensamento, em sua autorreferência. O celebrado "penso, logo existo" é, no fim das contas, uma tautologia aberta. Ninguém pode se colocar fora dela.

Não sabemos realmente (*in Wirklichkeit*) o que é "pensamento", em que consiste o "pensar". Quando tentamos pensar sobre o pensamento, o objeto de nossa investigação é internalizado e disseminado no processo. É sempre ao mesmo tempo imediato e fora de alcance. Nem mesmo na lógica ou no delírio dos sonhos conseguimos atingir um ponto de vista externo ao pensamento, um eixo arquimediano a partir do qual circunavegar ou pesar sua substância. Nada, nem as sondas mais profundas da epistemologia ou da neurofisiologia, nos leva além da identificação que Parmênides estabelece entre pensamento e ser. Esse axioma continua sendo ao mesmo tempo a fonte e o limite da filosofia ocidental.

Está comprovado que processos de pensamento de imagética conceitual persistem mesmo durante o sono. Alguns modos de pensamento são totalmente resistentes a qualquer interrupção, tal como a respiração. Podemos, por períodos curtos, prender a respiração. Não há nada muito claro em relação a podermos ficar *sem pensar*. Há quem trabalhe para atingir essa condição. Certos místicos, certos adeptos da meditação procuram o vazio, um estado de consciência inteiramente receptivo porque vazio. Eles aspiram a habitar o nada. Mas esse nada é em si um conceito, carregado de paradoxo filosófico, e quando obtido através de meditação direta e de exercícios espirituais, como em Loyola, é emocionalmente pleno. São João da Cruz caracteriza a suspensão do pensamento mundano como a plenitude da presença de Deus. Um verdadeiro encerramento da pulsação do pensamento, exatamente como o encerramento de nossa pulsação fisiológica, é a morte. Durante algum tempo, o cabelo e as unhas do morto continuam a crescer. Por tudo o que sabemos, não há nenhum prolongamento do pensamento, por mais breve que seja. Daí a sugestão, em parte gnóstica, de que só Deus pode se destacar do próprio pensamento em um hiato essencial ao ato da criação.

Para voltar a Schelling e à asserção de uma tristeza necessária, um véu de melancolia se liga ao próprio processo de pensamento, de percepção cognitiva. Podemos tentar esclarecer algumas das razões? Temos o direito de perguntar por que o pensamento humano não é alegria?

1

Na medida em que estamos conscientes, ou que podemos "pensar o pensamento" – voltarei a essa frase estranha –, o pensamento é ilimitado. Podemos pensar em e sobre *qualquer coisa*. O que está fora ou além do pensamento é estritamente *impensável*. Essa possibilidade, em si mesma uma demarcação mental, é externa à existência humana. Não temos prova nem de uma coisa nem de outra. Ela persiste como uma categoria oculta de conjectura religiosa e mística. Mas pode também aparecer em especulações científicas, cosmológicas, na concessão de que uma "teoria do todo" está fora e além da compreensão humana. Portanto, podemos pensar/dizer: "Este problema, este tópico, ultrapassa nossas potencialidades cerebrais, seja no presente, seja para sempre". Mas dentro desses limites mal definidos, sempre fluidos e talvez contingentes, o pensamento é sem fim, sem nenhum ponto de chegada orgânico ou formalmente prescritivo. Não posso supor, imaginar, combinar, brincar (não há nada mais sério e, em certos aspectos, mais enigmático que brincar) com *nada* sem saber se existe, se poderia existir, alguma outra coisa. O pensamento pode criar uma multiplicidade de universos com leis e parâmetros científicos inteiramente diferentes dos nossos. A ficção científica gera essas "alternativas". Um enigma lógico bem conhecido postula que nosso próprio universo existe há apenas um nanosegundo e que a totalidade de nossa memória é gravada no córtex no momento do nascimento. O pensamento pode teorizar que o tempo tem um começo ou nenhum começo (há um despótico sofisma na norma de que não faz sentido perguntar sobre o momento *antes* do *Big Bang*). Ele pode produzir modelos de espaço-tempo limitados ou infinitos, expansivos ou contráteis. A classe do contrafactual – da qual as cláusulas com "se", optativas ou subjuntivas, são o código gramatical – é incomensurável. Podemos negar, transmutar, "desdizer" o mais óbvio, o mais solidamente estabelecido. A doutrina escolástica que diz que a única limitação da onipotência divina é a incapacidade de Deus de mudar o passado não é convincente. Podemos prontamente tanto pensar como dizer tal mudança. A memória humana realiza esse truque diariamente. Os experimentos com o pensamento, dos quais a poesia e as hipóteses científicas são eminentemente representativas, não conhecem limites. Aquela humilde expressão "vamos supor" que precede conjecturas e demonstrações na matemática pura, na lógica formal, representa a licença arbitrária e a ausência

de limites do pensamento, do pensamento manipulando símbolos como a linguagem manipula palavras e sintaxe.

O pensamento humano se reflete sobre nossa própria existência. Suspeitamos, embora não saibamos com certeza, que animais não consigam fazer isso, mesmo os primatas com quem temos em comum 90% de nosso genoma. Podemos criar modelos, podemos divisar expressões matemáticas para a "morte calórica" de nosso universo em virtude da termodinâmica da entropia. Ou, ao contrário, podemos propor argumentos para a vida eterna, para a ressurreição – ideia assustadora – ou mecanismos cíclicos de "eterno retorno" (como em Nietzsche). Não só inúmeros homens e mulheres comuns, mas os originadores de religiões, metafísicos como Platão, e certos psicólogos como Jung, rejeitaram o axioma da finitude, o zero psíquico depois da morte corpórea. O pensamento pode vagar livremente pela totalidade de possibilidades. Pode, mesmo antes de Pitágoras, apostar na transmigração da alma humana. Não há e não pode haver nenhuma prova verificável nem de uma coisa nem de outra.

A infinitude do pensamento é um marco crucial, talvez *o* marco crucial da eminência humana, da *dignitas* de homens e mulheres, como Pascal inesquecivelmente declarou ("caniços pensantes"). O pensamento distingue o que é caracteristicamente humano no animal humano. Permite à gramática de nosso discurso articular lembrança e futuro, embora só raramente façamos uma pausa para assimilar a fragilidade lógica do tempo futuro. O pensamento traz em si o domínio sobre a natureza e, dentro de certas restrições como a enfermidade e a afecção mental, sobre seu próprio ser. Está subjacente à liberdade radical do suicídio, de levar o pensamento a uma parada voluntária, na hora escolhida. Então por que a tristeza inescapável?

A infinitude do pensamento é também uma "infinitude incompleta". Está sujeita a uma contradição interna para a qual não há resolução. Nunca saberemos até onde o pensamento atinge a totalidade da realidade. Não sabemos se o que parece em aberto não é, de fato, absurdamente estreito e irrelevante. Quem pode dizer que grande parte de nossa racionalidade, análise e percepção organizada não passa de ficções pueris? Durante quanto tempo, para quantos milhões de pessoas a Terra era plana? Somos efetivamente capazes de cogitar e formular "questões últimas" – como o Cosmos passou a existir; existe uma finalidade na vida; Deus existe? Esse impulso de questionar engendra a civilização humana, as ciências, as artes, as religiões. Mas nada mais aproxima Marx com a inocência iluminista do que sua afirmação de que a humanidade só se faz as perguntas para as quais haverá resposta. O oposto disso é o que chega mais perto da verdade. É o "Pilatos galhofeiro". Em *fronts* absolutamente decisivos não chegamos a respostas satisfatórias, muito menos conclusivas, por mais inspirados, por mais consequentes que sejam os processos de pensamento, individuais ou coletivos, filosóficos ou científicos. Essa contradição interna (*aporia*), essa ambiguidade destinada, é inerente a todos os atos de pensamento, em todas as conceitualizações e intuições. Escute de perto o fluxo do pensamento e você ouvirá, em seu centro inviolado, dúvida e frustração.

Esse é o primeiro motivo para *Schwermut* ("coração pesado").

2

O pensamento é incontrolado. Mesmo durante o sono e, é de presumir, na inconsciência, o fluxo permanece. Só muito raramente estamos no controle. A pulsação do pensamento parece ser múltipla e em muitas camadas. Pode ter sua origem nas profundezas somáticas e psicossomáticas, muito além do alcance da introspecção (pensamentos podem emergir de dor ou de prazer enterrados profundamente). É, muito possivelmente, um fenômeno pré-linguístico, um impulso de energias psíquicas anterior a qualquer articulação executiva. Mas, retidos no grande presídio da linguagem, chegamos à noção não plausível, e muito menos "traduzível", de como o pensamento não dito, não dizível, poderia ser (será que o surdo-mudo chega mais perto?). É apenas concebível que a significação não dita da música, tão obviamente somática em alguns de seus componentes-chave, forneça uma analogia. Os níveis da psicologia profunda, que a psicanálise e a hipnose identificam como subconsciente, sem falar do inconsciente, são, na medida em que afloram em palavras, imagens, sonhos ou representações simbólicas, superficiais. Todos eles ficam aquém da crosta na geofísica da psique humana. E, mesmo na superfície, só há controle intermitente.

A todo momento, atos de pensamento estão sujeitos a intrusão. O amontoado ilimitado de elementos externos e internos irá interromper, desviar, alterar, confundir qualquer implantação linear de pensamento (o *moto spirituale* de Dante). O fluxo é incessantemente turvado, represado e desviado. Um som ou imagem súbitos, por mais marginais que sejam, qualquer experiência táctil, um tantinho de cansaço ou de tédio, a intromissão de um desejo repentino produzirão um pensamento-resposta. A fenomenalidade sensorial (*Sinnlichkeit*), com seus incomensuráveis agrados e sua confusão, pode dominar e redirecionar o pensamento praticamente a qualquer momento ("fugiu da minha cabeça!"). Divagação, negligência patológica – estar "fora de si", uma proposição precisamente sem sentido – são apenas formas acentuadas, identificáveis de descontinuidades perpétuas, de perda de rumo inerente. Solilóquios de pensamento oculto ou indesejado seguem seu próprio rumo por baixo do discurso articulado, cognitivamente apreendido, embora seja possível que o artista criativo ou o visionário mergulhem às vezes nessas correntes profundas e turbulentas. De longe o maior volume de lembrança e esquecimento se localiza no limiar indefinido do pensamento voluntário. Os ventos do pensamento – um símile antigo –, suas fontes irrecuperáveis, sopram através de nós como através de inúmeras fendas. Kafka ouvia "grandes ventos debaixo da terra".

Será de fato possível "pensar direito"? O pensamento pode ser como um raio laser? Só à custa de concentração treinada, disciplinada, e abstenção de distrações. Um grande número de atividades depende desse estreitamento e "monotonia". O matemático, em sua análise e prova, parece ser capaz de isolar o mundo exterior, às vezes por horas e horas. Assim como o jogador de xadrez ao seu tabuleiro ou o lógico formal a seus lemas. Em estágios cruciais em sua bancada, o relojoeiro com a lente de aumento, o cirurgião durante a operação suspendem toda desatenção. Franzimos o cenho, o músico virtuose fecha os olhos. Contemplativos, mestre de meditação e seus acólitos atestam momentos, às vezes de duração assombrosa, de absoluta compactação, de um recolhimento da psique tão excludente de qualquer dispersão que permitem uma intencionalidade única, total. É possível que as partitas solo de Bach traduzam essas "singularidades", mas também as traduz a suspensão da respiração do atirador que espera para matar.

Essas purezas, esses feixes de pensamento resoluto são acessíveis apenas a relativamente poucos, e sua duração normal é breve. Podem ocorrer nos auges de excelência humana, como naquilo que conhecemos dos métodos de Spinoza, ou em níveis triviais, como nas artes circenses dos acrobatas da memória capazes de aprender de cor e regurgitar extensas séries de números ou nomes ao acaso. Há provas, embora vacilantes, de que o poder implícito da concentração absoluta pode se esgotar em idade bem tenra. A matemática pura e a física teórica de primeira ordem são prerrogativas dos jovens. O que sugere de fato que os meios generativos envolvidos são, em certos aspectos vitais, neurofisiológicos, na verdade "musculares". Há documentação, embora quase sempre anedótica, a sugerir que totalidades de concentração comportam não apenas exaustão temporária, mas colapsos mentais de longo alcance (notadamente em mestres do xadrez e especialistas em matemática pura ou em lógica matemática). Prodígios mnemônicos raramente amadurecem.

Isso permite a hipótese de que o aluvião polimórfico, involuntário do pensamento comum, é uma salvaguarda. Funciona como uma conservação de reservas mentais no que pode ser praticamente uma esfera neurológica. Permite que respondamos de maneira mais ou menos adequada às exigências e estímulos espontâneos, muitas vezes sem forma, do dia a dia. As explosões de concentração em pensamento não desviado, a coerção do foco absoluto podem trazer o risco de exaustão ou dano mental. Existe monomania em certas intensidades de pensamento (lasers podem queimar). Trata-se, no entanto, de uma monomania sem a qual muitos picos de entendimento e realizações humanos não seriam possíveis. Arquimedes não desistiu de sua análise das seções cônicas, embora esse foco significasse a morte. Com muita, muita frequência, porém, o pensamento comum é uma empresa confusa, amadora.

A segunda causa de "*unzerstörliche Melancholie*" ("indestrutível melancolia").

3

Pensar nos torna presentes para nós mesmos. Sensações físicas, notadamente a dor, são instrumentais. Mas pensar em nós mesmos é o principal constituinte da identidade pessoal. Não consigo pensar que não sou, a não ser como um jogo meramente verbal, fantástico. A cessação do pensamento, mesmo no caso da loucura ativa, é, simultaneamente, tautologicamente, a do *ego*.

Ninguém, nada pode comprovadamente penetrar meus pensamentos. Ter os próprios pensamentos "lidos" por outro ser humano não passa de figura de linguagem. Posso esconder por completo meus pensamentos. Posso mascarar e falsificar sua expressão externa assim como posso fazê-lo com meu jeito ou linguagem corporal. Carpideiras contratadas uivam de tristeza diante dos restos mortais de clientes delas desconhecidos. Nem mesmo a tortura consegue obter além de qualquer dúvida meus pensamentos mais íntimos. Nenhum outro ser humano pode pensar meus pensamentos por mim. Essa é a razão determinante, o ponto crucial ontológico de por que nenhum homem ou mulher pode "morrer por mim" em nenhum sentido literal. Ninguém mais pode assumir minha morte. Posso morrer com, mas nunca "por" outro, por mais inalienáveis que sejam nossos laços, nossa proximidade. O cego, o surdo-mudo, as vítimas imobilizadas por paralisia ou doença neuromotora podem abrigar, formalizar e expor pensamentos que chegam ao limiar de nosso universo. Pensamentos são nossa única posse garantida. Constituem nossa essência, nosso estar à vontade ou nosso estranhamento com o *self*. Sua pressão entrelaçada é tamanha que podemos às vezes trabalhar para escondê-los da consciência, silenciá-los internamente por meio daquilo que a psicologia qualifica de amnésia ou repressão. É duvidoso que eles se mantenham irrecuperáveis. Respiro, logo penso.

Segue-se a isso uma consequência cuja enormidade – no sentido próprio da palavra – é estranhamente tomada como garantida. Nenhuma proximidade, seja ela biológica (gêmeos idênticos ou siameses *podem* representar um caso limite), emocional, sexual, ideológica, seja a de uma vida inteira de coexistência doméstica ou profissional, nos permitirá decifrar além da incerteza os pensamentos de outrem. A procura de comunicações telepáticas e simultaneidades é uma tentativa, quase certamente inútil, de superar essa inibição enlouquecedora ou trágica. Assim como o recurso a

drogas da verdade em várias obscenidades de interrogatório. O ser amado jaz em nossos braços, a criança adorada em nosso abraço, o melhor amigo aperta nossa mão. No entanto, não temos prova indubitável dos pensamentos sendo gerados, registrados internamente no momento relevante. Com muita frequência na união erótica, a corrente de pensamento, daquilo que é intensamente imaginado, pulsa em outro lugar. Fazemos amor interno com outra pessoa. Debaixo do sorriso adorador de uma criança, do amigo íntimo, pode haver a verdade do tédio, da indiferença, até da repulsa. A habilidade de mentir, de conceber ou representar ficções é orgânica à nossa humanidade. As artes, a conduta social, a própria linguagem seriam impossíveis sem isso. Como na astuta alegoria de Jonathan Swift, a perfeita sinceridade, a perfeita transparência de pensamentos, pertence ao mundo animal. Homens e mulheres resistem em virtude do disfarce recorrente. Mas a máscara é usada debaixo da pele.

Porém, observe o paradoxo. Esse cerne inacessível de nossa singularidade, essa mais interna, privada, impenetrável das possessões, é também um lugar-comum. Embora expressos, ditos ou não ditos, em diferentes formas léxicas, gramaticais e semânticas, nossos pensamentos são, em um grau esmagador, uma propriedade humana universal, comum a todos. Foram pensados, são pensados e serão pensados milhões e milhões de vezes por outros. São infindavelmente banais e desgastados. Bens de segunda mão. Os componentes do pensamento, mesmo nos atos e momentos mais privados e personalizados de nossa existência – no sexo, por exemplo – são clichês, repetidos à exaustão. Eles compreendem, notadamente em uma época de comunicação de massa ou em uma de alfabetização restrita, palavras e imagens idênticas. Nossos êxtases performáticos, nossos roteiros tabus ou a retórica aprovada da sentimentalidade são partilhados, de maneira sincrônica, por inúmeros outros homens e mulheres. São uma mercadoria de massa rotulada pelos lugares-comuns infindavelmente reiterativos de nossa linguagem, nossa cultura, nosso tempo e ambiente. A expressão "comércio sexual" tem uma conotação palpável em nossas estruturas atuais de consumo de massa e explicitude pública.

Tudo isso é uma consequência inescapável da linguagem. Nascemos numa matriz linguística historicamente herdada e compartilhada coletivamente. As palavras, as frases que usamos para comunicar nosso pensamento, interna ou externamente, pertencem ao uso comum. Tornam democrática a intimidade. Embrionariamente, por assim dizer, o dicionário inventaria a quase totalidade tanto do pensamento real quanto do potencial. O qual, por sua vez, é constituído de *assemblages* combinatórias e seleções de indicativos pré-fabricados. Pode ser que as regras gramaticais e precedentes em oferta (as peças de Lego) predeterminem, coloquem limites na grande maioria de nossos atos de pensamento e articulações de consciência. As potencialidades de construção são múltiplas, mas também repetitivas e limitadas.

Em consequência, a verdadeira originalidade de pensamento, o pensar um pensamento pela primeira vez (e como saberíamos?), é *extremamente* rara. Segundo a famosa observação de Alexander Pope, é a forma verbal, e não o conteúdo, que dá uma impressão de novidade. A linguagem e os diversos códigos simbólicos podem de fato articular um pensamento, uma ideia, uma imagem conceitual com força, completude ou economia sem precedentes. O choque performático pode ser intenso. Mas não existe absolutamente nenhum jeito de saber, muito menos de provar, que esse mesmo pensamento nunca foi formulado antes, mesmo que em um aspecto menos adequado, até mesmo defeituoso ou quase "murmurante". Pode ter ocorrido a homens e mulheres analfabetos ou subalfabetizados, a surdos-mudos ou a pessoas que sofreram danos cerebrais, que simplesmente não notaram sua ocorrência. Pode ser que, nas ciências puras ou aplicadas, na tecnologia, no desenvolvimento cumulativo e coletivo, a troca de conjecturas e refutações gere um *novum organum*. No entanto, mesmo aqui, muita coisa é simultaneamente redescoberta ou concluída por indivíduos ou equipes diferentes. A teoria de seleção natural, o cálculo, o DNA constituem exemplos bem conhecidos. Com sua genialidade para surpreender, Einstein confessava ter tido apenas duas ideias genuínas em toda a sua vida.

Nas "humanidades", tomando essa palavra em seu sentido mais abrangente, na filosofia, nas artes, na literatura, na teoria política e social, o que chamamos de "originalidade" é quase sempre uma variante ou inovação de forma, de meios executivos da mídia disponível (bronze, tinta a óleo, guitarra elétrica). Tais inovações e descobertas habilitadoras são de imensa significação e prodigalidade. Elas moldam grande parte de nossa civilização. Mas quantas são "originais" em qualquer sentido rigoroso? Quantas são mutações autênticas? Um novo ato-pensamento, uma imagem sem precedente discernível, é a ambição, admitida ou não, de escritores, pintores, compositores, pensadores. Só pode ser concretizado fora dos sonhos quando o idioma relevante é renovado em si. Onde existe alguma reorientação do dilúvio disponível de linguagem comum e convenções formais compartilhadas. Poetas efetivamente batalharam para criar novas linguagens, como no dadaísmo e em certos experimentos do futurismo. O resultado foram trivialidades mais ou menos incompreensíveis. Quando os modos verbais são novos, quem os pode entender? Em que sentido metáforas foram inventadas, e por quem? O inventário de mitos, de "grandes histórias" das quais se alimenta a literatura ocidental, é o de uma estrutura de tema e variações. Saltos quânticos são (magnificamente) raros. *Pode ser* que Sófocles tenha "inventado" a lenda de Antígona, embora existissem precedentes político-militares reais que sugeriam a lenda. Até onde sabemos, o tema de Don Juan foi um "achado", datável no tempo e no espaço, com quase imediata e ubíqua repercussão. Mas esses princípios não são frequentes.

Pensadores e criadores de argumentos como Platão, Aristóteles, Paulo de Tarso, santo Agostinho *podem* ter desenvolvido instrumentos linguísticos e conceituais com os quais formular e tornar acessíveis em grande escala pensamentos, imagens, metáforas de radical originalidade. Isso, porém, não é de forma alguma confirmado. Podemos ficar pasmos com a justaposição de Sartre "*le sale espoir*", e não encontramos nenhuma manifestação pública anterior dessa ironia. Mas é extremamente duvidoso que o intelecto ou a sensibilidade dele tenham sido os primeiros a experimentar a noção e comunicá-la a si mesmos. Quando Giordano Bruno caracteriza como novo o conceito de um Cosmos ilimitado, múltiplo, quando Saint-Just proclama que a "felicidade é uma ideia nova na Europa", estão sendo eloquentemente retóricos. Nenhuma proposição é sem precedentes, algumas têm milênios de antecedência. O amor romântico terá realmente sido inventado na Provença durante o século 12?

Pensar é supremamente nosso; enterrado na mais absoluta privacidade de nosso ser. É também o mais comum, desgastado, repetitivo dos atos. Essa contradição é insolúvel. Uma terceira razão para uma *anklebende Traurigkeit* ("tristeza que se apega").

4

Vimos que não pode haver comprovação definitiva para a verdade ou erro do pensamento subjetivo, para sua sinceridade ou falsidade. Que dizer do pensamento público, sistemático, daquela procura de verdades objetivas que, desde Parmênides, é considerada a excelência do pensamento ocidental?

Os valores, logicamente formais ou existenciais, difusos ou rigorosos, que se prendem à palavra "verdade" estão enredados em coordenadas históricas, ideológicas e psicológicas muitas vezes arbitrárias ("a verdade de um lado dos Pireneus", como disse Pascal). Mesmo as verdades experimentalmente demonstráveis e empiricamente aplicáveis das ciências trazem por baixo pressuposições teóricas e filosóficas, "paradigmas" flutuantes sempre suscetíveis de revisão ou descarte. Onde recorre à "verdade", onde a evoca, o pensamento relativiza esse critério no momento em que chama atenção para si. Não há como escapar dessa circularidade dialética. Como resultado, a história da verdade, um conceito que em si mesmo nega qualquer status absoluto – o absoluto não tem história –, varia das mais dogmáticas fábulas "reveladas" ao mais extremo ceticismo e ao lance modernista, já implícito no ceticismo clássico, "vale tudo". Por mais consequente, por mais escrupuloso que seja em seu autoexame, o ato-pensamento pode postular sua obtenção da verdade apenas onde o processo seja tautológico, onde o resultado seja uma equivalência formal, como na matemática ou na lógica simbólica. Todas as outras afirmações de verdades, doutrinárias, filosóficas, históricas ou científicas, estão sujeitas a erro, refutabilidade, revisão ou eliminação. Assim como aquelas "supercordas" da cosmologia atual, as "verdades" vibram em dimensões múltiplas inacessíveis a qualquer prova final (de fato, não existe nenhuma visão clara de qual poderia ser tal "prova"). O pensamento existencial, os procedimentos do pensamento na vida intelectual e diária não podem "abrir caminho" para nenhum âmbito incontroverso e duradouro da verdade. No entanto, foi exatamente esse âmbito que revelou credos que a metafísica em Platão, Plotino ou Spinoza promete e se empenha em alcançar. Assim, há no pensamento abstrato, nos métodos epistemológicos um refrão latente de nostalgia, um mito edênico de certezas perdidas (percebemos isso, com pungente integridade, num pensador como Husserl). Pensar é frustrar, é chegar a algum lugar "supérfluo". Na melhor das hipóteses, o pensamento dá origem ao que Wallace Stevens chamou de "ficções supremas". Einstein colocaria diferente: "O princípio criativo reside na matemática. Em certo sentido, portanto, tenho por certo que o pensamento puro pode captar a realidade como os antigos sonhavam" (onde "sonhavam" pode ser um lapso mais que freudiano). A que responde uma das maiores autoridades atuais em cosmologia: "Mesmo dentro do domínio das equações básicas da física nosso conhecimento sempre será incompleto".

Quanto mais feroz a pressão do pensamento, mais resistente a linguagem em que ele está encaixado. A linguagem, por assim dizer, é inimiga do ideal monocromático da verdade. Ela é saturada de ambiguidade, com simultaneidades polifônicas. Delicia-se em fantasiar, em constructos de esperança e futuridade para os quais não há prova alguma. Talvez por isso os grandes macacos tenham hesitado em desenvolvê-la. Os seres humanos não resistiriam sem o que Ibsen chamou de "mentiras vitais". Pensamento limitado a proposições lógicas, mais bem expresso não verbalmente, ou factualidades demonstráveis seriam loucura. A criatividade humana, a capacidade de negar os ditames do orgânico, de dizer não até para a morte, dependem integralmente do pensamento, da imaginação contrafactual. Inventamos modos alternativos de ser, outros mundos – utópicos ou infernais. Reinventamos o passado e "sonhamos adiante". Mas por mais indispensáveis, mais magnificamente dinâmicos que sejam esses pensamentos experimentais, são sempre ficções. Alimentam religiões e ideologias, a *libido* transborda deles (os "lunáticos, amantes e poetas" de Shakespeare). A linguagem busca constantemente reforçar o domínio sobre o pensamento. No fluxo de pensamento, ela gera redemoinhos, que chamamos de "perturbações mentais", e aqueles congestionamentos conhecidos como obsessões. No entanto, a interferência, o incessante "turvar das águas" são também aqueles da criatividade. Nessa onda, o ato de pura concentração, a tentativa de purgar a consciência de suas ficções virtuais, das alucinações de desejo, intensidade ou medo, são,

conforme notamos, extremamente raros. Exercem uma disciplina profundamente contrária à linguagem natural, embora disponível para a matemática e a lógica simbólica. Quando Einstein apela para o "pensamento puro", são precisamente esses que ele tem em mente. Certos filósofos eminentes, por sua vez, tentaram fazer suas articulações linguísticas tão "matemáticas" quanto possível, tão imunes quanto possível às amotinadas alegrias do discurso natural. Mas quantos Spinoza, quantos Frege ou Wittgenstein existem?, e até que ponto mesmo esses ascetas da verdade prevaleceram? Ao entardecer, Sócrates cantava.

Essa antinomia fundamental entre as pretensões da linguagem de ser autônoma, livre do despotismo da referência e da razão – pretensões cruciais para o modernismo e a desconstrução –, por um lado, e a busca desinteressada da verdade, por outro, é o quarto motivo de *unzerstörliche Melancholie* ("indestrutível melancolia").

5

Pensar é quase inacreditavelmente desperdício. É o pior do consumo conspícuo. As investigações neurofisiológicas têm procurado localizar e avaliar numericamente as "ondas cerebrais" emitidas pelo córtex. Tentam identificar o quantum de energia, o ritmo dos pulsos eletromagnéticos associados a momentos e aglomerados de pensamento concentrado. Parece realmente plausível que haja, no que chamamos de *pensar*, componentes de energia neuroquímica e eletromagnética que as sinapses do cérebro humano tenham produção mensurável (o estudo de lesões cerebrais fornece provas disso). Mas até o momento muita coisa continua conjectural, e os mapeamentos são aproximados. Intuitivamente, de um modo impressionista, de fato experimentamos alguma coisa análoga à fadiga muscular depois de períodos contínuos de pensamento sequencial, de reflexão sob pressão. Solucionadores de problemas nas ciências exatas e aplicadas, matemáticos, lógicos formais, programadores de computador, enxadristas, tradutores simultâneos, todos relatam fenômenos de exaustão, de "queima". Os criptologistas em seu trabalho de decodificação estão entre os primeiros a registrar esgotamento mental de extrema intensidade "física". Mais uma vez, porém, é rudimentar nosso entendimento desse stress e dos mecanismos nele envolvidos.

A questão é a seguinte: processos de pensamento, conscientes ou subconscientes, o fluxo do pensamento dentro de nós, articulado ou não expresso, durante as horas de vigília ou de sono – aqueles movimentos rápidos de olhos muito estudados em décadas recentes – são, em esmagadora proporção, difusos, sem objetivo, dispersos, esparsos e inexplicáveis. Encontram-se, bem literalmente, por toda parte, o que torna a expressão "disperso" inteiramente válida. A economia é de um desperdício e déficit quase monstruosos. Não pode haver atividade humana mais extravagante. Não pensamos sobre nosso pensamento a não ser em breves surtos de foco epistemológico ou psicológico. O agregado incessante e a totalidade do pensamento passam praticamente despercebidos, sem forma e sem uso. Ele satura o consciente e, é de presumir, o subconsciente, mas se esgota como uma fina película de água sobre terra seca. Mesmo a noção de esquecimento é substantiva demais. Aquilo que estávamos pensando uma hora atrás pode ter desaparecido sem deixar nenhum traço devido a circunstâncias contingentes ou efeitos de interferências de alguma tarefa em andamento. Na melhor das hipóteses, pode ter sido captado em escrita ou codificado em algum outro modo de marcador semiótico. Dizem que viajantes japoneses empregam especialistas para identificar para eles o local de suas próprias fotografias. Mas, em sua imensa maioria, o *iceberg* da massa de pensamento humano desaparece na lata de lixo do esquecimento sem ser percebido, sem ser registrado. "Donativos para o esquecimento." "No que eu estava pensando quando disse isto ou fiz aquilo?" Ou pense na decepção banal de quando acordamos convencidos de ter tido um *insight* importante em sonho, com uma solução difícil, como a composição de poesia ou música significativa, e descobrimos que não conseguimos lembrar e que o caderninho ao lado da cama está coberto de anotações sem sentido. Qual frustração e embaraço *não* provam que o pensamento ou a imaginação apagados e perdidos não eram de extrema importância e significação? Eles estão simplesmente fora do alcance, apagados como milhões e milhões de outros pensamentos que se despejam sobre nós em incalculável desperdício.

Isso sugere o modelo de sociedade de ficção científica em que o pensamento é racionado. Na qual só é permitido durante certas horas ou dias, e as rações são distribuídas de acordo com a capacidade e poder de concentração do indivíduo. Um desperdício de pensamento seria considerado vandalismo ou algo pior. A comida ou o combustível podem ser racionados em tempos de guerra. O dinheiro pode ser colocado sob controle estrito. Por que não regular o suprimento infinitamente valioso de pensamentos, preservando-o do desperdício e da inflação? Ficção científica, sem dúvida nenhuma. No entanto, tentativas nesse sentido não estão no cerne de sistemas totalitários, de ideologias despóticas, sejam religiosas ou políticas? Esforços para racionar o pensamento, que o constrangem a canais circunscritos permitidos, estão no próprio coração da tirania. Pensamentos anárquicos, divertidos, desperdiçados são o que os regimes totalitários mais temem. A utopia da censura é ler não apenas o texto, mas os pensamentos subjacentes ao texto ou o que ele esconde. Daí a imagem de Orwell de uma "polícia do pensamento".

Embora contenham hipérboles de modéstia orgulhosa, a afirmação de Einstein de ter tido apenas "duas ideias" em toda a sua vida e a máxima de Heidegger de que todos os grandes pensadores têm apenas uma ideia que expõem e reiteram ao longo de toda a sua obra podem apontar para uma verdade vital. O pensador significativo das humanidades ou das ciências seria aquele que percebe e desenvolve um *insight* ou conceito decisivo, que fixa uma descoberta ou conexão crucial. É aquele que investe mais avidamente num ato-pensamento ou observação seminais, explorando todo o seu potencial. Darwin parece constituir um exemplo. Enquanto a inumerável pluralidade dos seres humanos, mesmo que tocada de passagem, por assim dizer, por pensamentos de primeira classe, por observações radicais, não dá especial atenção, não "agarra" nem se esforça por realizá-los na prática. Quantos reconhecimentos não se desperdiçam no dilúvio indiferente de pensamentos negligenciados, no solilóquio não ouvido ou ignorado da emissão cerebral de todo dia ou de toda noite? Por que somos incapazes de condensar, de armazenar ordenada e potencialmente – como uma bateria elétrica – a voltagem possivelmente frutífera gerada pelos arcos e sinapses de nosso ser mental, que nunca dorme? É precisamente esse desperdício infinito, essa geração ruinosa que não conseguimos, ainda, esclarecer. Mas o déficit está além de qualquer avaliação.

Uma quinta razão de frustração para o *dunkler Grund* ("solo escuro").

6

O pensamento é imediato apenas a si mesmo. Ele não faz nada acontecer *diretamente*, fora de si. Experimentos frágeis, discutíveis, com telecinesia procuraram demonstrar que o pensamento pode provocar fenômenos materiais menores, efeitos de vibração ou deslocamento mínimo. A física quântica, ela própria tão enigmática, afirma que o ato de observação altera a configuração objetiva daquilo que está sendo observado (Einstein achava essa suposição pouco menos que monstruosa). Nesse campo, tudo permanece como conjectura. Pensar tem consequências incomensuráveis, mas a interferência de um *continuum* direto é, como ensinou Hume, inferência. Não pode ser demonstrado como diretamente causal. A vasta maioria de atos e gestos habituais é "impensada". Eles são realizados instintivamente ou via reflexos adquiridos. É famoso o exemplo de que a centopeia entraria em imobilidade suicida se tivesse de pensar no próximo passo. Uma reflexão assustadora. Automatismo é pensamento apodrecido. Mas mesmo quando uma ação é muito cuidadosa e conscientemente "pensada", quando ela segue algum plano internalizado ou uma proposição externa e articulada, a consequência só pode ser inferida. Só Deus, dizem os teólogos, não experimenta nenhum hiato entre pensamento e consequência. O que Ele pensa *é*. A existência de uma conexão entre pensamento e consequência existencial, pragmática, é um postulado racional sem o qual não conseguiríamos conduzir a vida. Até o momento, porém, não possuímos nenhum modelo operacional da cadeia de fenômenos generativos, da translação de complexidade presumivelmente imensa da necessidade ou *desideratum* de realizações neurofisiológicas ou musculares. A neuroquímica que relata intenção efetivamente só pode ser rastreada em níveis rudimentares. Em muitíssimos casos, é como se a causa viesse depois do efeito. Atos-pensamentos parecem seguir determinações espontâneas, não premeditadas, que o pensamento depois interpreta ou "figura" para si mesmo no tempo passado. (Eu me pergunto se a fascinante experiência do *déjà-vu* não teria relação com essa reversão.) Muito mais frequente é haver obliteração: "Não faço ideia de por que fiz isto ou aquilo. Minha cabeça está completamente vazia."

As interposições entre pensamento e ato são tão múltiplas, tão diversificadas quanto a vida em si. As sombras que caem entre o pensamento e o ato nunca podem ser exaustivamente inventariadas, muito menos classificadas. Existem, mesmo nos mais precisos constructos de engenharia ou arquitetura, minúsculos desvios do projeto, da calibração precisa. Nenhum pintor, por mais hábil que seja, consegue transferir plenamente para a tela sua visão interna daquilo que acredita ver diante de si. Mesmo na mais estrita das formas, a música incorpora apenas parcialmente o complexo interno de sentimentos, ideias e relações abstratas do compositor. A distância entre as pressões sentidas na sensibilidade, entre o imaginado e sua manifestação linguística, constitui um triste clichê, um lugar-comum de derrota sem fim desde o princípio, não só na literatura, mas nas mais urgentes e íntimas inter-relações humanas. "Não consigo colocar em palavras", diz o amante, diz o que sofre; mas também o poeta e o filósofo. A insinuação de barreiras, de efeitos interferentes ou "ruído branco" é perturbadoramente física. Sentimento, intuição, iluminação intelectual ou psicológica se acumulam no limiar interno da linguagem, mas não conseguem "irromper" para a articulação completa (embora o grande escritor de alguma forma trabalhe mais próximo desse limiar e das pulsações do pré-linguístico do que mentes menos privilegiadas). Energias de reconhecimento, lampejos metafóricos e compreensão momentânea vibram fora do alcance. Eurídice recua tentadoramente para a escuridão. Dentro do magma turbulento, polissêmico de processos conscientes e subconscientes, o pensamento incessante ou seus antecedentes inteiramente misteriosos, noturnos tanto quanto diurnos, são apenas fragmentariamente recuperáveis. Chegando à superfície iluminada dos limites simplificadores da linguagem, da lógica coerciva, essa força generativa é sempre inibida e desviada. Daí os trabalhos condenados ao fracasso dos surrealistas em busca da escrita "automática" ou de modelos virginais de discurso. O aleatório já é condicionado por imperativos.

Pensar não consegue e não pode conseguir isso. Mesmo o movimento de pensamento mais focado e prudentemente avaliado é "encarnado" (na penetrante expressão de Shakespeare) apenas imperfeitamente, apenas em parte. A obra de arte, por mais soberana, o projeto militar ou político, a edificação material, o código legal ou a *summa* teológico-metafísica fazem

concessões ao ideal, à necessária ficção do absoluto. Uma partícula de impureza cromática, apenas perceptível, permanece na tulipa negra, nas simetrias cristalinas do projeto social privado ou coletivamente político. O conceito de perfeição é um sonho irrealizado do pensamento, uma abstração conceitual, assim como o infinito. É no paradoxo da existência, dentro de nós, desses dois ideais inatingíveis que a teologia clássica, tanto em Anselmo como em Descartes, localiza suas provas da existência de Deus. Embora *in extremis* Wittgenstein tenha falado a toda consciência criativa quando declarou que a parte do *Tractatus* que importava era aquela que continuava não escrita.

Inelutavelmente, portanto, a totalidade de nosso futuro, de nossas projeções, antecipações e planos – sejam eles rotineiros ou utópicos –, leva dentro dela um potencial de decepção, de autoengano profilático. Um vírus de irrealização habita a esperança. As gramáticas de optativos, de subjuntivos, de todas as *nuances* de tempos futuros – sendo essas gramáticas a glória irresponsável e a luz matinal da mente humana – não podem jamais ser garantias. Elas não envolvem nem assinam embaixo de fatos imaculados. As probabilidades podem estar esmagadoramente a nosso favor, a indução pode parecer quase contratual e à prova de idiotas, mas ter expectativas ou esperança é um jogo. Cuja única certeza é a morte. As consequências de nossas expectativas, daquela impaciência que podemos chamar de "esperança", ficam aquém. Muitas vezes são inteiramente abortadas (embora haja casos em que superam nossa imaginação). Costumeiramente, a expectativa, a projeção, a fantasia e a imagem superam a realização. Se qualificamos experiências como "além de nossos sonhos mais loucos", esses sonhos foram cautelosos e triviais. Um vazio revelado, uma tristeza de saciedade, vem sempre em seguida aos desejos realizados (Goethe e Proust são os pródigos exploradores dessa *accidia*). A famosa tristeza *post coitum*, o desejado cigarro depois do orgasmo, é precisamente o que mede o vazio entre a expectativa e a substância, entre a imagem fabulada e o acontecimento empírico. O eros humano é parente próximo da tristeza pela morte. Se nossos processos-pensamentos fossem menos urgentes, menos gráficos, menos hipnóticos (como em erupções de masturbação e fantasias), nossa constante decepção, o nó cinzento da náusea no cerne do ser, seria menos incapacitadora. Colapsos mentais, evasões patológicas à irrealidade e a inércia da doença mental podem, em essência, ser táticas contra a decepção, contra a corrosão da esperança frustrada. Tais são as correlações fracassadas entre pensamento e realização, entre o concebido e a realidade da experiência de que não podemos nem viver sem esperança – o "trabalho sem esperança peneira o néctar/ E esperança sem objeto não consegue viver", de Coleridge –, nem superar a privação, a zombaria que as esperanças frustradas comportam. "A esperança é a última que morre" é uma colocação absolutamente danosa para a influência danosa que o pensamento projeta sobre a consequência.

Uma sexta *Ursache* ("Fonte para *tristitia*").

7

Existem, como vimos, dois processos que os seres humanos não podem interromper enquanto estão vivos: respirar e pensar. De fato, somos capazes de prender a respiração por períodos mais longos do que somos capazes de nos abster de pensar (se é que isso é possível). Pensando bem, essa incapacidade de deter o pensamento, de fazer uma pausa no pensar, é uma limitação aterrorizadora. Impõe uma servidão de peculiar peso e despotismo. A qualquer momento dado de nossa vida, despertos ou dormindo, habitamos o mundo via pensamento. Os sistemas filosófico-epistemológicos que procuram explicar e analisar esse habitar caem em duas categorias perenes. A primeira caracteriza nossa consciência e alerta do mundo como sendo a da percepção através de uma janela. Esse modelo, baseado um tanto ingenuamente numa analogia com a visão ocular, sublinha todo paradigma de realismo, de empirismo sensorial. Permite uma crença, mesmo que complexa ou atenuada, em um mundo objetivo, em um "exterior" cujos elementos ideais e materiais nos são comunicados por *input* consciente ou subconsciente, e a colocação desse *input* por meios intuitivos, intelectuais e experimentais. A outra epistemologia é a do espelho. Ela postula uma totalidade de experiência cuja única fonte verificável é a do pensamento em si. É nossa mente, nossa neurofisiologia, que projeta o que tomamos por formas e substância da "realidade". *Per se* isso constitui o axioma irrefutável de Kant: a "realidade", independentemente do que a constitui, é inacessível. Ela escapa a qualquer compreensão demonstrável, garantida. Pode constituir uma alucinação coletiva, um sonho comum. Versões extremas, divertidamente severas desse solipsismo, sugerem que nós próprios somos "feitos da matéria dos sonhos", talvez sonhados por um demiurgo, ou, de fato, como especula Descartes, por um demônio. Todo pensamento sobre o mundo, toda observação e compreensão, seria *reflexão*, mapas num espelho.

Em um ponto capital, esses dois sistemas opostos coincidem: o vidro, seja da janela, seja do espelho, nunca é imaculado. Tem riscos, pontos cegos, curvaturas. Nem a visão através dele, nem o reflexo nele jamais podem ser perfeitamente translúcidos. Há impurezas e distorções. Esse é o x do problema: existe interposição entre nós e o mundo que habitamos. Conceitualizações, observações (como no "princípio da incerteza") são atos de pensamento. Não existem imediatismos inocentes de recepção, por mais espontâneos, por mais impensados que pareçam. Teorias do conhecimento, sejam de Descartes, Kant ou Husserl, batalham heroicamente para situar um ponto de imediatismo não premeditado, um ponto no qual o *self* encontra o mundo sem nenhuma pressuposição, sem nenhuma interferência de conjecturas psicológicas, corporais, culturais ou dogmáticas. Esses "fenomenologistas" se esforçam por "ver as coisas como são", para discernir a verdade da presença e a "externalidade" do mundo, seja pela via da janela ou do espelho. Mas, como

Gertrude Stein bem sabia, não existe um "exterior externo" resoluto, garantido. Nenhum ponto arquimediano ou tábula rasa jamais foi convincentemente localizado. A identidade do "caniço pensante", a obscura ubiquidade dos atos de pensamento processual são como uma tela. A experiência, na qual seria ubíqua e adâmica, é filtrada e essencialmente concessiva. A expulsão do Éden é uma "queda no pensamento". Portanto não existe nenhum elemento existente que não seja "desbotado pela palidez do pensamento".

Consequentemente, até mesmo o mais inventivo, capaz, ordenado dos intelectos e imaginações humanos opera de forma indireta e dentro de limitações que não consegue verdadeiramente definir, muito menos mensurar. Por toda parte a luz-guia da mente se apoia em obscuridade. Existem limites neurofisiológicos, evolutivos para nossas conceitualizações e análises do mundo? Existem limites categóricos à razão humana? Quais são as limitações inerentes – percebidas ou não – que predeterminam o alcance e a clareza de nossas conjecturas mais ousadas (conjecturas que podem, de fato, ser inteiramente inadequadas para, ou mesmo sem contato com, as realidades do Cosmos?). Que prova temos, que prova poderíamos ter, de que o progresso da investigação empírica e da construção teórica é ilimitado, de que o intelecto especulativo poderá continuar sua jornada aparentemente aberta através de "mares de pensamento"? O mais poderoso dos microscópios eletrônicos agora parece estar chegando perto do limite da observação possível, assim como, em uma assombrosa simetria, os mais poderosos radiotelescópios. Não que a luz das galáxias remotas não nos atinja; ela *nunca* nos atingirá na alegoria de nossa solidão. Quanto de nossa orgulhosa ciência é também ficção científica, um modelo cuja única *veritas* demonstrável é a da matemática, da matemática brincando com seus próprios jogos em transe?

Sempre houve terreno para desconfiança quanto aos axiomas aparentemente incontroversos da lógica e da sintaxe em que eles são despoticamente gravados. Será que esses axiomas, essas regras sacrossantas que regem a contradição, não fazem mais que externalizar as particularidades locais da cerebração hominídea, da arquitetura de nosso córtex? Da mesma forma como se pode afirmar que a visão determina a anatomia e a fisiologia do olho humano. Cada um de nós já experimentou frustrações de alerta, barreiras de entendimento. "Topamos", muitas vezes, visceralmente, com muralhas impalpáveis e intransponíveis de linguagem. O poeta, o pensador, os mestres da metáfora arranham essa muralha. No entanto, o mundo tanto dentro como fora de nós murmura palavras que não conseguimos discernir. As "melodias não ouvidas" são proclamadas como as mais doces. Cézanne atesta, com modesta raiva, a incapacidade de seu olho de penetrar a profundidade da paisagem diante dele. A matemática pura sabe do insolúvel embora não haja compreensão garantida da fonte dessa insolubilidade. O pensamento mais inspirado é impotente a respeito da morte, uma impotência que gerou nossa metafísica e panoramas religiosos (voltarei a isto). O pensamento vela tanto quanto revela, e até provavelmente muito mais.

Uma sétima razão para o *Schleier der Schwermut* ("véu da depressão do coração pesado").

8

Essa opacidade torna impossível saber além de qualquer dúvida o que outro ser humano está pensando. Como observei, não temos nenhum *insight* indubitável dos pensamentos de outros. Mais uma vez, prestamos muito pouca atenção a essa enormidade. Deveria ser aterrorizador. Nenhuma familiaridade, nenhuma astúcia analítica é capaz de garantir ou comprovar a "leitura de pensamentos". Nem a hipnose, nem as técnicas psiquiátricas conhecidas como "soro da verdade" conseguem extrair de qualquer modo verificável os pensamentos de outros. As declarações mais veementes, os testemunhos orais ou escritos sob juramento, as confissões declaradas não conseguem fornecer nenhum conteúdo fundamental, garantido. Eles podem ou não expressar as intenções mais puras, as revelações mais pertinentes. Podem ou não desnudar verdades parciais, fragmentos por assim dizer de absoluta sinceridade e autorrevelação. Podem ou não ocultar significados sentidos seja *in toto*, seja em parte. Os movimentos de disfarce podem variar de mentira direta professada conscientemente até todos os graus de inverdades e autoenganos. As nuances de falsidade são inexauríveis. Nenhum laser de atenção inquisitorial, nenhum ouvido por mais sensível, nenhum interrogatório cruzado pode obter certeza. A mera pergunta "no que estava pensando, o que tem em mente?" solicita respostas que têm em si mesmas múltiplas camadas, que, mesmo sem perceber, passaram por filtros complexos.

Daí as relações duvidosas entre pensamento e amor. Daí a probabilidade de que o amor entre seres pensantes seja de uma graça um tanto miraculosa. Todo homem e toda mulher, todo adulto e toda criança usam o que os linguistas chamam de "idioleto", o que significa uma seleção personalizada da linguagem disponível, com cômputos, conotações, referências singulares, talvez intraduzíveis, que o receptor do diálogo não pode interpretar inteiramente ou com total certeza. Tentamos traduzir uns para os outros. Com muita frequência entendemos ligeira ou grosseiramente errado. Mas mesmo essa inteligibilidade parcial ou falhada de toda comunicação existe apenas na superfície. Os idioletos de pensamento, as privacidades do não dito são de uma ordem muito mais profunda e intratável.

Mesmo em momentos e atos de extrema intimidade – talvez mais agudamente nesses momentos – o amante não consegue abraçar os pensamentos da amada. "No que você está pensando, no que eu estou pensando quando faço amor?" Essa exclusão torna a propalada fusão do orgasmo e sua retórica de uníssono discutivelmente trivial. Como Goethe gostava de afirmar,

inúmeros homens e mulheres tomaram nos braços do pensamento amantes lembrados, desejados, fantasiados que não aqueles com quem estão fazendo amor. Essa interposição cognitiva, essa reserva mental, involuntária ou deliberada, fora de foco ou gráfica, pode soar como um eco derrisório subjacente aos gritos e sussurros do êxtase. Nunca saberemos quais desatenções, ausências, repulsas ou imagéticas alternativas profundas desconstroem o texto manifesto do erótico. Os seres humanos mais próximos, mais honestos permanecem estranhos, mais ou menos parciais, mais ou menos não declarados um ao outro. O ato de amor é também o de um ator. A ambiguidade nasce com a palavra.

O pensamento é mais legível, menos encoberto, durante explosões de energia desencadeada, compacta. Como no medo e no ódio. Essas dinâmicas, particularmente no instante, são difíceis de falsificar, embora virtuoses de duplicidade e autocontrole consigam obter maior ou menor eficácia. Os animais com que convivemos mostram que nossos medos emitem um odor nítido. Talvez haja um odor de raiva. Se arrolarmos todos os níveis de impulsão cerebral e instintiva, o ódio pode ser o mais vívido e mais carregado dos gestos mentais. É mais forte, mais coeso que o amor (como Blake intuiu). Muitas vezes está muito mais próximo da verdade do que qualquer outra revelação do *self*. A outra classe de experimento de pensamento em que o véu se rompe é a do riso espontâneo. No instante em que "sacamos" uma piada ou vemos o cômico por acaso, a mentalidade é desnudada. Momentaneamente, não há "interpretações". Mas essa abertura para o mundo e para os outros é muito breve e tem a dinâmica do involuntário. Nesse aspecto, o sorriso é quase a antítese do riso. Shakespeare tinha um grande interesse no sorriso dos vilões.

No geral, o escândalo permanece. Nenhuma luz final, nenhuma empatia amorosa desvenda o labirinto do íntimo de outro ser humano. (Serão os gêmeos idênticos, com sua linguagem particular, verdadeiramente uma exceção?) Em última análise, o pensamento pode nos tornar estranhos uns aos outros. O amor mais intenso, talvez mais fraco que o ódio, é uma negociação, nunca conclusiva, entre solidões.

Uma oitava razão para a tristeza.

9

As funções corpóreas e o pensamento são comuns à espécie. De forma arrogante, o *homo sapiens* assim se define. Considerando-se estritamente, cada homem, mulher ou criança vivo é um pensador. Isso é tão verdadeiro para o cretino como para Newton, do retardado praticamente calado a Platão. Conforme observei, pensamentos seminais, inventivos, que realçam a vida podem, a qualquer momento e em qualquer lugar, ser pensados por semialfabetizados, enfermos ou até portadores de limitações mentais. Eles se perdem porque não são articulados ou cuidados nem mesmo por aquele que teve o pensamento ("mudos, inglórios Miltons", num sentido que se estende muito além da literatura). Como esporos diminutos, pensamentos se disseminam interna e externamente aos milhões. Só uma pequena fração sobrevive e dá frutos. Daí o desperdício incomensurável que citei antes. Mas a confusão pode residir em outro lugar.

Nossa taxonomia, notadamente no ambiente sociopolítico atual, tende ao igualitário. Isso não disfarça e falsifica uma hierarquia óbvia, mas mal ou incomodamente notada? Vagamente, retoricamente, atribuímos a certos atos do espírito e àquilo que supomos serem suas consequências – o *insight* científico, a obra de arte, o sistema filosófico, o fato histórico – o rótulo de "grande". Nos referimos a "grandes" pensamentos ou ideias, produtos do gênio intelectual, artístico ou político. Não menos vagamente, distinguimos pensamentos "profundos" de pensamentos triviais ou superficiais. Spinoza desce ao fundo da mina; o homem da rua normalmente patina na superfície banal de si mesmo ou do mundo. Podem essas polaridades, ao lado das inúmeras gradações entre elas, ser aglomeradas sob uma rubrica indistinta? Podem os restos flutuantes e o blá-blá-blá incoerente da mente ser cobertos pela mesma definição descuidada como o último teorema de Fermat ou a criação shakespeariana de metáforas ou as mutações duradouras de sensibilidade? Qual a artificialidade – captada de imediato por caricaturistas e vulgaristas – existente em *O pensador* de Rodin?

Todos nós conduzimos nossas vidas dentro de uma maré e magma incessantes de atos de pensamento, mas apenas uma porção muito restrita da espécie fornece provas de *saber pensar*. Heidegger professava desoladamente que a humanidade como um todo ainda não havia emergido da pré-história do pensamento. Os cerebralmente alfabetizados – não temos um termo para isso – são poucos em relação à massa da humanidade. A capacidade de abrigar pensamentos ou seus rudimentos é universal e pode muito bem estar ligada a constantes neurofisiológicas e evolutivas. Mas a capacidade de pensar pensamentos que valham a pena ser pensados, quanto mais expressos e dignos de serem preservados, é comparativamente rara. Não são muitos de nós que sabem pensar com qualquer propósito exigente, quanto mais original. Menos ainda são os capazes de controlar a plena energia e potencial de pensamento e de dirigir essas energias para o que se chama de "concentração" ou *insight* intencional. Um rótulo idêntico obscurece os anos-luz de diferença entre o ruído de fundo e as banalidades de ruminação comuns a toda a existência humana (como talvez também a dos primatas), de um lado, e as miraculosas complexidade e potência do pensamento de primeira classe, de outro. Logo abaixo desse nível eminente estão os muitos modos de entendimento parcial, de aproximação, de erro involuntário ou adquirido (a devastadora frase do físico Wolfgang Pauli sobre os falsos teoremas: "Eles não são nem errados").

Uma cultura, uma "busca comum" de alfabetização mental, pode ser definida pela extensão em que essa ordem secundária de recepção, de incorporação subsequente do pensamento de primeira ordem em valores e práticas comunais, é ou não disseminada. O pensamento seminal penetra na escolaridade e no clima de reconhecimento generalizado? Ele é captado pelo ouvido interno, mesmo que esse processo de audição seja muitas vezes obstinadamente lento e carregado de vulgarização? Ou o pensamento autêntico e sua validação receptiva são impedidos ou mesmo destruídos (Sócrates na cidade do homem, a teoria da evolução entre os fundamentalistas) pelo "não pensamento" político, pela negação dogmática e ideológica? Qual mecanismo turvo, mas compreensível, de pânico atávico, de inveja subconsciente alimenta a "revolta das massas" e, hoje, a vulgar brutalidade da mídia, que tornou derrisório o próprio mundo "intelectual"? A verdade, ensinou Baal Shem, está em exílio perpétuo. Talvez esteja. Onde ela se torna visível demais, onde ela não pode se abrigar por trás da especialização e da codificação hermética, a paixão intelectual e suas manifestações provocam ódio e caçoada (esses impulsos se entremeiam com a história do antissemitismo; os judeus sempre pensaram muito ruidosamente).

O pensamento de alto nível pode ser aprendido? Pode ser ensinado? Manobras e exercícios podem fortalecer a memória. O foco mental, períodos de concentração podem ser aprofundados por técnicas de meditação. Em certas tradições místicas e orientais, no budismo, por exemplo, essa disciplina pode obter graus quase inacreditáveis de abstração e intensidade. Métodos analíticos, consequencialidade rigorosamente formal, podem ser comunicados e refinados no treinamento de matemáticos, lógicos, programadores de computador e mestres do xadrez. Impedir crianças de aprender de cor é aleijar, talvez permanentemente, os músculos mentais. Existe portanto muita coisa nas habilidades cerebrais, na receptividade e na interpretação desenvolvidas que pode ser enfatizada e enriquecida pelo ensino e pela prática.

Mas, até onde sabemos, não existe chave pedagógica para a criatividade. Pensamento inovador, transformador, nas artes assim como nas ciências, na filosofia assim como na teoria política, parece se originar de "colisões", de saltos quânticos na interface entre o subconsciente e o consciente, entre o formal e o orgânico, num jogo e numa arte "elétrica" de agentes psicossomáticos em grande parte inacessíveis tanto à nossa vontade como à nossa compreensão. A mídia capacitadora pode ser ensinada – a notação musical, a sintaxe e a métrica, o simbolismo e as convenções matemáticas, a mistura de pigmentos. Mas o uso metamórfico desses meios na direção de configurações novas de sentido e de mapeamento da possibilidade humana, na direção de uma *vita nuova* de convicção e sentimento, não pode ser nem previsto, nem institucionalizado. Não existe democracia para o gênio, apenas uma terrível injustiça e um fardo que ameaça a vida. Poucos são os que, como disse Hölderlin, se veem compelidos a pegar o raio com as mãos nuas.

Esse desequilíbrio, ao lado de suas consequências, os desajustes do grande pensamento e da criatividade em relação aos ideais de justiça social, constituem a nova fonte de *Melancholie* ("melancolia").

10

As gramáticas francesa e alemã ajudam. Elas permitem que se suprima a preposição entre o verbo "pensar" e seu objeto. Não somos obrigados a pensar "sobre" isto ou aquilo. Podemos "pensar a coisa" imediatamente, sem interposição. *Das Leben denken* ("pensar a vida"); *penser le destin* ("pensar o destino"). A força dessa expressão é sedutora. Mas ela coloca, inescapavelmente, a incerteza ou a dualidade epistemológica a que me referi antes. Esse imediatismo gramatical aponta para algum modo de solipsismo, para a suposição de que os objetos de pensamento são produtos dependentes do ato de pensar (como em Kant)? Ou a supressão de qualquer termo intermediário autoriza a crer que o objeto de pensamento tem autonomia, que, em certos níveis de foco humano desimpedido, atos-pensamentos efetivamente penetram, captam inteiramente aquilo que concebem ou que concebem de – diferença esta que marca precisamente os caminhos alternativos tomados pela filosofia no Ocidente? As fusões gramaticais francesa e alemã deixam aberta a questão de idealismo contra realismo. Caracteristicamente, o uso inglês reforça a escolha. Internaliza um empirismo robusto, fundamental. "Pensa-se sobre" o mundo, não se "pensa o mundo", em algum movimento espelhado de autismo transcendental. O francês e o alemão cotidianos efetivamente comunicam sua opção de senso comum. *Je pense à, ich denke an.* Mas o discurso filosófico e poético, notadamente de Meister Eckhart até Heidegger, arrola a possibilidade de simbiose. Essa, talvez, seja a diferenciação entre mentalidades filosófico-linguísticas, entre as convenções de percepção de cada lado do canal da Mancha, ou entre o continente europeu e a América do Norte (sendo Emerson uma eminente exceção). Aqui também está o *locus* de certas intradutibilidades elementares.

Os "números primos" a que o pensamento se dirige são constantes, circunscrevendo nossa humanidade. Eles são ou deveriam ser supremamente óbvios. O que é "ser" e o que não é, como insiste Heidegger, a tarefa essencial do pensamento, "pensar (sobre) ser"? Discriminar entre a existência fenomênica múltipla e a factibilidade de coisas, de um lado, e o cerne oculto da essência do ser (*Seyn*) em si, de outro. Por que o nada não existe – o ressonante desafio de Leibniz – deveria ser a preocupação de nossos atos-pensamentos como primordiais, como originais, isto é, nascidos de nossas origens, da vida humana em si. Podemos, contra Parmênides, pensar, contextualizar o nada? Pode ser que toda tentativa de "pensar a morte" – uma frase

inter, 1957

lamentavelmente estranha em inglês –, pensar consequentemente sobre a morte, seja uma variante desse enigma da nulidade. Inúmeros credos, mitologias, fantasias de transcendências são elaborações de experimentos-pensamentos que dão na morte. Zero, nosso ser feito vácuo, é para a maioria de nós "impensável" tanto no sentido emocional como no sentido lógico da palavra. Disso brota a arquitetura múltipla do mito e da metáfora (muitas metáforas são concentrados de mito). O pensamento humano, ele próprio em perpétua mudança e atividade, parece abominar o vazio. Ele gera arquetipicamente ficções de sobrevivência mais ou menos consoladoras. Como uma criança assustada gemendo, gritando no escuro, batalhamos para evitar o buraco negro do nada. E o fazemos mesmo quando os panoramas são insultuosamente pueris e meramente *kitsch* (aqueles campos elísios e coros celestiais, aquelas 72 virgens esperando os mártires do islã).

Ambas as esferas de pensamento, a do ser e a da morte, foram interpretadas como subespécies de esforço infindável do intelecto humano, da consciência mortal, do pensar sobre, do "pensar" Deus. Da atribuição de uma inteligibilidade crível a esse monossílabo. Plausivelmente, o *homo* se torna *sapiens*, e os processos cerebrais se desenvolvem além do reflexo e do puro instinto quando surge a questão de Deus. Quando os meios linguísticos permitiram a formulação dessa pergunta. É concebível que formas superiores de vida animal passem ao largo do entendimento, do mistério da própria morte. A questão de Deus parece ser específica e singular à espécie humana. Somos as criaturas capacitadas a afirmar ou negar a existência de Deus. Temos nosso começo espiritual "na Palavra". O crente fervoroso e o ateu categórico compartilham um entendimento da questão. A simples afirmação "nunca ouvi falar de Deus" seria percebida como absurda. Existência e morte, enquanto pertencentes a "Deus", são objetos perenes de pensamento humano em que esse pensamento não é diferente do enigma da identidade humana, de nossa presença em algum tipo de mundo. Existimos – o famoso *ergo sum* – na medida em que nos empenhamos em "pensar ser", "pensar não ser" (morte) e na relação dessas polaridades com a presença e a ausência da vida ou morte de Deus formulada antropomorficamente. A recessão perene dessa preocupação dos negócios públicos e privados nas tecnocracias desenvolvidas do Ocidente, a recessão antagônica às raivosas marés de fundamentalismo perpassam nossa situação política e ideológica atual. Um agnosticismo tolerante exige maturidade irônica, "capacidades negativas", como as chamou Keats, difíceis de mobilizar. As simplificações selvagens do fundamentalismo, sejam elas islâmicas ou batistas do sul, estão em marcha.

Resta o fato esmagador: seja qual for sua estatura, sua concentração, seu salto sobre os abismos do desconhecido, seja qual for seu gênio executivo de comunicação e representação simbólica, o pensamento não chega mais perto de apreender seus objetos primordiais. Não estamos nem um centímetro mais perto de qualquer solução verificável do dilema da natureza ou do propósito, se é que existe, de nossa existência neste universo provavelmente múltiplo, para a determinação de finalidade ou não da morte e da possível presença ou ausência de Deus, do que estavam Parmênides ou Platão. Podemos estar mais distantes. As tentativas de "pensar", de "pensar até o fim" essas questões em direção a algum santuário de resolução explicativa, justificativa, produziram nossa história religiosa, filosófica, literária, artística e, em grande parte, científica. Esse esforço engajou os intelectos e sensibilidades criativas mais poderosos da espécie humana – um Platão, um santo Agostinho, um Dante, um Spinoza, um Galileu, um Marx, um Nietzsche, um Freud. Gerou sistemas teológicos e metafísicos de fascinante sutileza e sugestivas proposições. Nossas doutrinas, poesia, arte e ciência antes da modernidade foram subjacentemente escritas pelo urgente questionamento da existência, da mortalidade e do divino. Abster-se desse questionamento e censurá-lo seria eliminar a pulsação definidora e a *dignitas* de nossa humanidade. É a vertigem de perguntar que ativa uma vida examinada.

Em última análise, porém, não chegamos a lugar nenhum. Por mais inspirado que seja "pensar o ser", "pensar a morte", "pensar Deus" acaba em quadros mais ou menos engenhosos, abrangentes ou semanticamente cheios de recursos – pode-se até dizer de "verbosidade". Na medida de qualquer avaliação substantiva, a dança aborígine em torno do totem e a *summa* de Aquino, o vodu e as emanações de Plotino dão forma, comunicam mitos que têm entre eles analogias bem mais que acidentais. Não há nenhuma prova por surgir. De fato, a história das sucessivas tentativas de provar a imortalidade ou a existência de Deus resulta numa das mais embaraçosas crônicas da condição humana. A agilidade de pensamento, sua inesgotável propensão à narrativa, leva à conclusão humilhante, quase enlouquecedora, de que "vale tudo". Para incontáveis milhões de pessoas, Deus penteia Sua barba branca e Elvis Presley subiu ao céu. Nenhuma refutação é axiomaticamente possível. A verificabilidade, a falsificabilidade das ciências, seu progresso triunfante da hipótese à aplicação constituem o prestígio e a crescente dominação que elas exercem em nossa cultura. Mas, em outro sentido, isso também constitui sua soberana trivialidade. A ciência não consegue dar uma resposta a questões essenciais que dominam ou deveriam dominar o espírito humano. Wittgenstein observou insistentemente esse ponto. Ela só pode negar a legitimidade dessas questões. Inquirir sobre o nanossegundo anterior ao *Big Bang* é, garantem-nos didaticamente, um absurdo. No entanto, somos criados de tal forma que *efetivamente* perguntamos, e podemos achar a conjectura de santo Agostinho muito mais persuasiva que a teoria das cordas.

É imensamente difícil imaginar qual seria nosso mapa da mente – e as totalidades em que ele habita –, como seria nosso alfabeto de reconhecimentos se o problema de Deus viesse a perder sua significação. Nenhuma "morte

de Deus" retórica, nenhuma erosão da religião organizada nos supermercados do Ocidente, chega perto de um eclipse da possibilidade de Deus em nossa consciência. Até o presente, o ateísmo se ocupou ferozmente de Deus. Se mesmo esse engajamento negativo recuou de qualquer consciência séria, as ciências puras e aplicadas poderiam, presumivelmente, prosseguir seu avanço. Se as humanidades, no sentido mais amplo, podem fazê-lo, não é claro (a genialidade de Beckett é encontrar expressão alegórica precisamente para essa incerteza). Enquanto isso, não é o argumento teológico ou filosófico que leva o pensamento aos limites mesmo de seus indispensáveis e sempre renovados "becos sem saída". É, acredito, a música, essa mídia torturante de intuição revelada além das palavras, além do bem e do mal, em que o papel do pensamento como o concebemos permanece profundamente evasivo. Pensamentos profundos demais não tanto para lágrimas, mas para o pensamento em si.

Pode bem ser que Sófocles tenha dito tudo na ode coral sobre o homem em *Antígona*. O domínio do pensamento, da misteriosa velocidade do pensamento, exalta o homem acima de todos os outros seres vivos. No entanto, torna-o estranho a si mesmo e à enormidade do mundo.

Tristeza, *eine dem Leben anklebend Traurigkeit*, dez vezes maior.

Nascido em Paris, filho de pais vienenses, **GEORGE STEINER** (1929) viveu nos Estados Unidos e na Inglaterra e encarna como poucos o espírito do intelectual clássico europeu. Especializado em literatura e filosofia, transita por diversas áreas e frequentemente tem atuação destacada como intelectual público, sobretudo em questões ligadas ao holocausto e ao judaísmo. Extensa, sua obra é fundada principalmente em ensaios. No Brasil, foram publicados, dentre outros, *Nenhuma paixão desperdiçada* (Record, 2001), *Depois de Babel* (UFPR, 2002), *A morte da tragédia* (Perspectiva, 2006) e, mais recentemente, *Tigres no espelho* (Globo, 2012), que reúne colaborações para a *The New Yorker*. "Dez (possíveis) razões para a tristeza do pensamento" foi publicado originalmente em 2005, no número 146-147 da *Salmagundi*, revista de ciências sociais e humanidades editada desde 1965 pelo Skidmore College de Nova York.

TRADUÇÃO DE **JOSÉ RUBENS SIQUEIRA**

FICÇÃO Na lógica do mercado, o sêmen do filósofo alemão vale mais que sua obra e pode ser usado para reprodução na África ou em São Paulo

O penúltimo pensamento de Nietzsche

ALEXANDER KLUGE

Após escala em Paris, uma criatura de Chicago, elegante e menor de idade, aterrissa no antigo aeroporto de campanha Weimar-Leste com o advogado e um assistente. Um cortejo de veículos conduz a jovem beldade ao hospital do distrito. Um patologista a recebe. Também ele ladeado por advogados (da cidade de Halle). A jovem beldade recebe em mãos, em troca de comprovante, um recipiente resfriado e continua a viagem, de volta a Paris. No Instituto Pasteur da cidade, o pacote é aberto e o conteúdo, distribuído por vários frascos de análise. Trata-se de uma AMOSTRA DE SÊMEN DO FILÓSOFO F. NIETZSCHE.

Conforme se verificou, a amostra não foi congelada de maneira propriamente adequada e foi mantida em segredo por longo tempo pela irmã do filósofo. Foi colhida um ano antes da morte do erudito, isto é, numa época em que ele era considerado demente. O valor do seguro-transporte foi fixado em seis milhões de dólares.

– Será que ainda se pode fazer algo com esse material?

– Nada que seja seguro. Falta a documentação do congelamento.

– Mas certamente a amostra foi colhida em uma masturbação documentada?

– Há relatos sobre isso. Um médico esteve presente. Em seguida, eles resfriaram a amostra com os meios então disponíveis, com uma substância congelante obsoleta, que não conhecemos mais. A amostra foi colocada num recipiente

***Friedrich Nietzsche* por Edvard Munch (1906)**

em que normalmente são guardadas amostras cerebrais. Assim o receptáculo permaneceu em meio aos objetos do espólio. Esquecido no porão frio.

– Será que se poderia implantar uma porçãozinha da amostra numa negra da África Central francesa? Resultaria desse procedimento um descendente de Nietzsche? Sobre uma sólida base corporal?

– Não necessariamente um filósofo.

– Não de maneira incondicional; mas mesmo assim: pode ser?

– Esta é uma ideia tipicamente americana. O que interessa não são "os penúltimos pensamentos de Nietzsche", nem a colossal envergadura de seus escritos, mas sim um pedaço de corpo, um pedaço de "corpo congelado".

– A dama herdou esse material?

– Sim. Ela é a última herdeira comprovada. Por vias transversas. O pai possui frigoríficos em Chicago.

– E ela vendeu as amostras?

– Nem tudo. Manteve consigo o recipiente e mais ou menos metade da amostra. A outra metade foi aplicada de maneira lucrativa, uma quantia milionária do Extremo Oriente.

– Coisa anônima?

– Completamente anônima. Deve ter sido passada adiante para algum aficionado na América do Sul.

– Para um experimento?

– O que quer dizer com experimento? Foi utilizada para fins de procriação.

– Então pode haver agora, num raio de 19 quilômetros em torno de São Paulo, um ou vários descendentes de Nietzsche? E se algo se estragou na amostra?

– Não aconteceu nada. Se o implante pega, a amostra é saudável.[1] Você não imagina como isso funciona bem. Por mais de 500 anos. E talvez tenha dado mesmo num filósofo.

– Ou talvez haja agora uma prostituta, um médico, uma faxineira, um apicultor. A atribuição dos papéis sexuais permanece a mesma.

– Você compraria?

– Tem algo de jogo de azar.

– Como em toda adoção.

– A jovem dama tem planos em relação ao sêmen restante?

– Isso é confidencial.

– Ela vai implantar nela mesma?

1. O corifeu da genética tem diante dos olhos uma série de resultados inesperados. Na Argentina implantou-se sêmen humano em touros dos Pampas. Curiosamente, isso funcionou, após os touros terem sido providos com hormônios femininos e o alojamento do embrião ter sido inserido, por meio de cirurgia plástica, na parede lateral do estômago do animal. O ensaio foi interrompido por razões meramente éticas no sétimo mês. Radiografias e protocolos ultrassonográficos foram depositados no cofre de um banco.

Também o risco associado a agentes patogênicos da doença que teria acometido Nietzsche e extinguido sua consciência ativa não representa, afirma o corifeu da genética, nenhuma ameaça. O estreptococo é sete vezes maior que o espermatozoide e duas vezes maior que o óvulo. Não pode jamais penetrá-lo (mas sim, no máximo, fragmentá-lo) e nunca poderia fecundá-lo. De acordo com nossa experiência, um animal tão complexo quanto esse agente patogênico não sobreviveria sequer meio ano ao resfriamento da amostra.

– A criança deve chamar-se Sigurd, se for menino.

– O que ela espera de tudo isso?

– Mais-valia. Talvez ela seja aparentada com o grande Nietzsche na proporção de um nonagésimo. O filho dela seria, em cinquenta por cento mais um nonagésimo, "acima do homem".[2]

– Ela traduz isso como super-homem?

– Ela não. Mas todos ao seu redor veem desse modo. A relação de parentesco seria ainda melhor que se fosse da nobreza.

2. *Übermensch* no original, substantivo composto pela preposição *über* ["acima", "sobre"] e *Mensch* ["homem", "ser humano"]. Traduzido em português também como "super-homem", "além do homem", "sobre-humano" etc. O termo já existia em alemão antes de Nietzsche (por exemplo, no *Fausto* de Goethe, verso 490), mas penetrou na linguagem filosófica com a obra *Assim falou Zaratustra* (1883-1885). Entre várias passagens em que Nietzsche emprega o termo, lê-se no quarto capítulo do "Preâmbulo de Zaratustra": "O homem é uma corda, atada entre o animal e o super-homem – uma corda sobre um abismo". [N. do T.]

Cineasta consagrado, o alemão ALEXANDER KLUGE (1932) é autor do monumental documentário *Notícias da antiguidade ideológica* (2008) e de dezenas de filmes para o cinema e a TV, além de programas de rádio. Pouco difundida no Brasil, sua obra literária inclui a antologia *Crônica dos sentimentos* (*Die Macht der Gefühle*, 2004), na qual esta parábola foi incluída originalmente. Alguns de seus textos estão publicados em português em *Alexander Kluge: o quinto ato* (Cosac Naify, 2007), que reúne ainda ensaios sobre sua obra.

TRADUÇÃO DE MARCUS V. MAZZARI

a

AZUL, ELIOT WEINBERGER

Basta voltar atrás e não existe azul.

Blue, black, blonde, o francês *blanc* e mesmo *yellow*, todos derivam de uma palavra protoindo-europeia: *bhel*, o que brilha, arde, cintila ou já se queimou.

O mar de Homero é clamorosamente escuro como vinho. Os cabelos de Odisseu são cor de jacinto. (Milton, por sua vez, sendo cego e classicista, conferiu a seu Adão umas "madeixas de jacinto".)

Na maioria das línguas da Ásia, da África e das Américas pré-colombianas, há uma única palavra para verde (*green*) e azul (*blue*). Os linguistas, que não têm ouvido para línguas, referem-se a ela como *grue*.

Thoreau: "Walden é ora azul, ora verde, e isso de um mesmo ponto de vista. Estando entre a terra e o céu, partilha da cor de ambos."

Basta voltar atrás e os africanos, para as línguas europeias, são azuis. Os corvos, nas sagas islandesas, são azuis.

Em galês, *glas* é a cor do céu, da relva e da prata; *glas* é também vigor, força vital. Em inglês medieval, *blewe* é a cor tanto do mar como das cinzas.

Para maias e astecas, as cores primárias eram amarelo, vermelho, branco e preto: as cores das variedades de milho que eles cultivavam.

—

Kandinsky dizia que o azul cria um sentimento de repouso sobrenatural. "Quando se aprofunda, rumo ao preto, o azul ecoa um sofrimento que já não é mais humano. Quando se eleva, rumo ao branco [...], ele se torna mais débil e mais distante."

Kandinsky cita um certo dr. Freudenberg, de Weimar, que tinha um paciente incapaz de provar certo molho sem sentir um gosto de azul. Kandinsky não diz qual era o molho.

Kandinsky escreve: "Há manchas azul-claras no meio do esplendor do amarelo. Só meus olhos viram as manchas azul-claras. Fizeram bem aos meus olhos. Por que ninguém mais viu as manchas azul-claras no meio do esplendor do amarelo?"

—

O azul é um som.

Amy Beach dizia que lá menor é azul. Rimsky-Korsakov dizia que mi menor é azul. Durante um ensaio em Weimar, em 1842, Franz Liszt implorou que a orquestra tocasse com um pouco mais de azul.

Scriabin dizia que tanto sol menor como fá maior são de um azul intenso; si natural é azul comum; e mi natural é azul-claro.

A pintura, dizia Arthur G. Dove, é "a música dos olhos".

O azul é um som: *blues*.

Kandinsky dizia que o som da flauta é azul--claro; o do violoncelo, azul-escuro; o do contrabaixo, azul ainda mais escuro; e o do órgão, mais escuro que todos.

Thoreau: "Todo som ouvido à distância máxima produz um único efeito, uma vibração determinada da lira universal, assim como a atmosfera converte uma crista longínqua em algo de interessante aos nossos olhos, por obra da tintura de azul que lhe aplica".

O azul é a cor do Visuddha, o chacra localizado na garganta.

—

O azul é um caramujo.

Em hebraico bíblico, a palavra para azul é *tekeleth*, nome do caramujo do qual se extraía um pigmento azul.

O Talmude afirma que esses caramujos só aparecem uma vez a cada sete anos.

—

Raoul Dufy: "O azul é a única cor que mantém seu caráter em todas as tonalidades. [...] Ele segue sempre sendo azul."

O azul é a cor do paraíso persa.

—

Indagado por um antropólogo, um xamã huichol identificou o Pantone 301C como o azul sagrado.

—

Povo de pastores no norte do Iraque e nos vales remotos do Cáucaso armênio, os yezidis falam curdo, mas não se consideram curdos. Dizem que vieram da Índia, razão pela qual acreditam na reencarnação e têm uma rígida divisão em castas. Não se sabe quantos são, pois, se interrogado, nenhum deles jamais confirmará se é yezidi ou não. Cultuam Satã, chamado de Malek Taus, o Rei-Pavão, que foi perdoado por Deus e não é maligno.

Têm dois livros. O único exemplar de um deles, o *Livro negro*, foi roubado séculos atrás e levado, dizem, para a Inglaterra; mas há homens, os chamados Faladores, que sabem recitá-lo palavra por palavra e o transmitem de pai para filho.

Entre os yezidis, é proibido comer alface.

Os yezidis abominam, ou temem, a cor azul. A pior maldição em sua língua diz: "Que você caia morto vestido de azul".

—

Maliévitch: "Rompi o limite do azul e saí para o branco".

ELIOT WEINBERGER (1949) nasceu e vive em Nova York. É poeta, ensaísta e premiado tradutor de Octavio Paz, Jorge Luis Borges e Vicente Huidobro. "In Blue", que dá origem a este verbete, foi publicado originalmente em 2008, no livro homônimo do pintor americano Terry Winters, e reproduzido no ano seguinte em *Oranges and Peanuts for Sale*, coletânea de ensaios de Weinberger. TRADUÇÃO DE **SAMUEL TITAN JR.**

O retrato

LYND WARD

capítulo de *Gods' Man* (1929)

Milhares de palavras sobre livros sem palavras

ART SPIEGELMAN

Lynd Ward produzia livros. Ele tinha uma profunda reverência pelo objeto livro. Compreendia a anatomia, respeitava cada aspecto da produção, conhecia intimamente a história do livro e amava seu potencial de captar um público. Esta é uma das razões por que ele nos chama a atenção neste momento, em que o objeto livro parece sob ataque.

Ward nasceu em uma devota família metodista de Chicago, em 1905. Seu pai, Harry Frederick Ward, um pastor progressista, imbuiu o filho de consciência social e de ativismo, assim como de uma sólida ética protestante de trabalho, características infundidas em sua vida e obra. (Em 1920, o pai tornou-se o primeiro presidente da American Civil Liberties Union – ACLU – e, na década de 1950, foi perseguido por sua proeminência como ativista na Frente Popular.) Por ser uma criança doente, Lynd Ward debruçava-se longamente sobre as ilustrações da Bíblia produzidas por Gustave Doré no século 19, já que o pai proibia tudo que fosse tão profano quanto os quadrinhos do jornal de domingo. Negado o vocabulário das tirinhas, Ward cresceria para ajudar a construir uma sintaxe completamente diversa para a narrativa visual.

Autorretrato de Lynd Ward
Esta imagem e as anteriores foram cedidas pela Library of America, com permissão das herdeiras

Logo depois de se graduar no Teachers College, da Universidade de Columbia, Ward partiu para um ano de estudos avançados na Europa com a noiva, a futura autora May McNeer. Para a sorte dos que apreciam sua obra, eles acabaram não em Paris, mas na Alemanha de Weimar. Em lugar de perseguir o modernismo formalista no ar da Rive Gauche, adentrou o gabinete do Dr. Caligari, tornou-se profundo conhecedor do expressionismo alemão e aprendeu xilogravura com um mestre local.

Ward topou com uma cópia de *Die Sonne*, de Frans Masereel, uma história extravagante em livre associação de um Ícaro moderno contada em um livro com 63 xilogravuras. Na exuberância acachapante do alto expressionismo, o artista flamengo inventou o romance em gravuras, inspirou Ward e continua a inspirar os artistas de hoje, incluindo este grato escriba que vos fala. Primeiramente publicada em uma edição popular, um ano antes de Ward viajar para a Alemanha, *Die Sonne* (o terceiro de mais de 50 trabalhos semelhantes produzidos por Masereel ao longo da vida) traz uma introdução de Carl Georg Heise, um bastião do que seria chamado, uma década depois, de "arte degenerada". Sabendo apenas um alemão rudimentar como estudante em Leipzig, Ward não tinha condição de compreender a introdução, mas provavelmente se deliciou com o poder de comunicação de Masereel para além de barreiras linguísticas e nacionais.

Comunicação era uma questão central para o desenvolvimento estético de Ward. Em um ensaio de 1949 para *The Horn Book*, colocando em perspectiva o quarto de século anterior à evolução do artista do livro, Ward nota que

> o problema fundamental do artista do livro envolve uma grande ênfase na arte como comunicação. Curiosamente, isso se passa em um momento em que o campo da pintura dá ensejo a tendências dominantes rumo à abstração e à expressão exotérica [...]. Pode até ser que vejamos aqui a separação de dois elementos que sempre estiveram presentes nas artes visuais – a preocupação com a comunicação e a preocupação com as qualidades visuais que apenas "existem" e constituem sua própria justificativa de existir. No pensamento de muitos [...], a tendência atual para a preocupação com qualidades formais é inevitável e desejável. Por outro lado, pode-se objetar que um equilíbrio entre as qualidades formais da expressão visual e uma preocupação com ter algo a dizer resultaram nas maiores realizações visuais do passado – Hogarth, Blake, Daumier, Goya e Callot, para mencionar alguns poucos.

Em 1929, depois de retornar a Nova York e tornar-se um ilustrador *freelancer* em luta pela sobrevivência, Ward descobriu *Destiny* [Destino], um romance alemão sem palavras produzido por Otto Nückel. O único trabalho de Nückel segue formalmente o exemplo de Masereel, mas com um fluxo narrativo mais cinematográfico, apresentando o coerente e extremamente melodramático conto de vida e morte de uma prostituta em gravuras precisas, quase pinturas, em metal. *Destiny* arrebatou Ward, na época com 24 anos, e incitou-o à produção das 139 xilogravuras da narrativa que se tornaria, naquele mesmo ano, *Gods' Man* [O homem dos deuses]. Foi um sucesso imediato. (Lançada em outubro de 1929, na mesma semana da quebra da Bolsa de Nova York, que desencadearia a Grande Depressão, *Gods' Man* venderia mais 20 mil cópias nos quatro anos seguintes.) *Gods' Man* introduz o romance em xilogravuras e Lynd Ward nos Estados Unidos, e permanece sendo o mais emblemático e popular de seus seis livros publicados no gênero.

Além disso, *Gods' Man* é emblemático em sentido quase medieval, com seu simbolismo declarado e seus retratos em preto e branco do bem e do mal em chave fáustica. Nosso Herói, um artista destituído em busca de fama e fortuna, aceita uma escova mágica de um Estranho Misterioso. Sua rápida ascensão prova-se vazia, mas ele abandona a Cidade corrupta, encontra um belo pastor de cabras e vive uma vida de beleza Edênica, até que o Estranho Misterioso chega para recolher o pagamento, e Nosso Herói morre. A despeito das implicações politeístas desse apóstrofo estranhamente inserido no título, *Gods' Man* é um conto moral sobre o pecado do orgulho.

O estilo visual desse primeiro livro, modulado pela fluidez moderna de Rockwell Kent – bem como pelos filmes expressionistas de Murnau e Lang –, corre um caminho diverso do modernismo gestual que dá forma a Masereel e Nückel, e volta-se aos artistas medievais do livro e aos gravadores clássicos, de Albrecht Dürer a Thomas Bewick, marcando a propensão temperamental de Ward para o artesanato.

Repleto do mais profundo *Sturm und Drang* de um homem muito jovem, o primeiro romance de Ward teve, 35 anos depois, grande impacto sobre Susan Sontag, que o incluiu no elenco canônico do *camp* em seu importante "Notes on Camp". Trata-se de uma distinção dúbia, ainda que seu ensaio inclua a advertência de que "assim como o *camp* não é necessariamente arte ruim, a arte que possa ser deste modo compreendida (exemplo: os melhores filmes de Louis Feuillade) é merecedora da mais séria admiração e estudo". Algumas das imagens de Ward são involuntariamente ridículas (o retrato de Nosso Herói idilicamente deixando para trás a ravina com sua Esposa e filho me faz rir feito bobo), mas outras (as duas gravuras de Nosso Herói nos cânions desolados da Cidade depois de fugir da Dama me vêm à mente) são impagáveis, demonstrando seus formidáveis poderes de composição gráfica.

A habilidade de Ward em imitar a expressão e a linguagem corporal era impressionante, mas sua audácia e confiança em talhar uma nova linguagem narrativa era o que ganhava minha mais sincera admiração enquanto jovem cartunista. O gênero da narrativa visual de que Ward foi pioneiro implicava dificuldades ainda maiores que as já flexíveis linguagens do cinema e dos quadrinhos. O filme mudo – um catalisador imediato para o livro sem palavras – nunca foi tão categoricamente silencioso quanto o romance em gravuras: intertítulos e acompanhamento musical auxiliavam a transmissão de sentido. A linguagem do cartum (linhas de movimento, estrelas de dor, *emoticons avant la lettre*) parece mais maleável que a linguagem de ilustração do símbolo visual. A prova está em uma das mais felizes consequências do seu sucesso: uma paródia alucinada do trabalho de Ward e dos melodramas do cinema mudo, *He Done Her Wrong* [Ele sacaneou com ela], do gênio dos quadrinhos Milt Gross. (Encontrei uma edição barata do clássico de Gross quando tinha 15 anos, mas vi e desfrutei o trabalho de Ward apenas quatro anos depois – regra em minha educação cultural, absorvi a paródia antes de ter acesso ao original.) O livro de Gross, uma obra-prima publicada pela primeira vez em 1930, tinha o subtítulo *O GRANDE ROMANCE AMERICANO* e nenhuma palavra dentro dele – tampouco música. Talvez as limitações da pantomima desenhada tenham um efeito mais cômico que trágico.

—

Com a expectativa de aprofundar as possibilidades de seu idioma de escolha, Ward embarcou em um segundo e mais desafiador romance sem palavras: *Madman's Drum* [O tambor do louco], um livro com 118 xilogravuras publicado um ano após o primeiro. Diferentemente do protagonista de *Gods' Man*, o artista foi quase engolido por sua ambição, mas como ele próprio escreveu em sua coleção de 1974, *Storyteller Without Words* [Contador de histórias sem palavras]:

> Percebi, não sem algum sofrimento, que quando estava trabalhando em *Gods' Man* [...] eu provavelmente via as coisas em termos muito simplistas, [...] inventando personagens apenas para pontuar algo necessário, usando-os sem consideração suficiente por sua identidade como pessoas com experiências, histórias e necessidades individuais. [...] Parecia haver uma óbvia necessidade de relações mais sofisticadas com o mundo e uma maior inevitabilidade nos encontros entre personagens. Possivelmente, é claro, procurar essa outra dimensão para personagens cujo impacto é puramente visual era pedir mais do que o meio poderia suportar.

Ward prosseguia dizendo: "Uma coisa que me marcou à medida que o segundo livro tomava forma foi que [...] trabalhar em uma sequência narrativa é, em muitos aspectos, trabalhar no escuro". Umas poucas partes de *Madman's Drum* bastam para que o leitor se perca na escuridão de Ward.

As primeiras páginas são bastante promissoras, introduzindo o que se mostra ser o pai do protagonista, um próspero e brutal traficante de escravos; mas, então, a narrativa cai em águas obscuras e começa a afundar no desejo confesso de transformar trajetórias e tragédias individuais em estereótipos. Honrando a intenção de Ward de manter a narrativa ao alcance de cada interpretação subjetiva – e, assim, sem contaminá-la e engessá-la com uma linguagem explicativa –, digo-lhes apenas (com o orgulho de quem acaba de vencer um jogo de adivinhações) que as personagens chegam a um final infeliz e os pecados do pai são transmitidos a seus filhos. Algumas dicas, caso você decida ir além dessa advertência: o elenco, relativamente grande, inclui as duas filhas do protagonista, que carregam consigo uma semelhança fisionômica narrativamente infeliz com a mãe; e novas personagens parecem surgir ocasionalmente sem ter sido anunciadas.

Até o trabalho gráfico é, às vezes, traído por sua ambição. As linhas finamente gravadas e a rica variedade de tons e padrões hachurados são, não raro, de mais difícil leitura do que as imagens ousadas do primeiro livro, ainda que a abordagem de Ward da composição pictórica apenas se fortaleça. O livro tem outras virtudes, e a menor delas não é o bem contado subenredo sobre o amante comunista da filha, injustamente julgado e enforcado. O senso aguçado de justiça social de Ward – incluindo sua revolta contra a execução de Sacco e Vanzetti, em 1927 – está expresso de modo mais lúcido aqui do que nas partes da Cidade do Pecado em *Gods' Man.*

Tenho me estendido nas falhas do livro pois Ward aprendeu muito com elas. E minha luta para decifrar sua narrativa me permite esclarecer o segredo contido dentro de todos os romances sem palavras: o processo de virar páginas para a frente e para trás, caçando detalhes salientes e classificando-os, libera as palavras com que se produzem os significados. Os romances sem palavras são *preenchidos* com linguagem – que reside na cabeça do leitor, mais que na página.

Dois anos mais tarde, Ward ressurgiu da depressão de marinheiro de segunda viagem[1] com um terceiro romance em gravuras que dominava as difíceis lições aprendidas: um conjunto narrativo de 108 imagens chamado *Wild Pilgrimage* [Peregrinação selvagem]. Saindo das complicações novelísticas de *Madman's Drum,* ele produziria um trabalho econômico em termos narrativos e visuais que segue uma única personagem, alternando sequências do mais sombrio mundo real e de sua vida interior. Ward retorna aos contrastes do primeiro livro, entre a civilização corrupta e

1. Em inglês, *sophomore,* isto é, o estudante do segundo ano do *college.* [N. do T.]

a natureza pastoral, mas agora com cuidadosa sofisticação. Os cínicos poderiam preferir desdenhar seu fervor ou as figuras e paisagens artificialmente fetichizadas, situadas em algum lugar entre Thomas Hart Benton e Tom da Finlândia, mas sua paixão e mesmo suas estranhas inclinações sexuais subjacentes estão entre os pontos fortes.

O artista transcende a essência em preto e branco de sua forma abraçando-a – quando, de maneira inovadora, substitui o sanguíneo pelo negro nas sequências de devaneios subjetivos –, e encontra um leque cromático maior que seu trabalho jamais alcançara. *Wild Pilgrimage* é um romance proletário e psicológico ao mesmo tempo. Cria uma poesia lírica visual ao costurar conflitos: Indivíduo *vs* Sociedade; Liberdade *vs* Responsabilidade; Eros *vs* Tânatos; Éden *vs* Hades; Subjetivo *vs* Objetivo; o Tronco de árvore *vs* a Chaminé; os Ângulos *vs* as Curvas. Os símbolos são, afinal, ricos em possibilidades alusivas, capazes de evocar sentidos contraditórios: as árvores que dominam a paisagem transformam-se, de portadoras de frutas, em portadoras do trágico "Strange Fruit", de Billie Holliday.[2] Em sua vida fantasiosa, nosso protagonista resgata a humanidade do demônio destruidor de almas ao decapitá-lo, mas a cabeça que ele ergue é a sua própria!

A velocidade da narrativa assegura a intenção do artista de provocar múltiplas leituras. Focado nos movimentos da personagem central pelo espaço – interno ou externo –, o livro tem um ritmo fácil de sequenciamento temporal; diferentemente de *Madman's Drum*, a fluidez narrativa mantém a tradução das imagens em palavras como um suave murmúrio. De modo mais eficaz do que em *Gods' Man*, as habilidades mais afiadas de Ward permitem que se avance pelo livro. Ele oferece composições variadas, ambientes e detalhes texturizados em suntuosas gravuras *déco*, incorporando o Regionalismo Americano e as formas Futuristas facetadas em um repertório que encoraja o olhar a demorar-se e reler. *Wild Pilgrimage* é um trabalho eficaz, em certo sentido o mais acessível e agradável de seus livros.

—

Ainda que bem mais conhecido por seus romances em gravuras, Lynd Ward, desde sempre um trabalhador disciplinado, tornou-se um prolífico ilustrador de edições limitadas e de tiragem comercial. Ele também concebeu e ilustrou

2. Referência ao poema de protesto contra a prática comum de linchamento de negros nos Estados Unidos, escrito e musicado por Abel Meeropol e imortalizado por Billie Holliday, na qual se descreve um negro enforcado. Diz a canção: "As árvores sulistas carregam um fruto estranho,/ Sangue nas folhas e sangue na raiz,/ O corpo negro balança ao sabor da brisa sulista,/ O fruto estranho balançando nos choupos.// A paisagem pastoral do Sul galante,/ Os olhos esbugalhados e a boca torta,/ Perfumes de magnólia frescos e doces,/ E então o fedor súbito da carne que queima!// Eis o fruto para que o retalhem os corvos,/ Para que a chuva recolha, para que o vento seque,/ Para que o sol apodreça, e das árvores caia,/ Eis um estranho e amargo grão." [N. do T.]

muitos livros infantis quando essa categoria começou a florescer (e, em 1953, foi agraciado com a Medalha Caldecott pelas ilustrações em guache que criara para seu livro de figuras *The Biggest Bear* [O maior urso]). Ao longo dos anos, militou muitas vezes na mídia impressa em defesa das glórias do livro integralmente desenhado. Nos piores anos da Grande Depressão, chegou a fundar uma gráfica dirigida por uma cooperativa progressista, a Equinox, dedicada a livros de ficção e de conteúdo político produzidos artesanalmente. Em nosso futuro digital, é possível que apenas os livros do tipo imaginado por Ward – cientes de si próprios como obras de arte, sensíveis aos meios mecânicos necessários para sua feitura – sobrevivam à era da reprodução eletrônica.

—

Há muito tempo ganhei um dos 16 livros que a Equinox produziu em seus sete anos de existência: uma biografia de John Reed com foco na passagem da juventude à vida adulta, *One of Us* [Um de nós], com texto de Granville Hicks, editor de literatura da *New Masses*, acompanhado de 30 páginas de litografias de Ward; mas com alegria troquei por sua quarta narrativa gravada em madeira, *Prelude to a Million Years* [Prelúdio para um milhão de anos], publicada pela Equinox em 1933.[3] Belamente produzida – encadernada à mão com lombada dourada, as 30 figuras impressas diretamente das matrizes de madeira em dobra francesa –, a edição, com 920 cópias assinadas e preço modesto, demonstra sutilmente os ideais formais da Equinox ao mesmo tempo que causa desespero no mundo em que nasceram.

3. Três dos livros discutidos neste ensaio aparecem em um compêndio publicado pela série Library of America: *Lynd Ward: Prelude to a Million Years, Song without Words* e *Vertigo*.

Mais um prelúdio musical curto sem palavras do que um romance, *Prelude to a Million Years* revisita, com olhos e cinzéis mais afiados, o tema de *Gods' Man*, do artista preso em uma civilização condenada. Um escultor, ao deixar o ateliê, encontra – em rápida sucessão – um assaltante, uma violenta manifestação de trabalhadores (a imagem de manifestantes reprimidos pela polícia é recorrente nas histórias de Ward da década de 1930 tanto quanto no resto dos Estados Unidos), uma igualmente violenta demonstração de nacionalismo histriônico e uma mulher perdida e bêbada (uma prostituta e/ou sua ex-amante) nua na cama. Ele retorna ao estúdio angustiado, bem a tempo de ser, assim como o estúdio, consumido por um incêndio. Bem-vindos aos milhões de anos!

—

Outro trabalho de grande tema em pequena escala, *Song without Words* [Música sem palavras], foi publicado em uma tiragem de 1.250 cópias, poucos meses depois da Guerra Civil Espanhola, em 1936. Um ano antes, Ward se tornara membro fundador do Congresso dos Artistas Americanos, organizado para produzir "ações coletivas contra a guerra e o fascismo". *Song without Words* está mais próximo de um grito de ultraje e de dor. Ele pergunta, como ainda devemos fazer: "Como ousamos trazer uma criança a este mundo infeliz?". Mesmo os que compartilhavam de minha aversão ao Mendigo de Olhos Grandes que representa a escola de arte, deve antes dar crédito à presciência das crianças famintas presas atrás do arame farpado sob a suástica. Ward era um visionário de mente aberta, um homem sério de seu tempo que previa cataclismos futuros. A mulher grávida solitária que vaga por 21 gravuras infestadas de ratos e abutres ergue os braços desafiando as forças do mal retratadas – esta é uma das mais intensas e pungentes imagens antiguerra do século –, na forma de um enorme crânio com uma cidade de lápides no lugar dos dentes e mercadores da morte espionando de dentro das órbitas vazias dos olhos, pouco antes de dar à luz. A canção testa as maiores desgraças para terminar em uma nota de esperança – a mulher e seu companheiro sentados nus diante das luzes radiantes da cidade com o olhar fixo, mirando para fora da página, voltado para o futuro.

—

O último romance completo de Ward em gravura, *Vertigo* [Vertigem], publicado em 1937, estava bem adiantado na época da produção de *Song without Words*. De visada genuinamente novelística, é uma obra complexa, que lida com tempos perigosamente difíceis. Tão emblemática quanto *Vinhas da ira*, de Steinbeck, tão ambiciosamente experimental quanto a trilogia U.S.A., de John dos Passos, tão apocalíptica quanto *O dia do gafanhoto*, de Nathanael West, trata-se de uma das obras centrais da literatura da Grande Depressão, além de ser útil para entender o que está sendo feito conosco nos dias de hoje. Ward legava ao passado o jogo de damas elegantemente vencido em *Wild Pilgrimage*, jogado com peças vermelhas e pretas, para adentrar o universo do xadrez tridimensional.

A obra se divide em três partes interligadas e intituladas "A Garota", "Um Senhor de Idade" e "O Garoto". Depois de uma sequência introdutória, cada uma das partes se subdivide: os capítulos de "A Garota" são nomeados por ano (de 1929, ano da quebra da Bolsa, a 1935); os 12 capítulos de "Um Senhor de Idade" são separados por meses; e os de "O Garoto", pelos dias da semana. A procura de conexões entre cada parte do livro oferece ao leitor uma narrativa de vidas e sonhos destruídos pelo que Ward, em suas reflexões sobre a obra em 1974, chama de "o efeito óbvio que aquelas forças sociais imensas, intrincadas e impessoais tinham naquele momento sobre a substância de tantas vidas individuais".

Uns poucos momentos-chave (ótima expressão para as imagens!) unem o Garoto e a Garota, separados por aquelas "forças sociais impessoais", à vida do Senhor de Idade, presidente de certa Eagle Corporation of America, retratada na parte central – o fulcro – da obra. Tomo bastante cuidado para não revelar muito, já que *Vertigo* devolve a análise atenta que exige; há um prazer imenso e até um impulso emocional de desvelar as pistas deixadas nos detalhes das imagens. Motivos, símbolos e situações contrastantes entretecem as três partes em um todo impiedoso.

Complexo em estrutura (mais do que simplesmente complicado, como *Madman's Drum*), *Vertigo* é bem-sucedido em retomar a luta dos primeiros trabalhos de dotar personagens arquetípicas de uma textura pessoal. O gênio do trabalho vem à tona no retrato favorável do solitário e compenetrado Senhor de Idade, que repele a cruel passagem do tempo enquanto, sem maior consideração, suga as vidas de todos nós, Garotos e Garotas. Ward entende que

> obviamente, a despeito da figura simbólica que traz em si o rótulo que qualquer cartunista usa para indicar a personificação, é impossível estabelecer de modo satisfatório uma só imagem que traga a essência do que entendemos ser uma "força social impessoal". Ao mesmo tempo, é difícil para o leitor sentir-se identificado com uma multidão: é com o ser humano singular, vilão ou herói, que nos sentimos emocionalmente envolvidos [...]. Daria até para sugerir que uma força social impessoal é o acúmulo de ações individuais pelas quais os indivíduos são finalmente responsáveis.

O enorme e terrível crânio que aparece em *Song without Words* paira furtivo por trás da cultura, da filantropia e da melancolia do Senhor de Idade, do mesmo modo como permanece sentado atrás dos rostos sorridentes de banqueiros, corretores de valores e outros mercadores da morte de hoje que, individualmente, nos pareceriam amáveis durante um jantar. Em nossas profundezas, quanto mais empatia dedicamos ao velho senhor rico, mais cientes nos tornamos de que a cabeça do demônio destruidor de almas que seguramos é a nossa própria!

É um desserviço reduzir *Vertigo* a suas descrições; ele torna suas qualidades humanas menores. Mas a imagem adorável da garota nua espreguiçando-se semi-inconsciente em toda a sua glória no início do capítulo "1929", a imagem contrastante do Senhor de Idade barrigudo parado diante do espelho na primeira imagem do capítulo "Janeiro", e a imagem da violenta montanha-russa que embrulha o estômago e nos lança ao precipício das manchetes de jornais de hoje em dia alcançam um *páthos* bem distante dos prazeres ingênuos de *Gods' Man*. Bem-vindos aos milhões de anos.

—

Parece natural agora pensar em Lynd Ward como um dos mais renomados e completos autores americanos de *graphic novels*. Na verdade, ele pertence a um pequeno grupo de artistas, de onde quer que sejam, que até anteontem já produziu uma *graphic novel*. O rótulo incômodo parece ter se consolidado desde que Will Eisner, criador do incrivelmente inventivo *Spirit*, romance em quadrinhos dos anos 1940, utilizou-se dele pela primeira vez na capa da coleção de histórias em quadrinhos para adultos *A Contract with God* [Um contrato com Deus], de 1978. Era um modo de distanciar-se dos preconceitos em relação à forma, e Eisner muitas vezes mencionou os romances em xilogravura de Ward como inspiração para sua obra e para o eufemismo. Mas as raízes da obra de Ward não estavam nos quadrinhos, ainda que ela participasse da mesma e ampla árvore genealógica, mas sim em algum lugar entre os ramos (menos livres dos cupins) das artes da impressão e da ilustração.

—

Na primavera de 1970, encontrei Lynd Ward de passagem em Binghamton, Nova York, em uma pequena exposição de seus trabalhos. Eu era um cartunista de 22 anos, aluno do Harpur College e, até onde me lembro, de longe um dos mais jovens e malvestidos presentes ao *vernissage*. Disse o quanto admirava seus romances em gravuras, e ele se mostrou surpreso até por eu conhecer aqueles livros. Perguntei quais tiras de jornal tinham sido importantes para ele, e Ward explicou que não tinha permissão para ler tiras de jornal quando criança. Insisti, ele acabou dizendo apreciar *Príncipe Valente* [*Prince Valiant*], de Hal Foster, que descobrira já adulto. Não partilhei de seu entusiasmo – achava que o trabalho de Foster, com sua tipografia posicionada abaixo de cada uma das majestáticas ilustrações na seção de tirinhas, mal podia ser considerado quadrinho –, mas encontramos um terreno comum na admiração pelo grande e antigo quadrinista socialista Art Young, antes de Ward se virar para conversar com seus amigos já crescidos.

Seus romances em gravuras sem palavras (como *Príncipe Valente*, ocorre-me pensar) eram mais fáceis para serem aceitos na cultura ocidental do que os quadrinhos em toda a sua esplendorosa vulgaridade. Em um ensaio bastante persuasivo do século 18, *Laocoonte, ou Sobre as fronteiras da pintura e da poesia*, o filósofo alemão Gotthold Lessing admoestou a cultura ocidental contra a confusão das naturezas da poesia ou da prosa – formas escritas cujo elemento era o tempo – com a natureza das formas visuais, como a pintura e a escultura, cujo elemento era o espaço. Nada poderia violar esse antigo tabu estético de maneira mais direta do que os quadrinhos, um tipo de pintura-escrita – a própria disposição da página de um artista de quadrinhos insiste em puxar o leitor de um desenho a outro. Ward também transitou pelo tempo, é claro, mas convidando o olho a permanecer em cada composição isolada – nunca maculada pela linguagem escrita – na qual trabalhava com sutileza. Para fazer uma xilogravura, é preciso insistir na *gravitas* de uma imagem. Cada imagem é uma conquista paciente, às vezes sangrenta. Ela retarda o espectador. Saber que o trabalho é cuidadosamente talhado confere peso e profundidade à imagem.

—

Dois anos depois de encontrar Lynd Ward, quando eu começava a explorar seriamente os limites e as possibilidades dos quadrinhos, desenhei uma história de quatro páginas sobre o suicídio de minha mãe chamada "Prisoner on the Hell Planet" [Prisioneira no Planeta Inferno]. (A história foi, depois, incluída em meu longo livro de quadrinhos para adultos que precisa de um marcador de página, *Maus*.) Tinha 24 anos (a mesma idade de Ward quando fez *Gods' Man*), e os desenhos de estudo que fiz foram bastante influenciados pelas gravuras de Ward e dos expressionistas alemães.

Caminhando por aquela galeria de Binghamton nos anos 1970, lamentei não ter visto naquela exposição impressões originais das gravuras de Ward, mas lembro ter notado, com especial atenção, que algumas das impressões expostas representavam árvores e florestas. Pensei sobre a poesia de talhar uma árvore morta pacientemente para fazer uma impressão em papel que celebrasse a coisa outrora viva. Uma gravura belamente estruturada permaneceu comigo (posteriormente a encontrei de novo, reproduzida em *Storyteller without Words*): uma paisagem de árvores com um jovem em meio às sombras, tateando e escalando por uma densa mata neuronial de troncos e galhos salpicados, explorando e abrindo caminho cuidadosamente pelo labirinto de sinais que o cerca. Disseram-me recentemente que se tratava de uma imagem para os escritos do naturalista John Burroughs, mas entendi ser um comovente autorretrato do artista gravado na madeira, buscando filetes de luz na escuridão e talhando uma nova forma. A gravura se chamava *Pathfinder* [Desbravador].

NY, *abril de 2010*

ART SPIEGELMAN (1948) nasceu na Suécia e cresceu nos Estados Unidos, tornando-se um dos mais importantes artistas gráficos contemporâneos. *Maus*, *graphic novel* que retrata os judeus como ratos para narrar a trajetória de seus pais, sobreviventes do holocausto, lhe valeu um Prêmio Pulitzer especial em 1992. Este ensaio consta dos dois volumes que a Library of America, coleção canônica dos grandes escritores da literatura americana, dedicou a Lynd Ward em 2010.
TRADUÇÃO DE **BRUNO GAMBAROTTO**

CINEMA Tipos como Scarface expressam a parte da psique americana que rejeita qualidades e demandas da vida moderna e o próprio "americanismo"

O gângster como herói trágico

ROBERT WARSHOW

Os Estados Unidos, como organização social e política, são comprometidos com uma visão alegre da vida. Não poderia ser diferente. A noção de tragédia é um luxo reservado a sociedades aristocráticas, nas quais a sorte do indivíduo não é entendida como tendo uma importância política legítima, sendo determinada por uma ordem moral ou destino imutável e suprapolítico – ou seja, não controverso. Sociedades modernas e igualitárias, no entanto, sejam de posicionamento político democrático ou autoritário, baseiam-se sempre na premissa de que estão tornando a vida mais feliz; a função declarada do Estado moderno, pelo menos originalmente, não seria apenas regulamentar as relações sociais, mas também estabelecer a qualidade e as possibilidades da vida humana em geral. A felicidade, portanto, torna-se uma questão política primordial – de alguma maneira, a única questão –, e por esse motivo não pode se tornar um problema. Se um norte-americano ou um russo é infeliz, isso implica certa reprovação da sociedade a que ele pertence. Portanto, devido a uma lógica cuja necessidade podemos todos reconhecer, vira uma obrigação cidadã ser alegre; se as autoridades acreditam que é necessário, o cidadão pode até ser compelido a fazer demonstrações públicas, em ocasiões especiais, de sua felicidade, assim como em tempos de guerra ele pode ser constrangido a entrar para o exército.

Paul Muni como Scarface (1932): o protótipo do personagem que vive e morre tentando afirmar-se como indivíduo
© Latinstock

Naturalmente, essa responsabilidade civil recai com mais peso sobre os órgãos de cultura de massa. Um indivíduo ainda pode se dar o direito de cultivar a própria tristeza, em âmbito privado, contanto que ela não adquira importância política, e o grau de tolerância aqui é determinado por quanto de vida privada a sociedade consegue acomodar. Mas cada produto da cultura de massa é um ato público e deve encaixar-se nas noções aceitas do que é o bem comum. Não se questiona, de verdade, se é função da cultura de massa elevar o moral público, e certamente ninguém nessa massa de espectadores faz objeção a ter o seu moral elevado.[1] Em tempos em que a ansiedade é o estado normal do cidadão, a euforia se espalha por nossa cultura como o grande sorriso de um idiota. Em termos de atitude em relação à vida, há pouca diferença entre um filme "feliz", como *Tudo azul* (*Good News*, 1947), que ignora a existência da morte e do sofrimento, e um "triste", como *Laços humanos* (*A Tree Grows in Brooklyn*, 1945), que se utiliza da morte e do sofrimento como incidentes a serviço de um otimismo maior.

No entanto, independentemente de sua eficácia como fonte de consolo e meio de pressionar pela preservação de atitudes sociais "positivas", esse otimismo não é fundamentalmente satisfatório para ninguém, nem mesmo para aqueles que ficariam desorientados sem tal apoio. Até dentro da cultura de massa, sempre há uma corrente de oposição, que busca expressar, por qualquer meio disponível, aquela sensação de desespero e fracasso inevitável que o próprio otimismo ajuda a criar. Com frequência, essa oposição é reservada a formas rudimentares ou de baixo nível intelectual: em manifestações políticas e práticas jornalísticas populares, por exemplo, ou certos tipos de entusiasmo religioso. Quando ela adentra o campo da arte, costuma ser disfarçada ou atenuada: em uma forma não específica de expressão, como o jazz, no niilismo pouco ofensivo dos irmãos Marx e no tom de desesperança continuamente reafirmado nas novelas, que muitas vezes parece ser o seu significado real. O filme de gângster é notável por atender a essa necessidade de disfarce (embora não o suficiente para evitar despertar uma inquietação) sem precisar causar nenhuma distorção grave. Desde seus primórdios, tem sido uma apresentação consistente e impressionantemente completa do sentido moderno da tragédia.[2]

1. Em seu depoimento para o Comitê de Atividades Antiamericanas da Câmara dos Deputados dos EUA, a senhora Leila Rogers disse que o filme *Apenas um coração solitário* (*None but the Lonely Heart*, 1944) seria antiamericano por ser sombrio. Assim como muitas outras coisas que foram ditas durante essa infeliz investigação acerca de Hollywood, tal afirmação foi ao mesmo tempo curta de inteligência e elucidativa. Sabia-se de cara do que a senhora Rogers estava falando; ela simplesmente foi insensível o suficiente para deixar transparecer sua mentalidade estreita nessa conclusão.

2. De tempos em tempos, vêm sendo feitos esforços para alinhar o filme de gângster com o otimismo predominante e a construtividade social de nossa cultura; o filme *O beijo da morte* (*Kiss of Death*, 1947) é um exemplo. Essas iniciativas são geralmente malsucedidas; as razões para essa falta de sucesso são interessantes por si só, mas não poderei discuti-las aqui.

Em uma primeira olhada, o filme de gângster é simplesmente mais um exemplo da constante tendência do cinema de criar padrões dramáticos fixos, que podem ser repetidos indefinidamente e manter uma expectativa razoável de lucro. Um filme de gângster é seguido por outro, assim como acontece com musicais ou faroestes. Essa rigidez, no entanto, não se opõe necessariamente aos requisitos da arte. Já houve no passado gêneros artísticos bem-sucedidos para os quais foram desenvolvidas convenções muito específicas e detalhadas, como uma tentativa para que exemplos individuais do estilo fossem intercambiáveis. Essa verdade se aplica, por exemplo, à tragédia de vingança elisabetana e à comédia da Restauração.

Para que um gênero seja considerado bem-sucedido, é preciso que suas convenções tenham se imposto ao senso comum e se tornado veículos aceitos de um conjunto de atitudes e de efeitos estéticos particulares. Tem-se expectativas bem definidas em relação a qualquer exemplo individual desse gênero, e a originalidade é bem-vinda apenas até certo ponto, ou seja, enquanto intensifique a experiência esperada, sem alterar sua essência. Além disso, a relação entre as convenções de um gênero e a experiência real do público, ou os fatos reais de qualquer situação que finge retratar, é de importância secundária e não determina sua força estética. É só em um sentido mais elementar que o gênero recorre à experiência de realidade do público; de maneira mais imediata, apela para experiências prévias com o gênero em si, ou seja, cria seu próprio campo de referência.

Desse modo, a importância do filme de gângster, assim como a natureza e a intensidade de seu impacto emocional e estético, não pode ser medida em termos do lugar do próprio gângster ou do problema do crime na vida dos americanos. Aqueles que apreciam o cinema europeu e acreditam que há um gângster em cada esquina de Nova York estão certamente enganados, assim como os defensores do lado "positivo" da cultura americana, levando em conta que a maioria dos americanos nunca sequer viu um gângster. O que importa é que a experiência do gângster, *como uma experiência de arte*, é universal para os americanos. Não há quase nada que entendamos melhor ou a que reajamos com tanta astúcia e prontidão. O faroeste, embora pareça nunca perder a popularidade, é para a maioria de nós nada mais que um folclore do passado, familiar e compreensível apenas porque já foi repetido tantas vezes. Os filmes de gângster se aproximam muito mais de nós. De uma maneira que não podemos definir com facilidade ou de bom grado, o gângster fala por nós, expressando aquela parte da psique norte-americana que rejeita as qualidades e as demandas da vida moderna, que rejeita o próprio "americanismo".

O gângster é um homem da cidade, com o conhecimento e a linguagem da cidade, com suas habilidades singulares e desonestas e sua terrível

ASE BALL

audácia. Ele leva a vida nas próprias mãos como se fosse um cartaz, como se fosse um porrete. Para todos os demais, há ao menos a possibilidade teórica de um outro mundo – na cultura americana feliz, que o gângster rejeita, a cidade não existe exatamente, é apenas um país mais iluminado e abarrotado de gente; mas, para o gângster, existe apenas a cidade, ele precisa habitá-la para poder personificá-la: não a cidade real, mas aquela cidade triste e perigosa da imaginação, que é tão mais importante, que é o mundo moderno. E o gângster – embora haja gângsteres reais – é também, e principalmente, uma criatura da imaginação. A cidade real, seria possível afirmar, produz apenas criminosos; a cidade imaginária cria o gângster: ele é o que queremos ser e o que temos medo de nos tornar.

Jogado em meio à multidão, sem passado ou quaisquer vantagens, possuindo apenas aquelas habilidades ambíguas que o resto de nós – as pessoas reais da cidade real – podemos só fingir que temos, o gângster precisa percorrer seu caminho, fazer sua vida e impô-la aos outros. Geralmente, quando o conhecemos, ele já fez sua opção de vida, ou fizeram por ele, não importa: não nos é permitido questionar em nenhum momento se ele poderia ter escolhido ser algo diferente do que é.

O que o gângster faz para ganhar a vida é, na verdade, um tipo de empreendimento quase como qualquer outro, com objetivos e meios para atingi-los razoavelmente definidos. Isso, no entanto, não costuma ser mais que um vago pano de fundo; sabemos, talvez, que o gângster vende bebidas alcoólicas ou que administra uma loteria ilegal; muitas vezes, sequer recebemos tantas informações. Então, a atividade do gângster se torna um tipo de criminalidade pura: ele machuca pessoas. Certamente, nossa resposta ao filme de gângster é, na verdade, do modo mais consistente e universal, uma reação ao sadismo; temos a satisfação dupla de participar dessa crueldade do gângster, colocando-nos em seu lugar, e depois vê-la virar-se contra ele.

Cena de *Scarface*, típica de um gênero que encarna de forma impressionante o sentido moderno da tragédia
© Latinstock

Em outro nível, no entanto, a qualidade de brutalidade irracional e a de empreendimento prático se tornam uma coisa só. Como não acompanhamos os aspectos rotineiros da atividade do gângster, a prática da brutalidade – a qualidade de pura criminalidade – torna-se a totalidade de sua profissão. Ao mesmo tempo, estamos sempre conscientes de que todo o propósito de sua carreira é a busca pelo sucesso: o filme de gângster típico apresenta um progresso contínuo, seguido por uma abrupta derrocada. Assim, a brutalidade se torna, ao mesmo tempo, o meio para atingir o sucesso e o teor deste – um sucesso que é definido, em termos gerais, não como um ganho específico ou a realização de algo, mas simplesmente como a possibilidade ilimitada de agressão. (Da mesma maneira, filmes sobre empresários tendem a mostrar que eles atingem o sucesso falando ao telefone e fazendo reuniões, e que o sucesso *é* falar ao telefone e fazer reuniões.)

Dessa perspectiva, o ponto de contato inicial entre o filme e seus espectadores é uma percepção já aceita sobre a vida humana: que o homem é um ser com possibilidades de sucesso ou de fracasso. Esse princípio também se aplica à cidade; deve-se emergir da multidão, ou então não se é nada. Assim, a necessidade de agir é estabelecida, e progride por caminhos inalteráveis, até o ponto em que o gângster jaz morto e o princípio foi modificado: há realmente apenas uma possibilidade – o fracasso. O significado irrevogável da cidade é anonimato e morte.

Na primeira cena de *Scarface* (1932), um homem bem-sucedido nos é apresentado; sabemos que ele é bem-sucedido porque está dando uma festa opulenta e porque é chamado de Big Louie. Em um momento de assustadora falta de cautela, o homem se permite ficar só por alguns minutos. Entendemos por essa atitude, imediatamente, que ele está prestes a ser assassinado. Nenhuma convenção do filme de gângster é mais bem estabelecida do que esta: é perigoso ficar só. E, no entanto, as próprias condições do sucesso fazem que seja impossível não ficar só, já que o sucesso é sempre o estabelecimento de uma superioridade *individual*, que deve ser imposta aos outros, o que automaticamente gera ódio; o homem bem-sucedido é um exilado. A vida toda do gângster é uma tentativa de colocar-se como indivíduo, destacar-se da multidão, e ele sempre morre *justamente por* ser um indivíduo. O tiro final puxa o gângster de volta, faz dele, no final das contas, um fracasso. "Deus do céu, esse é o fim de Rico?", pergunta-se, em *Alma no lodo* (*Little Cæsar*, 1931), o moribundo Cæsar. Ele fala de si mesmo na terceira pessoa porque quem está sendo derrotado não é um *homem* qualquer, mas o indivíduo com um nome, o gângster, o sucesso; até para si próprio ele é uma criatura da imaginação. (T.S. Eliot ressaltou que diversos heróis trágicos de Shakespeare recorrem a esse truque de olhar para si mesmos de maneira dramática; a identidade verdadeira deles, a coisa que é destruída quando eles morrem, é algo externo a eles mesmos – não um homem, mas um estilo de vida, uma espécie de significado.)

No fundo, o gângster é derrotado por ter a obrigação de ser bem-sucedido, não porque os meios de que ele se utiliza são ilegais. Nas camadas mais profundas da consciência moderna, *todos* os meios são ilegítimos, todas as tentativas de obter sucesso são um ato de agressão, fazendo que a pessoa que tentar ser bem-sucedida fique sozinha, culpada e indefesa entre inimigos: ela é *punida* pelo sucesso. Este é nosso dilema intolerável: o fracasso é uma espécie de morte, e o sucesso é mau e perigoso, é – no final das contas – impossível. O efeito do filme de gângster sobre nós é o da personificação na figura do gângster desse dilema, que é resolvido com a sua morte. O dilema é solucionado porque é a morte *dele*, não a nossa. Estamos seguros; naquele momento, podemos aceitar nosso fracasso. Podemos escolher falhar.

ROBERT WARSHOW (1917-1955) foi um dos mais influentes e menos conhecidos críticos culturais americanos do século 20. Morto aos 37 anos, deixou uma obra ensaística variada e dispersa em publicações como *The Partisan Review*, *Commentary* e *The Nation*. Em 1962, suas críticas de cinema foram reunidas em *The Immediate Experience*, que em 2001 ganhou nova edição ampliada, incorporando ensaios sobre teatro, quadrinhos e literatura. O clássico "O gângster como herói trágico", inédito em português, foi publicado pela primeira vez na *The Partisan Review* em fevereiro de 1948.
TRADUÇÃO DE **ISABEL MALZONI**

40.

De que mal morira?

REMIX A defesa ortodoxa da propriedade intelectual minimiza o papel fundamental que apropriação, citação e alusão têm no próprio ato criativo

O êxtase da influência: um plágio

JONATHAN LETHEM

Toda a humanidade é obra de um autor, em um único volume; quando um homem morre, não é que um capítulo se perca, apenas ele é traduzido para uma linguagem melhor; e cada capítulo deve assim ser traduzido.

JOHN DONNE

AMOR E ROUBO [*LOVE AND THEFT*]

Considere a seguinte história: um homem culto de meia-idade recorda uma paixão desenfreada que teve início quando, viajando para o exterior, ele aluga um quarto. No momento em que avista a filha do locador, ele fica desnorteado. Ela é uma pré-adolescente cujos encantos o escravizam instantaneamente. Negligenciando a idade da garota, logo fica íntimo dela. No fim, ela morre, e o narrador – marcado para sempre – fica sozinho. O nome da garota dá título ao conto: Lolita.

O autor da história que acabo de descrever, Heinz von Lichberg, publicou seu conto "Lolita" em 1916, 40 anos antes do romance de Vladimir Nabokov. Lichberg tornou-se depois um eminente jornalista da era nazista, e seus trabalhos da juventude praticamente desapareceram. Teria Nabokov, que permaneceu em Berlim até 1937, adotado o conto de Lichberg conscientemente? Ou o conto anterior

Nesta e nas páginas seguintes, intervenções dos irmãos Jake e Dinos Chapman sobre originais das séries *Los caprichos* e *Desastres de la guerra*, de Francisco de Goya
Cortesia da galeria White Cube

***Like a Dog Returns to Its Vomit* (n. 40, 2005)**
Foto de Gareth Winters

existia para Nabokov sob a forma de uma memória oculta, irreconhecível? A história da literatura não está isenta de fenômenos como esse, chamados de criptomnésia. Outra hipótese seria a de que Nabokov, conhecendo perfeitamente bem o conto de Lichberg, tenha se dedicado à arte da citação que Thomas Mann, um mestre dessa arte, chamava de "surrupio de alta classe". A literatura sempre foi um cadinho no qual temas familiares são continuamente refundidos. Pouco do que admiramos na Lolita de Nabokov pode ser encontrado em seu predecessor; e de modo nenhum se pode inferir o primeiro do segundo. E ainda assim: teria Nabokov conscientemente citado e tomado de empréstimo o conto?

"Quando se vive à margem da lei, você tem de ser honesto." Essa fala vem de um filme *noir* de 1958, *The Lineup* [*O sádico selvagem*], escrito por Stirling Silliphant. O filme ainda é exibido em algumas salas de cinema, provavelmente graças à atuação impressionante de Eli Wallach como um matador de aluguel sociopata e à longa e vigorosa carreira autoral do diretor Don Siegel. No entanto, qual era a importância dessas palavras – para Siegel, Silliphant ou para o público deles – em 1958? E mais: qual era o valor dessa fala quando Bob Dylan a ouviu (presumivelmente em algum cinema alternativo do Greenwich Village), desbastou-a um pouco e a inseriu em "Absolutely Sweet Marie"? Que importância tem ela agora para a cultura em geral?

A apropriação sempre teve um papel-chave na música de Dylan. O compositor se apoderou não apenas de uma panóplia de filmes *vintage* de Hollywood, mas também de Shakespeare e F. Scott Fitzgerald e das *Confissões de um Yakuza*, de Junichi Saga. Também passou a mão no título do estudo de Eric Lott sobre os menestréis para seu álbum de 2001, *Love and Theft*. Imagina-se que Dylan tenha gostado da sonoridade do título, no qual pequenos delitos emocionais espreitam a doçura do amor, como de praxe nas canções de Dylan. O título de Lott, claro, remonta a *Love and Death in the American Novel*, de Leslie Fiedler, famoso por identificar o tema literário da interdependência do homem branco e do negro, como Huck e Jim ou Ishmael e Queequeg – uma série de referências imbricadas na personalidade apropriadora do jovem menestrel Dylan. A arte de Dylan apresenta um paradoxo: enquanto, de modo célebre, insiste que não olhemos para trás, também codifica um conhecimento de fontes passadas que, de outra forma, teriam pouco espaço na cultura contemporânea, como a poesia da Guerra Civil do bardo confederado Henry Timrod, ressuscitado nas letras de outro disco de Dylan, *Modern Times*. A originalidade e as apropriações de Dylan são unha e carne.

O mesmo pode ser dito de toda arte. Percebi isso, à força, quando saí um dia em busca da passagem de John Donne citada acima. Conheço essas linhas, confesso, não de um curso universitário, mas da versão cinematográfica de *Nunca te vi, sempre te amei* [*84 Charing Cross Road*], com Anthony Hopkins e Anne Bancroft. Consultei 84 *Charing Cross Road* numa biblioteca, na esperança de encontrar a passagem de Donne, mas ela não constava do livro. Alude-se a ela na peça adaptada do livro, mas ela não foi reeditada. Então aluguei o filme novamente, e lá estava a passagem, narrada por Anthony Hopkins, mas sem atribuição de crédito. Infelizmente, o trecho estava tão abreviado que, quando finalmente recorri à internet, me vi procurando a frase "toda a humanidade é um volume" em vez de "toda a humanidade é obra de um autor, em um único volume".

A princípio, a busca na internet não foi mais bem-sucedida que a pesquisa na biblioteca. Eu pensava que invocar livros das profundezas do passado era uma simples questão de pressionar algumas teclas, mas quando visitei o site da biblioteca de Yale descobri que a maioria dos livros sequer havia sido digitalizada. Em um último esforço, procurei a frase aparentemente mais obscura "e cada capítulo deve assim ser traduzido". A passagem que eu queria finalmente apareceu diante de mim, como se pode notar, não como parte do acervo da biblioteca acadêmica, mas simplesmente porque alguém que gostava de Donne a havia postado em sua página na internet. A passagem que eu procurava estava na meditação 17 das *Devotions upon Emergent Occasions*, uma das coisas mais célebres que Donne escreveu, e que apresentam de fato a frase "nunca procures saber por quem os sinos dobram; eles dobram por ti". Minha pesquisa levou-me de um filme, passando por um livro, a uma peça de teatro e daí para um site, e então de volta a um livro. No entanto, talvez essas palavras sejam tão famosas só porque Hemingway as usou no título de um de seus livros.

Há tempos a literatura tem sido espoliada e fragmentada. Aos 13 anos, comprei uma antologia de literatura *beat*. Imediatamente, e para minha grande comoção, descobri um tal de William S. Burroughs, autor de uma coisa chamada *Almoço nu*, cujo excerto figurava antologizado em todo o seu esplendor. Nessa época, Burroughs era o literato mais radical que o mundo tinha a oferecer. Nada, em toda a minha experiência literária até então, teve um efeito tão poderoso sobre a minha percepção das incríveis possibilidades da escrita. Mais tarde, tentando compreender esse impacto, descobri que Burroughs havia incorporado trechos de outros escritores em sua obra, um procedimento que meus professores teriam chamado de plágio. Alguns desses empréstimos foram tirados da ficção científica americana dos anos 1940 e 1950, o que foi para mim mais um choque de reconhecimento. Até então, eu sabia que esse "método de colagem", como Burroughs chamava, era central em tudo o que ele fazia, e que ele literalmente acreditava que era algo semelhante à magia. Quando Burroughs explicou seu processo, senti um arrepio na nuca, tão palpável foi a emoção. Burroughs interrogava o universo com uma tesoura e um vidro de cola, e compreendi então que o menos imitativo dos autores não era de modo algum um plagiário.

A ANGÚSTIA DA CONTAMINAÇÃO

Em 1941, na varanda da sua casa, Muddy Waters gravou uma canção para Alan Lomax.[1] Depois de cantá-la, dizendo a Lomax se chamar "Country Blues", Waters contou como a havia composto. "Escrevi essa canção no dia 8 de outubro de 1938", disse Waters. "Estava consertando um furo no pneu do meu carro; estava sofrendo por uma garota, meio deprimido, e a música apareceu desse jeito na minha cabeça e comecei a cantar." Então Lomax, que conhecia a gravação de Robert Johnson chamada "Walkin' Blues", perguntou a Waters se havia alguma outra canção que utilizava a mesma melodia. "Alguns blues são tocados desse jeito", Waters respondeu. "Essa música vem dos campos de algodão, e um rapaz uma vez colocou ela num disco – Robert Johnson. E deu a ela o nome de 'Walkin' Blues'. Eu já conhecia essa música antes de ouvir em disco. Aprendi com Son House." De uma tacada só, Waters ofereceu cinco relatos diferentes: a música era de sua própria autoria, ele a compusera numa data específica. Em seguida, a explicação "passiva": "A música apareceu na minha cabeça". Após Lomax levantar a questão da influência, Waters, sem receio, vergonha ou hesitação, disse que ouviu a canção numa versão de Johnson, mas que seu mentor, Son House, já havia lhe ensinado. Em meio a essa complexa genealogia, Waters declara que "essa música vem dos campos de algodão".

1. Alan Lomax (1915-2002), entusiasta da cultura folk, gravou uma coleção de cerca de 15 mil músicas, que integram o Arquivo de Música Folclórica Americana da Biblioteca do Congresso. [N. do E.]

Músicos de jazz e blues há muito fazem uso de uma espécie de cultura *open source*, na qual fragmentos melódicos preexistentes e estruturas musicais mais amplas são livremente reelaborados. A tecnologia apenas multiplicou as possibilidades; músicos ganharam o poder de literalmente duplicar os sons em vez de apenas aproximar-se deles por alusão. Na Jamaica da década de 1970, King Tubby e Lee "Scratch" Perry desconstruíram as gravações usando um equipamento pré-digital espantosamente primitivo, criando o que eles chamavam de "versões". A natureza recombinatória de seus meios de produção se espalhou rapidamente entre os DJs de Nova York e Londres. Hoje, um processo interminável, gloriosamente impuro e fundamentalmente social gera incontáveis horas de música.

Colagens visuais, sonoras e textuais – durante muitos séculos tradições relativamente fugazes (uma mistura aqui, um pastiche popular acolá) – foram o centro explosivo de uma série de movimentos no século 20: futurismo, cubismo, dadaísmo, música concreta, situacionismo, pop art e o apropriacionismo. Na verdade, a colagem, o denominador comum nessa lista, pode ser considerada a forma de arte por excelência do século 20, sem falar do século 21. Mas deixemos de lado, por ora, cronologias, escolas ou mesmo os séculos. À medida que os exemplos se acumulam – a música de Igor Stravinsky e de Daniel Johnston, a pintura de Francis Bacon e Henry Darger, os romances do grupo Oulipo e de Hannah Crafts (a autora que se valeu do *Bleak House* de Dickens para escrever *The Bondwoman's Narrative*), assim como os textos favoritos, que se tornaram problemáticos para seus admiradores após a descoberta de elementos "plagiados", como os romances de Richard Condon ou os sermões de Martin Luther King Jr. –, fica evidente que a apropriação, a imitação, a citação, a alusão e a colaboração sublimada consistem em uma espécie de condição *sine qua non* do ato criativo, permeando todas as formas e gêneros no campo da produção cultural.

Em uma cena de tribunal em *Os Simpsons*, já reconhecido como um clássico da televisão, uma discussão sobre a propriedade intelectual das personagens Comichão e Coçadinha se transforma subitamente em um debate existencial sobre a própria natureza dos desenhos animados. "A animação é fundada sobre o plágio!", afirma Roger Meyers Jr., um estressado produtor de desenho animado (dentro do desenho animado). "Se nos tirarem o direito de roubar ideias, de onde é que elas virão?" Se cartunistas nostálgicos nunca tivessem pegado *Fritz the Cat* emprestado, não haveria *Ren & Stimpy*; sem a produtora Rankin/Bass e os especiais de Natal de *Charlie Brown*, não haveria *South Park*; e sem *Os Flintstones* – espécie de *The Honeymooners* [*sitcom* da década de 1950] da idade da pedra – não haveria *Os Simpsons*. Se você acha que esses exemplos não bastam, considere então a notável série de "plágios" que ligam *Píramo e Tisbe*, de Ovídio, a *Romeu e Julieta*, de Shakespeare, e a *West Side Story*, de Leonard Bernstein, ou a descrição que Shakespeare faz de Cleópatra, copiada quase palavra por palavra da *Vida de Marco Antônio*, de Plutarco, posteriormente apanhada por T.S. Eliot para "The Waste Land". Se estes são exemplos de plágio, então queremos mais plágios.

A vocação da maioria dos artistas desabrocha quando seus próprios dons são despertados pela obra de um mestre. Isto é, a maioria dos artistas se converte à arte pela própria arte. Encontrar uma dicção própria não é apenas esvaziar-se e purificar-se das palavras dos outros, mas adotar e acolher filiações, comunidades e discursos. A inspiração, pode-se dizer, é a inalação da memória de um ato nunca vivenciado. A invenção, deve-se admitir com humildade, não consiste em criar a partir do nada, mas a partir do caos. Todo artista conhece essas verdades, não importa o quanto ele ou ela encubram tal conhecimento.

O que acontece quando uma alusão passa despercebida? Um olhar mais atento para "The Waste Land" pode ajudar a ilustrar esse ponto. O corpo do

Nadie se conoce.

poema de Eliot é uma mistura vertiginosa de alusão, citação e escrita "original". Quando Eliot alude ao "Prothalamion", de Edmund Spenser, com o verso "*Sweet Thames, run softly, till I end my song*",[2] o que acontece com os leitores não familiarizados com a poesia de Spenser? (De fato, Spenser é conhecido agora, em grande parte, por causa do uso que Eliot fez dele.) São duas as respostas possíveis: atribuir a autoria a Eliot, ou descobrir mais tarde a origem do poema e entendê-lo como um plágio. Não foi pequena a angústia de Eliot demonstrada com relação a essas questões; as notas que ele cuidadosamente acrescentou a "The Waste Land" podem ser lidas como um sintoma de angústia da contaminação do modernismo. Visto por este ângulo, o que é exatamente o pós-modernismo senão um modernismo sem angústia?

2. "Doce Tâmisa, corre suave, até que meu canto termine". *Poesia*, de T.S. Eliot. Rio de Janeiro: Nova Fronteira, 1981. Tradução de Ivan Junqueira. [N. do E.]

CERCADO POR SIGNOS

Os surrealistas acreditavam que os objetos do mundo possuem determinada intensidade, ainda que não identificável, banalizada pela utilização cotidiana. Eles desejavam reanimar essa intensidade adormecida, para pôr a mente mais uma vez em contato com a matéria de que era feito o mundo. A máxima de André Breton "Belo como o encontro casual de uma máquina de costura e um guarda-chuva sobre uma mesa de operação" é uma expressão da crença de que simplesmente reunir objetos em um contexto inesperado já revigora suas qualidades misteriosas.

Essa "crise" identificada pelos surrealistas já estava sendo simultaneamente diagnosticada por outros. Martin Heidegger sustentava que a essência da modernidade é encontrada em determinada orientação tecnológica, que ele chamou de *Gestell* [enquadramento]. Essa tendência incentiva que os objetos em nosso mundo sejam vistos apenas em relacão à maneira como eles podem nos servir ou como podem ser usados por nós. A tarefa identificada por ele consistia em encontrar maneiras de nos reposicionar diante desses "objetos", para que possamos enxergá-los como "coisas" destacadas em relevo contra o fundo de sua funcionalidade. Heidegger acreditava que a arte tinha o grande potencial de revelar a "coisa em si" dos objetos.

Os surrealistas achavam que a fotografia e o cinema podiam realizar esse processo de reanimação automaticamente; o processo de enquadrar objetos com uma lente era muitas vezes o bastante para criar o efeito que eles

***Like a Dog Returns to Its Vomit* (n. 6, 2005)**
Foto de Gareth Winters

buscavam. Descrevendo esse efeito, Walter Benjamin estabeleceu uma comparação entre o aparelho fotográfico e os métodos psicanalíticos de Freud. Assim como as teorias de Freud "isolavam e tornavam analisáveis coisas que até então flutuavam despercebidas no vasto fluxo da percepção", o aparelho fotográfico se concentra em "detalhes ocultos de objetos familiares", revelando "formas inteiramente novas da estrutura do objeto".

É digno de nota, portanto, que logo no início da história da fotografia uma série de decisões judiciais poderiam muito bem ter mudado o curso dessa arte: os tribunais foram questionados se o fotógrafo, amador ou profissional, precisava de permissão para capturar e imprimir uma imagem. Estaria o fotógrafo roubando a pessoa ou o edifício que ele fotografou, pirateando algo que tinha um valor privado e certificável? Essas primeiras decisões foram favoráveis aos piratas. Assim como Walt Disney podia se inspirar no *Steamboat Bill, Jr.* [*O marinheiro de água doce*, 1928], de Buster Keaton, nos irmãos Grimm, ou na vida de camundongos de verdade, o fotógrafo devia ser livre para capturar uma imagem sem ter de remunerar a fonte. O mundo que se apresentou ao nosso olhar através das lentes de uma câmera foi julgado, com raras exceções, como uma espécie de bem comum em que Davi tem os mesmos direitos de Golias.

Os romancistas também podem flertar com a realidade, mas às vezes somos censurados por isso. Para aqueles que nasceram antes do advento da TV, a organização mimética de ícones da cultura pop parece, na melhor das hipóteses, um tique nervoso irritante e, na pior delas, uma perigosa falta de gosto que compromete a seriedade da ficção ao atraí-la para fora da esfera platônica, de onde ela nunca deveria ter saído. Em uma oficina literária de pós-graduação que frequentei por pouco tempo, certa eminência parda tentou nos convencer de que um enredo literário deve sempre evitar "qualquer característica que possa datá-lo", porque "a ficção séria deve ser atemporal". Quando protestamos que, em sua própria obra, bastante conhecida, as personagens se movimentavam por quartos providos de luz elétrica, dirigiam carros e falavam o inglês do pós-guerra, e não o anglo-saxão – e, além do mais, que a ficção que o professor ratificava como grandiosa, a de Dickens, por exemplo, era generosamente salpicada de referências inatamente tópicas, comerciais e condizentes com sua época –, ele impacientemente tentou atenuar a crítica às referências explícitas que datariam a história no "presente frívolo". Pressionado, ele disse que obviamente se referia à "mídia de massa popular em voga". Aqui, o discurso transgeracional caiu por terra.

Nasci em 1964, cresci assistindo *Captain Kangaroo*, aterrissagens na lua, zilhões de comerciais de TV, os *Banana Splits*, *M*A*S*H* e *The Mary Tyler Moore Show*. Já nasci falando palavras como "Band-Aid", "Cotonete", "Xerox" – nomes-objetos tão fixados e eternos em minha logosfera como "táxi" e "escova de dentes". O mundo é uma casa atravancada de produtos da cultura pop e seus emblemas. Também cresci imerso em paródias que se pretendiam originais, ainda que misteriosas para mim, conheci os Monkees antes dos Beatles, Belmondo antes de Bogart, e me "lembrava" do filme *Verão de 42* de uma sátira da revista *Mad*, embora nunca tenha visto o filme. E não sou o único que nasceu sob a égide incoerente de textos, produtos e imagens, o ambiente comercial e cultural com o qual, ao mesmo tempo, complementamos e encobrimos o mundo natural. Já não posso reivindicá-lo como "meu" mais do que as calçadas e as florestas do mundo, embora seja de fato um habitante dele, e, se eu quiser ter uma chance como artista ou cidadão, provavelmente é melhor que me seja permitido nomeá-lo de algum modo.

Basta lembrar do romance *The Moviegoer*, de Walker Percy:

> Outras pessoas, ao menos foi isso o que eu li, lembram-se com carinho dos momentos mais memoráveis de suas vidas: aquela vez em que se escalou o Parthenon ao nascer do sol, a noite de verão em que se conheceu uma garota solitária no Central Park e criou-se uma delicada e espontânea relação, como se diz nos livros. Eu também conheci certa vez uma garota no Central Park, mas não há muito o que lembrar. O que me lembro é do instante em que John Wayne matou três homens com uma carabina enquanto caía em uma rua empoeirada em *No tempo das diligências*, o instante em que o gatinho encontra Orson Welles na porta em *O terceiro homem*.

Hoje, quando podemos comer Tex-Mex com *hashi* enquanto ouvimos reggae e assistimos a uma retransmissão da queda do Muro de Berlim no YouTube – ou seja, quando praticamente qualquer coisa se apresenta como familiar –, não é de admirar que algumas das obras mais ambiciosas da atualidade sejam uma tentativa de fazer o familiar parecer estranho. Ao fazê-lo, ao reimaginar como a vida humana pode realmente ser, entre os abismos da ilusão, da mediação, da demografia, do marketing, do *imago* e da aparência, os artistas estão, paradoxalmente, tentando restaurar em três dimensões aquilo que se considera o "real", reconstruindo um mundo univocamente redondo a partir de fluxos díspares de perspectivas planas.

Quaisquer que sejam as acusações de mau gosto ou de violação de marcas registradas que possam ser imputadas à apropriação artística do ambiente midiático em que nadamos, a alternativa – tirar o corpo fora, ou sair de fininho rumo a alguma torre de marfim da irrelevância – é muito pior. Estamos cercados por signos; nossa obrigação é não ignorar nenhum deles.

O MONOPÓLIO DO USO

A ideia de que a cultura pode ser propriedade – propriedade intelectual – é usada para justificar tudo, desde tentativas de forçar escoteiros a pagar *royalties* por cantarem canções em volta de uma fogueira até o processo

55

No se puede saber por qué.

3. Lançado em 2001, o livro é uma paródia da obra ...*E o vento levou* [*Gone With the Wind*], de 1936. [N. do E.]

4. Sigla para Sociedade Americana de Compositores, Autores e Editores, uma organização que protege os direitos autorais dos artistas. [N. do E.]

de violação de direitos aberto pelo espólio de Margaret Mitchell contra os editores de *The Wind Done Gone*,[3] de Alice Randall. Corporações como a Celera Genomics entraram com pedido de patentes de genes humanos, enquanto a Associação Americana da Indústria Fonográfica processou pessoas que fizeram download de músicas por violação de direitos autorais, propondo acordos extrajudiciais de milhares de dólares com réus de apenas 12 anos. Taxas escorchantes são cobradas pela ASCAP[4] dos comerciantes que tocam música de fundo em suas lojas; estudantes e professores têm vergonha de fotocopiar textos. Ao mesmo tempo, os direitos autorais são venerados pela grande maioria dos escritores e artistas estabelecidos como direito inato e baluarte, fonte de sustento para seu ofício infinitamente frágil em um mundo voraz. O plágio e a pirataria são, afinal, os monstros que nós, artistas operários, fomos ensinados a temer, enquanto eles rondam os bosques que preservam nossas ínfimas reservas de reconhecimento e remuneração.

Uma época é marcada não tanto pelas ideias que são discutidas como por aquelas que já se tornaram lugar-comum. O caráter de uma era está ligado ao que não precisa de defesa. Poucos de nós questionamos o conceito contemporâneo de direitos autorais, encarados como lei, tanto no sentido de um absoluto moral universalmente reconhecido – a lei contra o assassinato, por exemplo – como algo naturalmente inerente ao nosso mundo – a lei da gravidade, por exemplo. Na verdade, não é nem uma coisa nem outra. Mais propriamente, o direito autoral é uma negociação social em curso, forjada de maneira tênue, incessantemente revisada e imperfeita em cada uma de suas encarnações.

Thomas Jefferson considerava o direito autoral um mal necessário: ele o favoreceu apenas o bastante para incentivar a criação, nada mais, permitindo, posteriormente, que as ideias fluíssem livremente, de acordo com o curso da natureza. Sua concepção do direito autoral foi consagrada na Constituição, que dá ao Congresso o poder de "promover o progresso da ciência e das artes úteis, garantindo por tempo limitado aos autores e inventores o direito exclusivo aos seus respectivos escritos e descobertas". Este foi um ato de equilíbrio entre os criadores e a sociedade como um todo; os que vêm depois podem fazer um trabalho muito melhor do que o primeiro autor da primeira ideia.

Insult to Injury **(2003)**
Foto de Stephen White

Mas o sonho de Jefferson não envelheceu muito bem e tem sofrido enorme desgaste por parte daqueles que veem a cultura como um mercado em que tudo o que tem valor deve pertencer a alguém. A característica distintiva da moderna lei americana do direito autoral é sua quase ilimitada inflação – sua expansão tanto no escopo como na duração. Sem a exigência de registro, todo ato criativo em uma mídia tangível está agora condicionado à proteção dos direitos autorais: o e-mail que você enviou ao seu filho ou a pintura que ele fez com os dedos estão ambos automaticamente protegidos. O primeiro Congresso a conceder direitos autorais deu aos autores um período inicial de 14 anos, renováveis por outros 14 se o autor ainda estivesse vivo. O período atual de proteção é o da vida do autor mais 70 anos. Não seria exagero dizer que, toda vez que Mickey Mouse está prestes a cair em domínio público, o período de proteção é estendido.

Mesmo com leis cada vez mais restritivas, a tecnologia continua expondo a arbitrariedade e a sandice dessas restrições. Quando as leis antigas estabeleceram a reprodução como a unidade mínima de compensação (ou litigável), não foi porque havia algo de fundamentalmente invasivo ao direito autoral no ato de copiar. Pelo contrário, como as cópias eram então fáceis de encontrar e contar, fazia-se uma amostragem útil para decidir se os direitos de propriedade haviam sido violados. No mundo contemporâneo, no entanto, o ato de "copiar" não tem nenhuma significação equivalente à infração – copiamos toda vez que aceitamos um texto enviado por e-mail, ou quando o enviamos ou encaminhamos – e tornou-se impossível regulamentar ou mesmo descrevê-lo.

No cinema, minha diversão é prejudicada por um trailer medonho, produzido por um grupo de lobistas chamado Motion Picture Association of America, no qual a compra de uma cópia pirata de um filme de Hollywood é comparada ao roubo de um carro ou de uma bolsa, e, como o gigantesco e intimidador letreiro com títulos garrafais faz questão de lembrar: "Você não roubaria uma bolsa!". Essa associação de ideias é um incentivo para que se pare de pensar. Se eu lhe disser que piratear DVDs ou baixar música não é de modo algum diferente de emprestar livros a um amigo, meus argumentos não seriam menos eticamente esfarrapados que os da MPAA.[5] A verdade está situada em algum lugar na vastidão

5. A Associação Cinematográfica dos Estados Unidos é uma entidade que defende os estúdios de cinema. [N. do E.]

limítrofe entre essas duas posições exageradas. Pois um carro ou uma bolsa, uma vez roubados, já não se encontram disponíveis para seu proprietário, ao passo que a apropriação de um artigo de "propriedade intelectual" deixa o original intacto. Como Jefferson escreveu: "Aquele que recebe de mim uma ideia recebe instrução para si sem diminuir a minha, assim como aquele que acende sua vela na minha recebe luz sem me deixar às escuras".

Ainda assim, as indústrias do capital cultural, que não lucram criando, mas distribuindo, encaram o comércio da cultura como um jogo de soma zero. Os editores dos cilindros de piano mecânico temem as gravadoras, que temem os fabricantes de fita cassete, que temem os vendedores on-line, que temem o próximo na fila que possa lucrar mais rapidamente com intangíveis e infinitos frutos reprodutíveis do trabalho de um artista. E é sempre assim em todos os setores da indústria e a cada inovação tecnológica. Jack Valenti, falando pela MPAA: "O que estou dizendo é que o videocassete é para o produtor de cinema e o público americanos o que o estrangulador de Boston é para a mulher sozinha em casa".

Às vezes, para pensar com clareza, é preciso desbastar um pouco a linguagem. A expressão "direito autoral" pode, no final das contas, parecer tão dúbia em seus propósitos ocultos como, por exemplo, "valores familiares", "globalização", e, claro, "propriedade intelectual". Direito autoral não é um "direito" em nenhum sentido absoluto. É um monopólio concedido pelo governo sobre a utilização dos resultados criativos. Vamos tentar denominá-lo assim – não um direito, mas o monopólio sobre o uso, um "usomonopólio" – e então pensar em como a expansão voraz dos direitos de monopólio foi sempre contrária ao interesse público, seja Andrew Carnegie manipulando o preço do aço, seja Walt Disney controlando o destino de seu camundongo. Não importa se o beneficiário monopolizador é um artista vivo ou seus herdeiros ou os acionistas de uma corporação, quem perde é sempre a comunidade, incluindo os artistas vivos que poderiam fazer bom uso de um domínio público saudável.

A BELEZA DO SEGUNDO USO

Alguns anos atrás alguém me trouxe um presente estranho, comprado numa loja de design do MOMA: um exemplar do meu primeiro romance, *Gun, with Occasional Music*, habilmente cortado no formato de uma pistola. O objeto era uma obra de Robert The, artista cuja especialidade é dar uma nova encarnação aos materiais do cotidiano. Vejo o meu primeiro livro como um velho amigo que não me deixa esquecer o espírito com que entrei neste jogo de arte e comércio – o de que a permissão de colocar o produto da minha imaginação nas prateleiras das livrarias e nas mentes dos leitores (ainda que apenas na de um punhado deles) é um incrível privilégio. Pagaram-me seis mil dólares por três anos de escrita, mas naquela época eu teria alegremente aceitado a publicação sem ganhar nada. Agora o meu velho amigo retornava ao lar em uma nova forma, uma forma que eu mesmo provavelmente jamais teria imaginado. O livro-pistola não era exatamente legível, mas eu não poderia ficar ofendido com isso. O espírito fértil de uma conexão errática que esse objeto apropriado me transmitiu – a estranha beleza de seu segundo uso – foi uma recompensa por ser um escritor publicado que eu não poderia prever. E há lugar no mundo para o meu romance e para o livro-pistola de Robert The. Não há necessidade de escolher entre os dois.

Na primeira encarnação da propriedade criativa, se o criador tiver sorte, o conteúdo é vendido. Finda a sua vida comercial, nossa tradição ainda sustenta uma segunda. Um jornal é entregue na porta de uma casa, e no dia seguinte ele servirá de embrulho para um peixe ou fará parte de um arquivo. A maioria dos livros se esgota em um ano, mas mesmo dentro desse período eles podem ser vendidos em sebos ou guardados em bibliotecas, citados em resenhas, parodiados em revistas, descritos em conversas, ou rasgados e transformados em fantasias de Halloween para as crianças. A fronteira entre os vários usos possíveis é matizada de um jeito belo e difícil de definir, ainda mais à medida que os artefatos são depurados, repercutem pelas áreas da cultura nas quais foram inseridos e penetram nas mentes receptivas para as quais foram, presumivelmente, destinados.

O ato da leitura é um ataque insolente ao patrimônio literário. Os leitores são como nômades, invadindo a propriedade alheia – os artistas não são mais capazes de controlar a imaginação do público do que a indústria cultural é capaz de controlar o uso de seus artefatos. No clássico infantil *The Velveteen Rabbit*, o velho Skin Horse dá a Rabbit uma aula sobre a prática da caça textual furtiva. O valor de um brinquedo novo não está em suas qualidades materiais ("ter algo zunindo dentro de você ou uma manivela"), explica Skin Horse, mas sim na maneira como o brinquedo é utilizado. "Real não é o modo como você foi feito... É algo que acontece com você. Quando uma criança o ama por muito, muito tempo, e não só quando brinca com você, mas sim quando REALMENTE o ama, então você se torna real." Rabbit fica amedrontado ao dar-se conta de que os bens de consumo não se tornam "reais" a menos que sejam ativamente retrabalhados: "Isso dói?". Para tranquilizá-lo, Skin Horse diz: "Isso não acontece de repente... Você vai se transformando. É preciso muito tempo... Geralmente, quando chega o momento em que você se torna real, a maior parte de seu cabelo já caiu de tanto amor, seus olhos já caíram das órbitas, suas juntas já estão partidas e você já está todo esfarrapado." Visto da perspectiva do fabricante de brinquedos, as juntas partidas e as órbitas vazias do coelhinho são atos de vandalismo, sinais de mau uso e de manuseio violento; para outros, essas são as marcas deixadas pelo uso carinhoso.

Os artistas e os executores que caem na armadilha de exigir pagamento por todo uso de referências a obras e personagens acabam acusando seus maiores admiradores pelo crime de exaltar e consagrar seu trabalho. A Associação Americana da Indústria Fonográfica processar seu próprio público consumidor não faz sentido, assim como romancistas que ficam zangados quando autografam exemplares usados de seus livros para colecionadores. E os artistas, ou seus herdeiros, que caem na armadilha de atacar os imitadores, parodiadores e os que copiam digitalmente suas obras estão atacando a próxima geração de criadores pelo crime de ter sido influenciada, pelo crime de responder com a mesma mistura de embriaguez, ressentimento, entusiasmo e alegria que caracteriza todos os seus sucessores artísticos. Ao fazê-lo, eles diminuem o mundo, traindo o que para mim parece ser a principal motivação para participar da cena cultural: tornar o mundo mais vasto.

A HIPOCRISIA DA FONTE, OU DISNEYGAÇÃO

A Walt Disney Company formou seu catálogo impressionante a partir do trabalho alheio: *Branca de Neve e os sete anões*, *Fantasia*, *Pinóquio*, *Dumbo*, *Bambi*, *A canção do sul*, *Cinderela*, *Alice no país das maravilhas*, *Robin Hood*, *Peter Pan*, *A Dama e o Vagabundo*, *Mulan*, *A Bela Adormecida*, *A espada era a lei*, *Mogli, o menino lobo*, e, ai de mim, *O planeta do tesouro*, um legado de colagens capaz de deixar Shakespeare ou De La Soul no chinelo. E, no entanto, o protetorado lobista da Disney tem policiado os lucros resultantes desse patrimônio cultural de modo tão vigilante como o Fort Knox, ameaçando com ações judiciais, por exemplo, o artista Dennis Oppenheim por ter usado personagens da Disney em uma escultura, e proibindo a pesquisadora Holly Crawford de utilizar quaisquer imagens relacionadas à Disney – incluindo obras de Lichtenstein, Warhol, Oldenburg, entre outros – em seu livro *Attached to the Mouse: Disney and Contemporary Art* [Apegados ao rato: Disney e a arte contemporânea].

Este ato tão peculiar e específico – o confinamento da cultura do bem comum para o benefício de um único proprietário ou de um proprietário corporativo – é um parente próximo do que poderíamos chamar de plagiato imperialista, o uso gratuito das obras de arte e estilos do Terceiro Mundo, ou "primitivas", pelos artistas mais privilegiados (e mais bem pagos). Pense em *Les Demoiselles d'Avignon*, de Picasso, ou em alguns álbuns de Paul Simon ou David Byrne: mesmo sem violar direitos autorais, esses criadores acabaram sendo alvo de certa desconfiança quanto à originalidade no momento em que suas fontes se tornaram evidentes. E quando o Led Zeppelin foi processado por *royalties* atrasados pelo *bluesman* Willie Dixon, a brincadeira saiu cara demais. Para viver fora da lei, você tem de ser honesto: talvez tenha sido isso, em parte, o que levou David Byrne e Brian Eno a lançar recentemente um site "remix", em que qualquer um pode baixar versões facilmente remixáveis de duas músicas de *My Life in the Bush of Ghosts*, álbum todo baseado em falas coloquiais sampleadas de uma infinidade de fontes. Talvez isso também explique por que Bob Dylan nunca negou autorização a um pedido de *sample*.

Kenneth Koch disse certa vez: "Sou um escritor que gosta de ser influenciado". Foi uma confissão encantadora, e rara. Para muitos artistas, o ato criativo é concebido como uma imposição napoleônica da singularidade de alguém sobre o universo – o *après moi le déluge* dos imitadores baratos! E para cada James Joyce, Woody Guthrie, Martin Luther King Jr. ou Walt Disney, que reuniram uma constelação de vozes em seu trabalho, parece haver uma corporação ou herdeiros ávidos para acabar com a festa: dívidas culturais, só as dos outros. Podemos chamar essa tendência de "hipocrisia quanto às fontes". Ou poderíamos batizá-la em homenagem aos mais perniciosos hipócritas de todos os tempos: Disneygação.

NÃO SE PODE ROUBAR UM DOM

É possível que o leitor esteja, compreensivelmente, prestes a gritar: "Comunista!". Uma sociedade grande, diversificada, não pode sobreviver sem propriedade; uma sociedade grande, diversificada e moderna não pode florescer sem alguma forma de propriedade intelectual. Mas não é preciso refletir muito para apreender a existência de um grande valor que o termo "propriedade" não abrange. E as obras de arte existem simultaneamente em duas economias, uma economia de mercado e uma economia do dom ou da dádiva.

A diferença essencial entre a troca de presentes e a de mercadorias é que um presente estabelece um vínculo de sentimento entre duas pessoas, enquanto a venda da mercadoria não cria necessariamente nenhuma conexão entre elas. Entro em uma loja de equipamentos, pago pela lâmina de uma serra e saio. Posso nunca mais voltar a ver o homem que me vendeu a lâmina. A desconexão é, na verdade, uma virtude da mercadoria. Não queremos ser incomodados; se o vendedor sempre puxa assunto sobre a família, passo a fazer compras em outro lugar. Só quero comprar essa lâmina de serra. Porém, um presente cria uma conexão. Existem muitos exemplos: o doce ou o cigarro oferecido a um estranho que senta ao nosso lado no avião, as poucas palavras a indicar boa vontade entre passageiros de um ônibus de madrugada. Esses sinais estabelecem o mais simples laço de vida social, mas o modelo que oferecem pode ser estendido às mais complexas uniões – casamento, parentesco, aconselhamento. Se colocamos um valor nessas trocas (muitas vezes fundamentalmente desiguais), elas degeneram e viram alguma outra coisa.

Contudo, uma das coisas mais difíceis de compreender é que as economias da dádiva – como aquelas que sustentam os *softwares* de código aberto – coexistem naturalmente com o mercado. É justamente a duplicidade das práticas dessa arte que precisamos identificar, ratificar e consagrar em nossa vida como participantes da cultura, seja como "produtores", seja como "consumidores". A arte que nos interessa – que emociona o coração, ou revive a alma, ou delicia os sentidos, ou dá coragem para viver, como quer que prefiramos descrever a experiência – é recebida da mesma forma que um presente. Mesmo que paguemos na entrada do museu ou da sala de concerto, quando nos sentimos tocados por uma obra de arte, chegou até nós algo que não tem nada a ver com o preço. O comércio diário de nossa vida se dá em seu próprio nível constante, mas um presente carrega em si um excedente de inspiração que não pode ser convertido em mercadoria.

O modo como tratamos uma coisa pode, no entanto, transformar sua natureza. As religiões muitas vezes proíbem a venda de objetos sacros, e a alegação é que sua santidade se perde na compra e venda. Consideramos inaceitável a venda de sexo, bebês, órgãos humanos, direitos e votos. A ideia de que alguma coisa jamais deveria ser convertida em mercadoria é geralmente conhecida como inalienabilidade – conceito que ganhou fama na expressão de Thomas Jefferson: "Dotados por seu criador de certos direitos inalienáveis". Uma obra de arte aparentemente é algo mais resistente, pode ser vendida no mercado e ainda assim permanecer uma obra de arte. Mas se é verdade que, no comércio essencial de arte, a obra contém uma dádiva oferecida pelo artista ao público, se estou certo ao dizer que onde não há esse dom não existe arte, então talvez seja possível destruir uma obra transformando-a em mercadoria pura. Não defendo que a arte não possa ser comprada e vendida, mas sim que a parte da obra que constitui a dádiva impõe uma restrição à nossa transação comercial. Eis por que nem mesmo uma propaganda realmente bonita, engenhosa e poderosa (e existem muitas assim) jamais poderá ser algum tipo de arte de verdade: uma propaganda não tem o status da dádiva, isto é, ela nunca é realmente *para* a pessoa a quem se dirige.

A força de uma economia da dádiva continua sendo de difícil compreensão para a cultura de mercado. Em nossa época, a retórica do mercado presume que tudo deva e possa ser apropriadamente comprado, vendido e possuído – uma onda de alienação se choca diariamente contra a fortaleza combalida do inalienável. Na teoria do livre mercado, uma intervenção para conter essa mercantilização é considerada "paternalista", pois inibe a ação livre do cidadão, agora reconfigurado como um "empreendedor potencial". Evidentemente, no mundo real, sabemos que a criação das crianças, a vida familiar, a educação, a socialização, a sexualidade, a vida política e muitas outras atividades humanas requerem o isolamento das forças do mercado. Na verdade, pagar por muitas dessas coisas pode vir a arruiná-las. Podemos querer dar uma espiada em *Who Wants to Marry a Multi-millionaire?* ou em um leilão de óvulos de modelos no eBay, mas apenas para nos assegurar de que algumas coisas ainda estão abaixo dos nossos padrões de dignidade.

O que é notável nas economias da dádiva é que elas podem florescer nos lugares mais improváveis – em bairros decadentes, na internet, em comunidades científicas e entre membros dos Alcoólicos Anônimos. Um exemplo clássico são os sistemas comerciais de bancos de sangue, que geralmente fornecem lotes de sangue menos seguros, mais impuros e menos potentes que os de bancos de sangue de voluntários. Uma economia da dádiva pode ser superior por manter o compromisso de um grupo com certos valores fora do mercado.

BENS COMUNS [*COMMONS*]

Outro modo de compreender a presença das economias da dádiva – que habitam a máquina comercial feito fantasmas – é no sentido do bem comum. Um bem comum, evidentemente, é qualquer coisa como as ruas por onde passamos de carro, os céus por onde voamos de avião ou os parques e praias públicos onde ficamos à toa. Um bem comum pertence a todos e a ninguém, e seu uso é controlado apenas pelo consenso público. A expressão *commons* descreve fontes como o conjunto de toda a música antiga feita por compositores e músicos populares, em vez de mercadorias como "Happy Birthday to You", canção pela qual a ASCAP, 114 anos após sua composição, continua a cobrar uma quantia. A teoria da relatividade de Einstein é um *commons*. A literatura em domínio público é outro *commons*. Fofocas sobre celebridades são *commons*. O silêncio em uma sala de cinema é um *commons* transitório, incrivelmente frágil, adorado por aqueles que anseiam por ele, e construído como uma dádiva mútua por aqueles que o constituem.

O mundo da arte e da cultura é um vasto bem comum, repleto de zonas de puro comércio, e no entanto permanece gloriosamente imune à mercantilização total. A semelhança mais próxima é com os bens comuns de uma língua: alterada por cada colaborador, expandida até mesmo pelo usuário mais passivo. O fato de uma língua ser um *commons* não significa que a comunidade seja dona da língua; antes, esta pertence às pessoas entre si, não a ninguém em particular, nem mesmo à socidade como um todo.

Praticamente qualquer bem comum, no entanto, pode ser transgredido, dividido, fechado. Os bens comuns americanos incluem bens tangíveis, como florestas e minérios públicos, patrimônios intangíveis, como direitos autorais e patentes, infraestruturas críticas, como a internet e pesquisas do governo, e fontes culturais, como as ondas de transmissão aérea e os espaços públicos. Eles incluem fontes pelas quais pagamos com impostos e que herdamos das gerações anteriores. Não são simplesmente um inventário de bens comercializáveis; são instituições sociais e tradições culturais que nos definem como americanos e nos revigoram como seres humanos. Alguns abusos dos bens comuns são permitidos porque não conseguimos mais manter um compromisso entusiasmado com o setor público. Tais abusos passam despercebidos porque o assalto aos bens comuns é visto em relances, não em um panorama. De quando em quando, vemos um antigo pantanal sendo asfaltado; ouvimos falar de um novo remédio para o câncer que o dinheiro de impostos ajudou a desenvolver, mas cujos direitos as companhias farmacêuticas adquiriram por uma ninharia. Movimentos mais amplos passam despercebidos demais. A ideia de *commons* de materiais culturais costuma passar mais ou menos anonimamente.

Respeitar os bens comuns não é uma questão de exortação moral. É uma necessidade prática. Na sociedade ocidental, vivemos um período de crença intensificada na propriedade privada, em detrimento dos bens públicos. Precisamos ficar constantemente atentos para evitar ataques daqueles que egoisticamente explorariam nossa herança comum em benefício de seus ganhos privados. Essas pilhagens de recursos naturais não são exemplos de empreendedorismo e iniciativa. São tentativas de tomar de todos em benefício de poucos.

CONHECIMENTO PÚBLICO NÃO DESCOBERTO

Artistas e intelectuais desiludidos com as perspectivas de originalidade podem se entusiasmar com um fenômeno identificado cerca de 20 anos atrás por Don Swanson, um especialista em biblioteconomia da Universidade de Chicago. Ele chamou o fenômeno de "conhecimento público não descoberto". Swanson mostrou que problemas da pesquisa médica podem ser significativamente tratados, alguns deles até mesmo resolvidos, simplesmente por meio de uma busca sistemática na literatura científica existente. Deixada por conta de seus próprios mecanismos, a pesquisa tende a ficar mais especializada e abstrair-se dos problemas do mundo real que a motivaram inicialmente, para os quais ela continua sendo relevante. Isso sugere que tais problemas podem ser abordados efetivamente não encomendando mais pesquisas, mas levando em conta que a maioria ou todas as soluções já pode ser encontrada nos diversos periódicos científicos, à espera de um leitor disposto a reuni-los em uma leitura que supere as especializações. O próprio Swanson fez isso no caso da síndrome de Raynaud, doença que torna insensíveis os dedos de mulheres jovens. A descoberta dele é especialmente impressionante – talvez mesmo escandalosa –, porque ocorreu no campo das ciências biomédicas, que não cessa de se expandir.

O conhecimento público não descoberto nos encoraja a questionar as exageradas alegações de originalidade feitas nos textos para a imprensa e nos comentários editoriais: trata-se de fato de uma novidade criativa, ou simplesmente estamos nos esquecendo de algum precursor valioso? Será que a solução de certos problemas científicos realmente exige mais financiamentos massivos, ou uma busca computadorizada, aplicada criativamente, poderia fazer a mesma coisa de modo mais rápido e mais barato? Enfim, nosso apetite por vitalidade criativa requer a violência e a exasperação de outra vanguarda, com seus cansativos imperativos parricidas, ou ficaríamos melhor ratificando o êxtase da influência – e aprofundando nossa disposição para entender aquilo que é comum e atemporal nos métodos e temas disponíveis para os artistas?

ENTREGAR TUDO

Há alguns anos, a Film Society do Lincoln Center anunciou uma retrospectiva dos filmes de Dariush Mehrjui, na época, minha paixão recente. Mehrjui é um dos melhores cineastas do Irã, e o único cujo assunto eram relações pessoais da *intelligentsia* de classe média alta. Desnecessário dizer, as oportunidades de assistir aos seus filmes eram – e continuam sendo até hoje – muito raras. Cruzei a cidade para assistir a um deles, *Pari*, uma adaptação de *Franny e Zooey*, de J.D. Salinger, e descobri na porta do Walter Reade Theater que a exibição havia sido cancelada: o simples anúncio da sessão foi suficiente para a ameaça de um processo à Film Society. De fato, eram direitos de Salinger, protegidos por lei. Mas por que ele haveria de se importar com um obscuro cineasta iraniano que lhe prestara uma homenagem com uma meditação sobre a heroína de seu romance? Isso prejudicaria o livro ou roubaria do autor alguma remuneração crucial se a projeção fosse permitida? O espírito fértil da livre associação – uma violação vista atualmente como a mais horrenda recisão de contrato internacional – havia sido farejado nesse caso. A mão fria, ainda viva, de um dos meus heróis literários da infância saíra de sua fortaleza em New Hampshire para frustrar minha curiosidade naquele dia.

Gostaria de insistir em algumas coisas, portanto:

Qualquer texto que se infiltrou na mente coletiva o bastante, como *...E o vento levou* ou *Ulisses*, inexoravelmente faz parte da linguagem da cultura. Mapas convertidos em paisagens, cada um deles se mudou para um lugar além dos limites ou do controle. Os autores e seus herdeiros deveriam considerar as subsequentes paródias, distorções e revisões uma honra ou, pelo menos, o preço de um raro sucesso.

Uma corporação que impôs uma ideia inevitável – Mickey Mouse, Band-Aid – à linguagem cultural deveria pagar um preço similar.

Insult to Injury (2003)
Foto de Stephen White

Y no hai remedio.

O principal objetivo do direito autoral não é recompensar o trabalho do autor, mas "promover o progresso da ciência e das artes úteis". Para esse fim, o direito autoral garante ao autor o direito de sua expressão original, mas estimula outros a construir livremente a partir das ideias e das informações que uma obra transmite. Esse resultado não é injusto nem infeliz.

O direito autoral contemporâneo, a marca registrada e a lei de patentes atualmente se corromperam. O caso do direito autoral perpétuo é uma negação do aspecto de dádiva, essencial no ato criativo. Quem defende esse direito perpétuo é tão antiamericano quanto quem pede o fim do imposto sobre a propriedade imobiliária.

A arte se alimenta de alguma fonte. Os aprendizes pastam no campo na cultura.

O *digital sampling* é um método artístico como qualquer outro, neutro em si mesmo.

Ainda que se segurando para não cair a cada curva tecnológica – rádio, internet –, o futuro será em grande medida semelhante ao passado. Os artistas venderão algumas coisas, mas também darão algumas coisas de graça. A mudança pode ser um problema para quem anseia por menos ambiguidade, mas a vida de um artista nunca foi cheia de certezas.

O sonho de uma remuneração sistematicamente perfeita é um absurdo. Pago o aluguel com o preço que minhas palavras atraem quando são publicadas em revistas sofisticadas, e ao mesmo tempo as ofereço por quase nada a periódicos literários sem dinheiro, ou as digo gratuitamente no ar em um programa de rádio. Então quanto elas valem? Quanto elas valeriam se algum Dylan do futuro vier a transformá-las em uma canção? Deveria eu me dar ao trabalho de tornar isso impossível?

Qualquer texto é inteiramente entremeado de citações, referências, ecos, linguagens culturais, que o atravessam a cada passo, em uma vasta estereofonia. As citações que entram na feitura de um texto são anônimas, de atribuição impossível, e no entanto já lidas, relidas; são citações sem aspas. O cerne, a alma – sigamos além, digamos, a substância, o grosso, o material efetivo e valioso de todo pronunciamento humano –, é plágio. Pois todas as ideias são, essencialmente, de segunda mão, consciente ou inconscientemente retiradas de um milhão de fontes externas e utilizadas diariamente com o orgulho e a satisfação decorrentes da superstição de que são ideias originais. No entanto, não existe um fiapo de originalidade em nenhuma delas, a não ser o esmaecimento da cor que as ideias adquirem do calibre mental e moral e do temperamento, que se revelam em características peculiares de formulação. O velho e o novo são o urdume e a trama de cada momento. Não existe fio que não seja uma torção dessas duas linhas. Por necessidade, tendência e prazer, todos nós citamos. Estudos neurológicos provaram recentemente que a memória, a imaginação e a própria consciência são cheias de pontos, remendos, pastiches. Se cortamos e colamos a nós mesmos, será que não podemos perdoar isso em nossas obras de arte?

Artistas e autores – e nossos advogados, associações e agentes – muitas vezes fazem reivindicações implícitas de originalidade que ferem essas verdades. E, muitas vezes, como camelôs contabilizando as minúsculas empresas que somos de nós mesmos, agimos contrariando a parte de dádiva de nossos papéis privilegiados. As pessoas que tratam uma parte de sua riqueza como um dom vivem de um jeito diferente. Se desvalorizamos e tornamos obscura a função de dádiva da economia de nossas práticas artísticas, convertemos as obras em meras propagandas de si mesmas. Podemos tentar nos consolar dizendo que a volúpia pela perpetuidade virtual dos direitos de adaptação é um heroico contraponto a interesses corporativos gananciosos. Mas a verdade é que, com os artistas puxando de um lado e as corporações, do outro, quem sai perdendo é a imaginação pública coletiva da qual nos alimentamos a princípio, e cuja existência como repositório definitivo de nossas oferendas justifica a obra ter sido escrita, antes de qualquer coisa.

Como romancista, sou uma rolha flutuando no oceano de histórias, uma folha em dia de ventania. Muito em breve serei soprado para longe. Por ora, estou grato por conseguir viver assim, de modo que devo pedir que você, durante certo tempo limitado (no sentido de Thomas Jefferson), por favor, respeite meus pequenos e valiosos monopólios de usufruto. Não pirateie minhas edições; pilhe as minhas visões. O nome do jogo é Entregar Tudo. Você, leitor, é bem-vindo às minhas histórias. Jamais foram minhas de verdade, mas eu as entreguei a você. Se tiver inclinação, pegue-as para si, leve-as, com a minha bênção.

CHAVE: EU É UM OUTRO

A chave do artigo indica as fontes de cada linha que roubei, urdi e ladrilhei enquanto "escrevia" (exceto, infelizmente, as fontes de que me esqueci ao longo do caminho). A primeira ocorrência de um dado autor ou locutor vem destacada no texto. Praticamente todas as frases que rapinei foram editadas por mim, ainda que negligentemente – por necessidade de espaço, para obter um tom mais consistente, ou simplesmente porque me deu vontade.

TÍTULO

A expressão "o êxtase da influência", que contém uma brincadeira com a "angústia da influência" de Harold Bloom, foi tirada de um comentário feito oralmente pelo professor Richard Dienst, do departamento de inglês da Rutgers.

AMOR E ROUBO [*LOVE AND THEFT*]

De "um homem culto de meia-idade" até "memória oculta, irreconhecível?". Essas linhas, com alguns ajustes de tom, pertencem ao editor ou assistente anônimo que escreveu a orelha de *The Two Lolitas*, de Michael Maar. Evidentemente, pela minha experiência, orelhas são geralmente uma colaboração entre autor e editor. Talvez isso também seja verdade no caso de Maar.

De "A história da literatura" até "tomado de empréstimo o conto?" são do próprio livro de Maar.

De "A apropriação sempre" até "Ishmael e Queequeg". Esse parágrafo faz uma bagunça com comentários de uma entrevista de Eric Lott a David McNair e Jayson Whitehead e incorpora observações tanto dos entrevistadores quanto do entrevistado. (O texto de entrevista pode ser visto como uma forma de escrita multivocal geralmente aceita. A maioria dos entrevistadores se dirige ao entrevistado com comentários próprios – conduzindo a testemunha, por assim dizer – e delicadamente reelabora as respostas na transcrição impressa definitiva.)

De "Percebi isso" até "espoliada e fragmentada". A anedota é copiada, com uma elisão para evitar aproveitar-se de uma avó falecida, de Jonathan Rosen, em *The Talmud and the Internet*. Nunca assisti a *Nunca te vi, sempre te amei*, nem procurei na internet a citação de Donne. No meu caso, o caminho foi de Rosen a Donne, Hemingway, internet etc.

De "Aos 13 anos" até "de modo algum um plagiário". Isso é de William Gibson, "God's Little Toys", publicado na revista *Wired*. Meu primeiro encontro com William Burroughs, também aos 13, foi menos epifânico. Tendo crescido com um pai pintor que, nas visitas da família a galerias e museus, costumava gostar de colagens e apropriações nas artes visuais (Picasso, Claes Oldenburg, Stuart Davis), fiquei contente, mas não surpreso, ao descobrir que a literatura podia se valer dos mesmos métodos.

A ANGÚSTIA DA CONTAMINAÇÃO

De "Em 1941, na varanda" até "'essa música vem dos campos de algodão'". Siva Vaidhyanathan, *Copyrights e Copywrongs*.

"Fazem uso de uma espécie [...] livremente reelaboradas." Kembrew McLeod, *Freedom of Expression*. Em *Owning Culture*, McLeod observa que, enquanto escrevia,

> por acaso estava ouvindo muita música country antiga, e por acaso reparei em seis canções country que tinham exatamente a mesma linha melódica, entre elas Hank Thompson com "The Wild Side of Life", a Carter Family com "I'm Thinking Tonight of My Blue Eyes", Roy Acuff com "Great Speckled Bird", Kitty Wells com "It Wasn't God Who Made Honky Tonk Angels", Reno & Smiley com "I'm Using My Bible for a Roadmap", e Townes Van Zandt em "Heavenly Houseboat Blues". Em seu livro vastamente pesquisado, *Country: The Twisted Roots of Rock 'n' Roll*, Nick Tosches documenta que a melodia dessas canções é tão "antiga quanto inglesa". Não havia registros de processos por tais apropriações.

"Os músicos ganharam [...] por meio de ilusão." Joanna Demers, *Steal This Music*.

De "Na Jamaica da década de 1970" até "horas de música". Gibson.

De "Colagens visuais, sonoras e textuais" até "campo da produção cultural". Isso foi saqueado, reescrito e amplificado a partir de parágrafos do livro *Owning Culture*, de McLeod, exceto pela frase sobre a colagem ser a forma de arte do século 20 e do século 21, que escutei o cineasta Craig Baldwin dizer em defesa do *sampling*, no trailer de um documentário que ainda seria lançado, *Copyright Criminals*.

De "Em uma cena de tribunal" até "não haveria *Os Simpsons*". Dave Itzkoff, *The New York Times*.

De "a notável série de 'plágios'" até "queremos mais plágios". Richard Posner, reescrito a partir de The Becker-Posner Blog e *The Atlantic Monthly*.

De "A vocação da maioria dos artistas" até "pela própria arte". Essas palavras, e muitas outras a seguir, são do livro de Lewis Hyde, *A dádiva*. Acima de todos os outros livros plagiados aqui, recomendo a leitura atenciosa de *A dádiva*.

"Encontrar uma dicção própria [...] filiações, comunidades e discuros." Do linguista George L. Dillon, citado por Rebecca Moore Howard em "The New Abolitionism Comes to Plagiarism".

"A inspiração, pode-se dizer, [...] um ato nunca vivenciado." Ned Rorem, encontrado em diversos sites de "grandes citações" na internet.

"A invenção, deve-se admitir com humildade [...] a partir do caos." Mary Shelley, na introdução de seu *Frankenstein*.

De "O que acontece" até "angústia da contaminação do modernismo". Kevin J.H. Dettmar, em "The Illusion of Modernist Allusion and the Politics of Postmodern Plagiarism".

CERCADO POR SIGNOS

De "Os surrealistas acreditavam" até a citação de Walter Benjamin. Christian Keathley, em *Cinephilia and History, or The Wind in the Trees*, um livro que considera o fetichismo dos fãs como o segredo no cerne da erudição em cinema. Keathley comenta, por exemplo, o filme de influência surrealista de Joseph Cornell, *Rose Hobart*, de 1936, simplesmente registrando que "o próprio Cornell assistiu em 1931 um sucesso comercial, *East of Borneo*, ficou fascinado e perturbado com aquela estrela B de Hollywood" – a estrela, é claro, era a própria Rose Hobart. Isto, suponho, faz de Cornell uma espécie de pai das reelaborações criadas por fãs graças aos computadores a partir de produtos de Hollywood, como a versão de George Lucas para *A ameaça fantasma*, na qual o insolente personagem Jar Jar Binks foi excluído; ambas incorporando as preferências subjetivas de um espectador a uma revisão da obra de um cineasta.

De "no início da história da fotografia" até "sem ter de remunerar a fonte". Do livro *Cultura livre*, de Lawrence Lessig, o maior defensor público da reforma do *copyright*, e a melhor fonte se você quiser se tornar rapidamente um radical nessa questão.

De "Para aqueles que nasceram antes do advento da TV" até "o discurso transgeracional caiu por terra". Do ensaio de David Foster Wallace "E Unibus Pluram", reimpresso em *A Supposedly Fun Thing I'll Never Do Again*. Não faço ideia de quem seja ou de quem tenha sido a tal "eminência parda" de Wallace. Inseri o exemplo de Dickens no parágrafo; é incrível como ele é negligenciado na linhagem de autores de ficção com "marca autoral".

"Nasci [...] *The Mary Tyler Moore Show*." Isso é lembrado por Mark Hosler, do Negativland, um coletivo de colagem musical processado pela gravadora do U2 pelo uso que fizeram de "I Still Haven't Found What I'm Looking For". Embora eu tenha modificado a data de nascimento, o menu cultural de Hosler me serve como uma luva.

"O mundo é uma casa [...] e seus emblemas." McLeod.

De "Hoje, quando podemos comer" até "perspectivas planas". Wallace.

"Estamos cercados por signos; nossa obrigação é não ignorar nenhum deles." Essa frase, que deixei um tanto mais pesada com o termo "obrigação", vem do romance de Steve Erickson, *Our Ecstatic Days*.

O MONOPÓLIO DO USO

De "desde tentativas" até "réus de apenas 12 anos". Robert Boynton, *The New York Times Magazine*, "The Tyranny of Copyright?".

De "Uma época é marcada" até "que não precisa de defesa". Lessig, desta vez em *The Future of Ideas*.

De "Thomas Jefferson" até "seus respectivos escritos e descobertas'". Boynton.

"Os que vêm depois podem fazer um trabalho muito melhor do que o autor da ideia original." Encontrei essa frase no livro de Lessig, citando Vaidhyanathan, que, por sua vez, exemplifica o texto de um julgamento escrito pelo juiz Learned Hand.

"Mas o sonho de Jefferson [...] deve pertencer a alguém." Boynton.

De "A caracterítica distintiva" até "período de proteção é estendido". Lessig, novamente em *The Future of Ideas*.

De "Quando as leis antigas" até "haviam sido violados". Jessica Litman, *Digital Copyright*.

"'O que estou dizendo [...] mulher sozinha em casa.'" Encontrei a citação de Valenti em McLeod. Agora preencha os espaços em branco: Jack Valenti está para o domínio público assim como ________ está para ________.

A BELEZA DO SEGUNDO USO

De "Na primeira" até "fará parte de um arquivo". Lessig.

"A maioria dos livros [...] um ano." Lessig.

De "O ato da leitura é" até "propriedade alheia". Uma mistura de passagens de Henry Jenkins, em seu *Textual Poachers: Television Fans and Participatory Culture*, e de Michel de Certeau, citado por Jenkins.

De "No clássico infantil" até "pelo uso carinhoso". Jenkins. (Será que os donos dos direitos de *The Velveteen Rabbit* repararam bem em *Toy Story*? Aqui seria o caso de um processo.)

A HIPOCRISIA DA FONTE, OU DISNEYGAÇÃO

"A Walt Disney Company [...] *O planeta do tesouro*." Lessig.

"Imperial Plagiarism" ["Plagiato imperialista"] é o título de um ensaio de Marilyn Randall.

"O que levou David Byrne [...] *My Life in the Bush of Ghosts*." Chris Dahlen, Pitchfork – embora, a bem da verdade, quando terminei, as palavras deles estavam tão profundamente dissolvidas nas minhas que, se eu fosse um mero jornalista recorta-e-cola, jamais me ocorreria atribuir a citação a Dahlen. O esforço de preservar as expressões distintivas dos outros, enquanto eu trabalhava neste ensaio, por vezes ia além de minhas capacidades; essa forma de plágio é estranhamente trabalhosa demais.

De "Kenneth Koch" até "*déluge* dos imitadores baratos!". Emily Nussbaum, *The New York Times Book Review*.

NÃO SE PODE ROUBAR UM DOM

"Não se pode roubar um dom." Dizzy Gillespie, defendendo outro músico que fora acusado de imitar o estilo de Charlie Parker: "Não se pode roubar um dom. Bird entregava sua música ao mundo, e, se você pode ouvi-la, pode ficar com ela para você".

"Uma sociedade grande, diversificada [...] propriedade intelectual." Lessig.

De "E as obras de arte" até "casamento, parentesco, aconselhamento". Hyde.

"Contudo, uma [...] coexistem naturalmente com o mercado." David Bollier, em *Silent Theft*.

De "A arte que nos interessa" até "compra e venda". Hyde.

De "Consideramos inaceitável" até "'certos direitos inalienáveis'". Bollier, parafraseando Margaret Jane Radin, em *Contested Commodities*.

De "Uma obra de arte" até "restrição à nossa transação comercial". Hyde.

"Eis por que [...] a pessoa a quem se dirige." Wallace.

De "A força de uma economia da dádiva" até "certos valores fora do mercado". Bollier, e também o sociólogo Warren O. Hagstrom, parafraseado por Bollier.

BENS COMUNS [*COMMONS*]

De "A teoria da relatividade de Einstein" até "domínio público é outro *commons*". Lessig.

"O fato de uma língua ser um *commons* [...] sociedade como um todo." Michael Newton, em *London Review of Books*, resenhando o livro *Echolalias: On the Forgetting of Language*, de Daniel Heller-Roazen. Paráfrases de resenhas

Nohubo remedio.

são outra forma disfarçada de cultura colaborativa; como ávido leitor de resenhas, sei muito sobre livros que nunca li. Cito Yann Martel sobre como ele veio a ser acusado de plágio em seu romance vencedor do Booker Prize, *A vida de Pi*:

> Cerca de dez anos atrás, li uma resenha feita por John Updike no *The New York Times Review of Books* [*sic*]. Era sobre um romance de um brasileiro, Moacyr Scliar. Esqueci o título, e John Updike fez pior: ele achava claramente que o livro como um todo era fácil de esquecer. A resenha – dessas que deixam você desconfiado por ser basicamente descritiva – recendia a indiferença. Mas uma coisa me chamou a atenção: a premissa. Ah, quantas maravilhas eu poderia fazer com aquela premissa.

Infelizmente, ninguém nunca conseguiu localizar essa resenha de Updike.

De "Os bens comuns americanos" até "por uma ninharia". Bollier.

De "Respeitar os bens comuns" até "necessidade prática". Bollier.

"Na sociedade ocidental [...] bens públicos." John Sulston, vencedor do prêmio Nobel e um dos autores do mapa do genoma humano.

De "Precisamos ficar" até "benefício de poucos". Harry S. Truman, na inauguração do Parque Nacional Everglades. Embora possa parecer o cúmulo da presunção plagiar um presidente – achei que contestar a sólida defesa de Truman seria extremamente embaraçoso para mim –, não o reescrevi nem minimamente. Como disse a poeta Marianne Moore: "Se uma coisa já foi dita da melhor forma, como você poderá dizê-la melhor?". Moore confessou seu pendor para incorporar versos de obras alheias, explicando: "Ainda não consegui amadurecer a ponto de superar esse método híbrido de composição".

CONHECIMENTO PÚBLICO NÃO DESCOBERTO

De "intelectuais desiludidos" até "mais rápido e mais barato?". Steve Fuller, em *O intelectual*. Esta intuição de Fuller tem algo de Borges; a ideia de um armazém do conhecimento esperando passivamente para ser reunido por futuros usuários é sugestiva tanto em "A biblioteca de Babel" como em "Kafka e seus precursores".

Like a Dog Returns to Its Vomit
(n.24, 2005)
Foto de Gareth Winters

ENTREGAR TUDO

De "um dos melhores cineastas do Irã" até "sobre a heroína de seu romance?". Amy Taubin, em *Village Voice*, embora tenha sido eu a dar com a cara na porta do Walter Reade Theater.

De "O principal objetivo" até "injusto nem infeliz". Sandra Day O'Connor, 1991.

De "o futuro será em grande medida semelhante ao passado" até "darão algumas coisas de graça". Arquivista de cinema em código aberto, Rick Prelinger, citado por McLeod.

"A mudança pode ser um problema [...] cheia de certezas." McLeod.

De "inteiramente entremeado" até "sem aspas". Roland Barthes.

De "O cerne, a alma" até "características peculiares de formulação." Mark Twain, em uma carta de consolação a Helen Keller, que sofrera aflitivas acusações de plágio (!). Na verdade, sua obra incluía frases inconscientemente memorizadas; nas circunstâncias particulares de Keller, sua escrita poderia ser compreendida como uma espécie de alegoria da natureza "construída" por sua percepção artística. Encontrei a citação de Twain no já mencionado *Copyrights e Copywrongs*, de Siva Vaidhyanathan.

De "O velho e o novo são o urdume e a trama de cada momento" até "todos nós citamos". Ralph Waldo Emerson. Todos eles soavam parecidos!

"As pessoas que tratam [...] de um jeito diferente." Hyde.

De "sou uma rolha" até "soprado para longe". Isso é adaptado da canção dos Beach Boys "'Til I Die", composta por Brian Wilson. Minha primeira aventura com a liberação de letras de música aconteceu quando tentei fazer um personagem do meu segundo romance citar outro trecho deles: "*There's a world where I can go and/ Tell my secrets to/ In my room/ In my room*", de "In My Room". Ao ficar sabendo do custo disso, por sugestão do meu editor, substituí o trecho por: "*You take the high road/ I'll take the low road/ I'll be in Scotland before you*", da tradicional canção escocesa "Loch Lomond", em domínio público. Essa capitulação sempre me incomodou e, quando o mesmo livro foi relançado na Inglaterra, recoloquei a letra de Brian Wilson, sem permissão. *Ocean of Story* [Oceano de histórias] é o título de uma antologia de contos de Christina Stead.

Saul Bellow, escrevendo a um amigo que se ofendera com o uso ficcional que Bellow fizera de certos fatos pessoais, disse: "O nome do jogo é Entregar Tudo. Eis a verdade a meu respeito. Você sabe disso, eu te entrego tudo. Se você tiver força para levar, leve com a minha bênção." Não seria eu quem deteria a "força" de Bellow, que parece presunção em meu novo contexto, embora a frase fique mais elegante. Por outro lado, agradou-me a ideia de que esse dom possa ser na verdade leve e fácil de carregar.

A CHAVE PARA A CHAVE

A ideia de colagem textual, é evidente, não é originalmente minha. *Passagens*, o projeto inacabado de Walter Benjamin, aparentemente seria composto de citações entrelaçadas de maneira profunda. Outros precedentes incluem o romance de Graham Rawle, *Diary of an Amateur Photographer*, composto de textos publicados em revistas de fotografia, e o romance-colagem de Eduardo Paolozzi, *Kex*, de recortes de romances e notícias criminais. Entre nós, meus esforços devem muito aos recentes ensaios de David Shields, nos quais diversas citações são entremeadas e reverberam umas às outras, e às conversas com o editor Sean Howe e a arquivista Pamela Jackson. No ano passado, David Edelstein, na revista *New York*, satirizou o caso de plágio de Kaavya Viswanathan criando uma coluna quase inteiramente composta de plágios para denunciar as ações da autora. Edelstein pretendia demonstrar, com um exemplo irônico, que bricolagens como as suas eram, afinal, algo fácil e sem valor. Embora a versão de Viswanathan da "cópia criativa" fosse lamentável, discordo das conclusões de Edelstein.

A frase "*Je est un autre*" com sua sintaxe deliberadamente estropiada, pertence a Arthur Rimbaud. Já foi traduzida tanto por "Eu é um outro" como por "Eu é outra pessoa", como neste trecho das cartas de Rimbaud:

> Pois eu é outra pessoa. Azar da madeira que se descobriu violino. Para mim, é óbvio: testemunho a revelação de meu próprio pensamento: assisto-o, escuto-o: movo o arco: começa a sinfonia que agita as profundezas, ou brota no palco.
>
> Se os velhos tolos não tivessem descoberto apenas o significado falso do ego, não precisaríamos ficar varrendo para fora aqueles milhões de esqueletos que, desde tempos imemoriais, vêm se empilhando sobre os frutos dos intelectos caolhos deles, e se dizendo, eles mesmos, os autores!

JONATHAN LETHEM (1964) nasceu e vive no Brooklyn, em Nova York, tendo se tornado uma das estrelas de toda uma cultura literária e artística desenvolvida na região nas últimas duas décadas. Hábil na mistura de referências literárias e populares, é autor de contos, novelas e oito romances, dentre os quais *Brooklyn sem pai nem mãe* e *A fortaleza da solidão* (Companhia das Letras, 2002 e 2007, respectivamente). Publicado originalmente em 2007 na *Harper's Magazine*, este ensaio, inédito em português, tornou-se uma referência no debate sobre a cultura de colaboração e dá título à coletânea *The Ecstasy of Influence – Nonfictions, Etc.*, de 2011.

TRADUÇÃO DE ALEXANDRE BARBOSA DE SOUZA E BRUNO COSTA

f

FOTOGRAFIA, JEAN-FRANÇOIS CHEVRIER

ALFABETO *serrote*

A princípio considerada uma pedra atirada no jardim das belas-artes, a fotografia transformou-se, no século 20, e mais particularmente depois da pop-art, numa das novas fronteiras onde a arte encontra a não arte. Essa expansão da arte em direção à fotografia foi, como todas as conquistas, uma assimilação (do outro) e uma alteração (pelo outro). A arte deixou o terreno das belas-artes. O ver foi substituído pelo fazer. O modelo do estudo (como exercício preparatório ou até mesmo simples exercício) foi substituído pelo da apropriação estética.

Os fotógrafos do século 19 denominavam "estudos" tudo que não ousavam apresentar como obra autônoma, como composição acabada, submetendo-se assim, ou fingindo submeter-se, às categorias convencionais das belas-artes.

Em *O salão*, de 1959, Baudelaire lastima que os pintores realistas, sobretudo os paisagistas, ousem apresentar simples estudos como quadros de verdade. Hoje, essas querelas de palavras parecem distantes, como se a arte houvesse adotado outro vocabulário. A imagem registrada, "coisa vista", fragmento de experiência, imagem capturada – às vezes de surpresa –, não é um estudo. A concepção de mundo do qual ela procede, ou que dela resulta, não é mais aquela, estável, una, que o homem do século 19 ainda podia deduzir do modelo da composição pictórica quando falava do "quadro da natureza". No século 19, esse quadro, ao se multiplicar, rachou, difratando-se nos espelhos da reprodução. A industrialização da fotografia mudou a escala de produção das imagens.

No início, o quadro pictórico impôs, e continua a impor, a ordem de medida, em todos os sentidos do termo, da imagem fotográfica. Essa referência estética, contudo, fundamentava-se na permanência do modelo artesanal da produção de ateliê. A fotografia dissociou-se da pintura quando passou ao regime industrial. Incontáveis reproduções de quadros vieram ocupar lugar nos álbuns ao lado de vistas de monumentos e logradouros turísticos, que são, por sua vez, reproduções, uma vez que tratam esses motivos como imagens. Dessa forma, o quadro da natureza viu-se esfacelado, quando, de um lado, a natureza, de tanto ser tratada efetivamente como um quadro cujos detalhes reproduzimos, foi reduzida a uma coleção de fragmentos; e, de outro, quando as próprias pinturas tornaram-se imagens miniaturizadas, análogas e assimiláveis a todas as outras imagens triadas pelo registro no estoque inesgotável do visível. Cézanne, embora ainda fale do quadro da natureza, evoca um modelo já antigo, quando não esgotado, que ele é obrigado a reconstruir integralmente, por meio do estudo.

> Cézanne e seus contemporâneos, observava Robert Smithson, foram expulsos de seus ateliês pela imagem fotográfica. Competiram efetivamente com a fotografia e foram obrigados a ir ao motivo. Com a fotografia, a natureza tornou-se um conceito impossível.[1]

Doravante, são poucos os pintores a ignorar que a fotografia como modelo substituiu a natureza. Uma primeira exposição das coleções de fotografias da Escola de Belas-Artes de Paris em 1982 intitulava-se, precisamente, *A fotografia como modelo*. Essa fórmula pode ser entendida em seu sentido mais amplo. Warhol e Richter não copiaram fotografias. Não era mais a época da cópia. Eles integraram a reprodução e apropriaram-se das fotografias para com elas fazer quadros pintados. A fotografia não era mais apenas um reservatório de imagens passíveis de ser estudadas e utilizadas, mas um modelo em si, um paradigma. Após ter sido, na primeira fase de suas experimentações estéticas e técnicas, pensada analogamente ao estudo pictórico ou gráfico, a fotografia tornara-se o modelo de uma apropriação estética que, sem dúvida, é o procedimento mais comum da arte do século 20.

É possível detectar os antecedentes dessa atitude no turismo culto do século 18, nos amantes de natureza pitoresca que percorriam uma paisagem procurando nela pontos de vista, equipados com os instrumentos de óptica utilizados pelos pintores, como o famoso espelho de Claude.[2] No entanto, esse jogo ainda era restrito, pois a imagem capturada pelo espelho não pode ser fixada, registrada. Após a invenção da fotografia, quando ela se torna registro, o jogo se expande consideravelmente, até integrar-se aos hábitos do turismo de massa. Nos artistas, a lógica de apropriação desenvolveu-se sobretudo na exploração de arquivos, privados ou públicos. Assemelha-se, a princípio, aos procedimentos de citação, que, desde o maneirismo, privilegiam os exemplos da história da arte calcados na história da natureza. A colagem e a fotomontagem estenderam a citação aos repertórios de imagens as mais variadas. Mas foi com a invenção do documento poético pelos surrealistas que a apropriação tornou-se explícita, quando as imagens anônimas começaram a ser reproduzidas nas revistas de vanguarda, ao lado das fotografias de Man Ray, Kertész, Krull, Lotar etc. A arte moderna reatava com uma cultura da curiosidade que, desde a Renascença, associara arte, ciência, história e entretenimento.

Marcel Duchamp opôs a decisão artística à apropriação estética ao estabelecer a indiferença (suspensão do juízo de gosto) ao princípio do *ready-made*. A distância entre as duas atitudes, porém, é irrisória, e a indiferença, insustentável. Sua atração pelas formas tecnológicas (a famosa hélice contemplada no Salão da Aviação ao lado de Léger e Brancusi), seu interesse pela fotografia e os jogos ópticos, sua rejeição à "cozinha pictórica", fazem parte de um *revival* da curiosidade.

Portanto, se as coleções de fotografias formadas no século 19 com fins pedagógicos foram, nos últimos dez anos, objeto de uma reavaliação estética, isso não se deve apenas à existência de uma história da fotografia ou de historiadores da fotografia, mas também ao fato de as noções de documento poético e de apropriação tenderem a reconstituir uma cultura da curiosidade anterior às especializações institucionais.

Todavia, entre os gabinetes de curiosidades e as coleções de imagens documentais, a distância histórica é irredutível. À heterogeneidade dos objetos e materiais, opõe-se a uniformidade da imagem. Esta é o equivalente genérico dos objetos de conhecimento, estudo, contemplação e uso, os quais a imagem permite reunir num lugar comum. Ela nivela o que aglutina. Allan Sekulla reconheceu nesse nivelamento o princípio do formalismo:

> Da mesma forma como o dinheiro é a medida padrão do valor de troca, reunindo todos os bens desse mundo num sistema único de transações, a fotografia, a princípio, reduz todas as percepções a relações de equivalência formal. [...] O formalismo reúne todas as imagens do mundo num único grande mercado estético, arrancando-as de todo contexto de origem, sentido e uso.[3]

Os historiadores da fotografia que hoje exploram arquivos documentais veem-se então confrontados com uma dupla tarefa. Se, por um lado, "inventam" documentos artísticos, atitude justificada pelo exemplo da arte moderna e contemporânea, por outro, devem evitar reduzir uma diversidade histórica que corresponde a funções, usos e procedimentos distintos.

O equilíbrio é difícil. É preciso combinar distinções estéticas e históricas, o olhar surrealista e o do filólogo. Ignorar um ou outro seria igualmente absurdo. Seria absurdo ignorar o interesse dedicado a Atget nos círculos surrealistas, assim como a maneira como ele realizou suas pesquisas. Como atesta esse exemplo canônico, um conjunto de imagens de um mesmo autor pode proceder de categorias distintas. A história dessas imagens é a de sucessivas interpretações. O que elas devem a uma situação de produção específica já resulta de uma interpretação da função à qual elas correspondiam. Os documentos fornecidos por Atget a seus clientes institucionais atestam, além de suas iniciativas, as convenções documentárias às quais ele se conformou. O que podemos reconhecer hoje sob o termo genérico "fotografia", no singular, é, portanto, constituído tanto de usos e interpretações, como de imagens e obras. Esses conjuntos de imagens, constituídos no passado, denominados acervos ou arquivos, podem representar um terreno de experimentação ideal para o historiador, bem como um novo domínio de curiosidade.

1. Robert Smithson, "Fragments of a Conversation", depoimento colhido por William C. Lipke em fevereiro de 1969, *in* Nancy Holt (org.), *The Writings of Robert Smithson*. Nova York: New York University Press, 1979, p. 168.
2. O espelho de Claude deve seu nome ao paisagista francês do século 17 Claude Lorrain. Foi utilizado no século 18 por turistas ingleses, admiradores de Lorrain, na famosa região dos lagos. Convexo, pintado de cinza, permitia enquadrar uma porção "pitoresca" de paisagem reduzindo as cores aos valores. Ver as citações fornecidas por Marie-Madeleine Martinet em *Art e Nature en Grande-Bretagne au XVIIIe siècle: de l'harmonie classique au pittoresque du premier romantisme*. Paris: Aubier-Montaigne, 1980, pp. 23-24, 226-229.
3. Allan Sekula, "The Traffic in Photographs", *in Photography against the Grain*. Halifax: The Press of the Nova Scotia College of Art and Design, 1984, p. 99.

Crítico, curador e historiador da arte, **JEAN-FRANÇOIS CHEVRIER** (1954) é professor na École Nationale Supérieure de Beaux-Arts de Paris. Cofundador da revista *Photographies*, há mais de 30 anos desenvolve reflexões sobre o cruzamento da fotografia com a arte. É autor de *Proust et la photographie* (1982) e do recente *Walker Evans dans le temps et dans l'histoire* (2010). Publicado originalmente em 1991, sob o título "La Photographie comme modèle – une réévaluation", em *Les Chefs-d'œuvre de la photographie dans les collections de l'École des beaux-arts*, o texto deste verbete, em versão revisada pelo autor, faz parte da coletânea *Entre les beaux-arts et les médias : photographie et art moderne* (2010).
TRADUÇÃO DE **ANDRÉ TELLES**

PROVOCAÇÃO **Diante de uma inflação de autores e de leitores, escrever não supõe recompensas, mas apenas o esforço de perseguir os rastros do literário**

Nu na banheira, encarando o abismo (um manifesto sobre o fim da literatura e dos manifestos)

LARS IYER

Casa em que Martin Heidegger viveu por quase 50 anos em Todtnauberg, Floresta Negra
As fotos de Eduardo Outeiro Ferreño fizeram parte da exposição *Cabañas para pensar* (Fundación Luis Seoane, Coruña), que documentava os lugares onde escritores e artistas buscaram isolamento para criar

MONTANHA ABAIXO

Num tempo muito, muito distante, os escritores eram como deuses e viviam nas montanhas. Eram ou eremitas desamparados ou aristocráticos lunáticos e escreviam somente para comunicar-se com os mortos ou com os não nascidos – ou com ninguém. Nunca tinham ouvido falar do mercado, eram enigmáticos e antissociais. Apesar de possivelmente lamentarem sua vida – marcada pela solidão e pela tristeza –, viveram e respiraram o reino sagrado da literatura. Escreveram drama, poesia, filosofia e tragédia, e cada forma era mais devastadora que a outra. Seus livros – quando os escreviam – atingiam o público postumamente e por meio dos caminhos mais tortuosos. Era difícil encarar seus pensamentos e histórias, como os ossos de um animal que deixou de existir.

Mais tarde, surgiu outro tipo de escritores, aquele que morava nas florestas abaixo das montanhas. Apesar de ainda sonhar com as alturas, precisava viver nos limites da floresta, mais perto da cidade, onde de vez em quando se arriscava a dar uma volta na praça. Ele reunia multidões, atiçava as mentes, causava escândalo, tomava parte na política, e em duelos, e instigava revoluções. Às vezes, partia para longas viagens de volta às montanhas, e, quando retornava, o povo estremecia com suas novas declarações. Os escritores haviam se tornado heróis: afortunados, ousados e faustosos. E alguns dos indolentes ao redor da praça começaram a pensar: "Também sou assim! Posso tentar fazer igual."

Em pouco tempo, escritores começaram a morar em apartamentos na cidade e arrumaram empregos – na verdade, cidades inteiras eram estabelecidas e ocupadas por escritores. Pontificavam sobre qualquer assunto debaixo do sol, davam entrevistas e publicavam na editora local, a St. Mountain Books. Alguns até conseguiam viver da venda de seus livros e, quando esta minguava, ensinavam sobre a escrita no Olympia City College; e quando a faculdade deixava de empregar na área de humanidades, escreviam suas memórias sobre "a vida na montanha". Tornaram-se astutos em publicidade, pois ficou evidente que a indústria de publicações era um braço da indústria de publicidade, e os mais espertos trabalhavam primeiro em propaganda, um bom local para treinar o ofício. Os escritores começaram então a superar o público em número, e passou a ficar claro que o público era só uma alucinação, no final das contas – assim como a importância da escrita era, sobretudo, um delírio.

Hoje, você se senta diante da escrivaninha, sonhando com literatura, passando os olhos pela página "romance" na Wikipedia, enquanto come salgadinhos e assiste a vídeos de gatos e cachorros no celular. Atualiza seu blog e tuíta as coisas mais profundas que consegue pensar para tuitar, labuta em um comentário sobre um *trending topic*, tentando torná-lo significativo. Sussurra nomes como um devoto: *Kafka*, *Lautréamont*, *Bataille*, *Duras*, na esperança de invocar o espírito de algo que mal entende, algo ilógico e obsoleto e que, ainda assim, lhe causa uma preocupação diária. E se pega rindo, a despeito de si próprio, rindo, impotente, rindo de si mesmo, à beira das lágrimas. Você clica em "novo documento" e fica lá, tremendo, olhando fixo para a tela do computador, imaginando que diabos deve escrever agora.

A MARIONETE CADÁVER

Dizer que a literatura está morta é, ao mesmo tempo, empiricamente falso e intuitivamente verdadeiro. Segundo a maior parte dos indicadores estatísticos, o prognóstico é positivo. Existem mais leitores e escritores do que nunca. A ascensão da internet marcou também, de certo modo, a ascensão de uma profunda cultura letrada. É mais provável que mandemos mensagens em vez de falar com o outro. Mais que nunca, estamos propensos a comentar ou escrever em vez de assistir ou ouvir. É constantemente citado o fato de haver mais graduados em programas de escrita do que pessoas vivas na Londres da época de Shakespeare. Como Gabriel Zaid escreve em *Livros demais!*, a proliferação exponencial de autoria significa que, em breve, o número de livros publicados irá eclipsar a população – haverá mais livros que o total de pessoas que já viveram na Terra. Temos bibliotecas no telefone, livros (em circulação ou não) acessíveis ao toque de um dedo. A poderosa Amazon, o *feed* infinito, a interminável agregação de dados, a sabedoria Wiki, as recomendações, os "curtir", as listas, a crítica, os comentários. Vivemos em um inaudito mundo de palavras.

E ainda assim... em outro sentido, por outros critérios, a literatura é um cadáver que já esfriou. Sabemos intuitivamente que essa é a verdade – sentimos, suspeitamos, tememos e admitimos. O *sonho* dissipou-se, nossa *fé* e nossa *reverência* desapareceram, nossa *crença* na literatura ruiu. Em algum momento dos anos 1960, o grande rio da cultura, a tradição literária, o cânone de obras grandiosas começaram a entrelaçar-se e dividir-se em uma miríade de afluentes, fluindo lentamente nas planícies do delta cultural. Em uma cultura sem verticalidade, a literatura sobrevive como uma cartilha para o *efeito de realidade*,[1] ou como um diploma menos importante nas recém-privatizadas universidades. O que era literatura? Era a literatura de Diderot, Rimbaud, Walser, Gógol, Hamsun, Bataille e, acima de tudo, a de Kafka: revolucionária e trágica, profética e solitária, póstuma, incompatível, radical e paradoxal, uma morada para oráculos e *outsiders*, era desafiadora e patética, buscava romper e alterar, descrever, sim, mas, ao descrever, despedaçar, era estar de fora da cultura olhando para dentro, e de dentro da cultura olhando para fora. Obras dessa natureza, desse *espírito*, não existem mais. Ou melhor, ainda existem, mas somente como uma paródia do antigo formato. A literatura tornou-se uma pantomima de si mesma, e seu significado cultural sofreu uma hiperinflação, com suas unidades infinitesimais compradas e vendidas como ações ridiculamente baratas.

Qual a causa desse grande declínio? Podemos apontar o desaparecimento das antigas classes e das estruturas de poder. O declínio da Igreja, da aristocracia, da burguesia destruiu esses grandes antagonistas do empreendimento modernista. Como a pomba de Kant – em voo livre, cortando o ar –, o escritor precisa sentir uma espécie de *resistência* por parte da literatura, necessita trabalhar *contra* algo enquanto luta por algo. E contra o que se deve trabalhar, já que não existe mais um antagonista? Podemos falar em *globalização*, na incorporação sofrida por todo planeta, tornando-se um só mercado global, cujo efeito é o enfraquecimento dos modelos culturais do passado e das literaturas nacionais. Presenciamos a ascensão do *indivíduo* a um lugar onde a

1. Referência ao termo cunhado, em 1968, por Roland Barthes. [N. do T.]

No jardim de sua casa em Hertfordshire, nos arredores de Londres, George Bernard Shaw construiu esta casa exclusivamente para escrever própria idiossincrasia tornou-se um lugar-comum, onde o eu, a alma, o coração e a mente são jargões demográficos. Não existe sequer uma tradição a ser combatida – nenhum *agon* ou autoria que associamos aos escritores do passado. Podemos apontar o *populismo* da cultura contemporânea, a dissolução das antigas barreiras entre alta e baixa cultura, e também o enfraquecimento de nossas suspeitas em relação ao mercado. Os escritores trabalham agora lado a lado com o capitalismo, em vez de se armarem contra ele. Você não é nada, a menos que venda, que seu nome seja conhecido, a menos que grupos de admiradores compareçam em suas sessões de autógrafos. Podemos apontar também a banalidade das democracias liberais, que toleram tudo, incorporam tudo; nosso sistema político não permite nenhuma licença poética. A arte, certa vez, lidou com a oposição, mas agora é consumida pelo aparato cultural, e a própria seriedade reduziu-se a uma espécie de *kitsch* para as gerações X, Y e Z. Os assuntos a serem tratados com seriedade não foram esgotados – a atmosfera ferve, as reservas de água secam, a dinâmica política desafia a imaginação para autorizar a catástrofe –, mas os meios literários para *registrar* a tragédia se esgotaram. A globalização achatou a literatura em um milhão de nichos de mercado, e a prosa tornou-se outro produto: deleitável, notável, janota, laborioso, respeitado, mas sempre pequeno. Nenhum poema fomentará revolução, nenhum romance mudará a realidade – não mais.

A história da literatura é como um som em uma câmara de eco, que fica mais fraco a cada reiteração. Ou, para usar outra metáfora, pode ser dito que a literatura era, no final das contas, um recurso não renovável – como o petróleo, a água – que foi drenado e consumido a cada nova manifestação. Se a história da literatura é a história de novas ideias sobre o que a literatura pode ser, então chegamos a um ponto em que o modernismo e o pós-modernismo encontraram o poço seco. O pós-modernismo – que certamente é apenas o modernismo com um nome mais desesperado – deu a cartada final: tudo está disponível, e nada é surpreendente. No passado, cada grande frase continha um manifesto, e cada vida literária propunha uma heterodoxia; agora tudo se resume a xerox, notas de rodapé, encenação. Até a originalidade não tem mais condição de nos surpreender. Presenciamos tantas jogadas formais e estilísticas que até algo original, em todas as suas partes constituintes, contém a metaqualidade da inovação e, paradoxalmente, é instantaneamente reconhecível.

Alguém pode até tocar a antiga trombeta, clamando por um retorno às antigas formas, exigindo que a cultura retorne à sua carruagem e que restaure a importância da autoria literária, mas suas grandiosas demandas são percebidas com dúvida, escárnio, ou não são percebidas. Os "clássicos", da antiguidade até o presente, são todos apresentações rotineiras, como *O quebra-nozes* no Natal. O prestígio literário existe apenas de maneira litúrgica;

tão singular quanto uma freira no metrô. Quem, a não ser o mais pomposo entre os escritores da *terceira onda*,[2] consegue levar-se a sério como autor? Quem pode sonhar em arquivar seus e-mails e tuítes para uma grata posteridade? A reclusão de Blanchot tornou-se impossível, bem como o exílio de Rimbaud e a morte precoce de Radiguet. Ninguém mais é rejeitado ou ignorado, não quando todos são publicados instantaneamente, sem qualquer esforço ou prudência. A autoria evaporou e foi substituída por uma legião de operários das teclas, caminhando lado a lado com publicitários e desenvolvedores de aplicativos.

2. Termo cunhado por Alvin Toffler, em livro homônimo, para tratar da chamada "era da informação". [N. do T.]

É possível argumentar que deveríamos ser gratos a essa nova ordem. Não é bom, no final das contas, emergir de seu quintal como um romancista incipiente? Para que os outros possam lê-lo: que surpresa! As pessoas ainda leem ficção: da mesma forma, uma surpresa. Seus amigos e sua família também gostam da ideia. Então você publicou um romance! As pessoas ainda os leem? Mas que ótimo! Para seu círculo de amigos, o fato de ter publicado um romance é mais importante que tudo o que ele possa conter. O fato de que seu nome aparecerá numa pesquisa do Google junto de algo mais que suas fotos, nu na banheira, já é alguma coisa. Então o prestígio da autoria dá lugar ao prestígio de um tipo efêmero de carreirismo literário, aquele que é rapidamente esquecido.

O que, então, é tão terrível? Os estábulos do mercado literário fornecem um fascinante falatório, um ruído branco para uma existência bem ajustada. *Que todos os tipos de flores desabrochem*[3] etc. Talvez a morte da literatura marque o fim de certa necessidade. Talvez devamos desistir de seu fantasma. Afinal, para que precisamos do espectro pantomímico do *poète maudit*, a perniciosa sombra de Rimbaud ou Lautréamont com sua garrafa de absinto e seus olhos injetados? Para os pragmáticos, o fim da literatura é simplesmente o fim de um modelo melodramático, de uma falsa esperança que partiu, bem como a psicanálise, o marxismo, o punk rock e a filosofia. Mas, para os menos pragmáticos, percebe-se – experiencia-se – o que foi perdido. Sem literatura, perdemos a tragédia e a revolução, e essas são as duas modalidades da esperança. E, quando a tragédia desaparece, afundamos nas trevas, em uma vida cuja vasta tristeza é ser menos que trágica. Rogamos pela tragédia, mas onde a encontraremos, se ela deu lugar à farsa? Vergonha

3. "Desabrochar de Cem Flores" foi um período na história da República Popular da China (1956-1957) em que era incentivada a expressão das mais variadas escolas de pensamento. [N. do T.]

e desprezo são agora a única resposta em leituras de manifestos literários. Todos os esforços são agora tardios, todas as tentativas são embustes. Sabemos o que queremos dizer e ouvir, mas nossos novos instrumentos não conseguem acompanhar a melodia. Não podemos *tentar de novo* ou *make it new*,[4] já que ambas as ações têm se engavetado em direção à equivalência – somos como palhaços de circo que não conseguem se espremer dentro do carro. As palavras de Pessoa ecoam em nossos ouvidos: "Já que não podemos extrair beleza da vida, busquemos ao menos extrair beleza de não poder extrair beleza da vida". Essa é a tarefa que nos cabe, nossa última e melhor chance.

4. Lema do poeta modernista Ezra Pound (1885-1972) que também batiza um de seus livros de ensaios. [N. do T.]

DOENTE DE LITERATURA

Qualquer um que escreva está exilado da escrita, que é o país – ele próprio – onde não se é um profeta.

MAURICE BLANCHOT

Como em qualquer morte, qualquer calamidade, nosso primeiro – e perverso – impulso é a negação. Amamos demais nossos gênios literários para admitir que seus dias estejam contados. Dançamos em volta do mastro do Bloomsday e provamos a palavra de Camus em nossas línguas como a eucaristia. Com pompa e circunstância, as premiações concedem, de modo vão, medalhas de grandeza para romances que vagamente emulam o que seria, em nossa desbotada memória, uma obra-prima. A fascinação, as ruínas, o corpo da literatura permanecem, mesmo que seu espírito tenha ido embora. Apenas poucos escritores conseguiram dominar a medonha natureza da literatura atual. Apenas poucos escritores escrevem verdadeiramente sobre as circunstâncias em que nos encontramos e sobre os obstáculos que nos confrontam. O trabalho deles é doentio e canibalístico, absurdo e desesperado, mas também, paradoxalmente, alegre e aliado à verdade. Nessas obras, há uma terrível honestidade que nos liberta. Esses são os escritores que mostram, talvez, como podemos prosseguir.

Antes de sermos curados, precisamos fazer o diagnóstico. O narrador de *O mal de Montano*, de Enrique Vila-Matas, sofre de um tipo de "doença literária" na qual vivencia o mundo somente pelo conteúdo dos livros que leu, escritos

O interior do retiro de Bernard Shaw

pelos grandes nomes da história da literatura. Ele está condenado a entender a si mesmo, e tudo o mais à sua volta, por meio da vida e da obra dos autores pelos quais é obcecado. O motivo que o faz escrever *O mal de Montano* é encontrar a cura – deixar a literatura por meio da literatura.

Na primeira parte do livro, uma novela autônoma, Montano visita Nantes com o intuito de libertar-se de sua doença literária, mas se vê ainda mais envolvido nela. A cidade só o faz lembrar-se de Jacques Vaché, o lendário protossurrealista, que ali nasceu e viveu, conhecido apenas por suas cartas para Breton – bem como o próprio Breton, para quem Nantes perdia somente para sua amada Paris como fonte de inspiração. E, quando Montano visita o filho na mesma cidade, só consegue ver a si mesmo como o espectro do pai de Hamlet, que finge estar furiosamente maluco.

Montano é enganado pela literatura. Desesperado, decide deixar a cidade, pega o primeiro trem e admite: "Já sei que fazer isso é muito literário, já sei, além disso, que os trens são muito literários"[5] – os meios de transporte haviam sido igualmente infectados por sua doença. A subsequente viagem ao Chile não traz nenhum alívio – viajando em um pequeno avião, ele só consegue lembrar-se de Antoine de Saint-Exupéry, que entregava cartas sobrevoando as mesmas montanhas. O personagem evoca um número incontável de outros autores no caminho: Danilo Kiš, Pablo Neruda, Alejandra Pizarnik, e assim por diante.

5. Tradução de Celso Mauro Paciornik. São Paulo: Cosac Naify, 2005. [N. do T.]

Montano sofre, é oprimido pela literatura. O mundo inteiro parece ser um sistema de metáforas e associações literárias. Montano sequer pode pensar em suicídio, em dar um fim a tudo, já que a morte é "precisamente do que mais fala a literatura". Não há saída – não há um curso de ação que possa seguir sem o risco de tornar-se um clichê ou um *kitsch* literário. Para o azar de Montano, ele não só está preso à literatura, mas a própria literatura se revela como um palco espalhafatoso.

A doença de Montano tem origem em Kafka (na realidade, quais os problemas dos últimos 100 anos que *não* foram antecipados por Kafka?). Segundo Montano, não existe alguém mais "doente de literatura" do que o autor nascido em Praga. "Sou feito de literatura", afirmava Kafka, mas ele conseguiu fazer literatura a partir de sua doença. *O castelo* pode, como sugere o narrador de *O mal de Montano*, ser uma alegoria da impossibilidade de troca da exegese pela realidade, de evadir-se da doença em direção à saúde. Mas o próprio ato de criar uma alegoria a partir da doença torna-se uma espécie de literatura. Kafka, em outras palavras, ainda consegue escrever literatura, e desse modo sua doença literária é temporariamente suavizada.

O narrador de Vila-Matas tem ainda menos opções disponíveis que o de Kafka. As estruturas da religião ruíram para Kafka, deixando-o no domínio da alegoria, mas, para Vila-Matas, até as estruturas da alegoria ruíram, até a estrutura da narrativa desmoronou. Até Kafka podia contar uma *história*, mas essa capacidade está além do narrador de Vila-Matas. Enquanto Kafka nasceu tarde demais para a religião, todos nós nascemos tarde demais para a literatura. Enquanto o narrador de *Montano* revive a vida e a obra de verdadeiras lendas literárias, fica claro o quão remotas essas figuras se tornaram para nós; esses escritores cuja literatura já parecia nos manter a distância. A literatura está se apartando de nós como se afastava de nossos predecessores literários – de diaristas como Gide, que, como descrito em *Montano*, está sempre sonhando escrever uma obra-prima. A ideia da obra-prima – ou até o *sonhar escrever uma obra-prima* – faz parte do *kitsch* literário. É isso que o narrador quer dizer quando afirma que a *própria literatura* sofre do mal de Montano: a doença de Montano – ver o mundo em termos literários – é também literatura, um espelho que já não pode refletir o mundo.

"Dom Quixote representa a juventude de uma civilização: ele *inventa* acontecimentos; e não sabemos como escapar do assédio deles", escreve E.M. Cioran. Inventar acontecimentos, ou até criar alegorias a partir deles, não parece mais possível. Assim como quando cuspimos contra o vento, nosso menor gesto literário voa de volta para grudar em nós. Isso, e também o esplendor virtuoso da primeira parte de *O mal de Montano*, pode ser engraçado. Mas, no final, torna-se exaustivo: como um crítico afirmou, "as piadas começam a se desgastar", e o livro fica "dolorido". É difícil não concordar que o narrador parece "ter se perdido no enredo – não que existisse algum – inteiramente". E ainda assim, apesar do terrível impasse, Vila-Matas termina em uma nota de surpreendente provocação, até de esperança: o narrador e Robert Musil ajoelhados diante de um imenso abismo, cercados por pomposos e presunçosos escritores ("inimigos do literário") que parabenizam uns aos outros em um grotesco festival literário. "É o ar do tempo", diz o narrador com pesar, "ameaçam o espírito". Mas Musil o contradiz: "Praga é intocável. [...] É um círculo encantado, com Praga nunca puderam, com Praga nunca poderão". Para um livro cujo propósito é identificar a doença terminal da literatura, *O mal de Montano* termina insistindo que algo ainda persiste, uma qualidade resoluta e secreta que não pode ser desfeita nem em tempos como os nossos.

Voltemo-nos para Thomas Bernhard, outra vítima do mal de Montano. Nada a ser feito, nenhuma saída, nada resta exceto ressaltar o fato de que não há mais nada a ser feito, e de que não há nenhuma saída. A mesma velha história contada repetidas vezes – a tentativa de achar tempo e espaço para concluir um sumário, um grande compêndio que explique tudo sobre um assunto específico, seja em relação ao ato de ouvir ou à música de Mendelssohn, em que o relato do narrador sobre os problemas intransponíveis de encarar esse projeto torna-se a própria história. Bernhard desenvolve seus temas – os ressentimentos e as frustrações da pretensa vida intelectual, a culpa e o sofrimento de viver após a autoridade austríaca, a abominação moral e as consequências do nazismo – por meio de um tema cacofônico e de variações em sua prosa. Seus grandes e reiterados saltos de consciência alongam-se até o ponto de rompimento, espiralam em um furacão de ódio e frustração. Seus livros se tornam uma espécie de redemoinho, atraindo tudo o que estiver em seu curso: profundidades hiperbólicas aparecem ao lado de banalidades mesquinhas, aforismos do Velho Mundo colidem com rabugices desmioladas, grandes denúncias desdobram-se em distrações banais. O valor de uma mala, o valor de uma vida, como cachorros sabotam um pensamento intelectual, como o café da manhã é uma espécie de agressão. Suas frases, sempre na iminência de se desfazer, não procuram apenas representar a vida – a tediosa vida comum de filósofos fracassados, cientistas fracassados, músicos fracassados e escritores fracassados vivendo sob sistemas decadentes –, e sim ordenar as forças que a encerram.

O incessante impulso de sua prosa trata de uma completa intolerância para com o fracasso, o compromisso e o ódio da impostura empertigada dos que não entendem os próprios fracassos e compromissos. Ao declarar guerra contra si mesmos, os frustrados narradores de Bernhard nunca conseguem encontrar tempo e espaço para, finalmente, escrever – e imitar seus mestres, sejam eles Schopenhauer ou Novalis, Kleist ou Goethe –, declarando guerra a uma cultura em que essa imitação se tornou impossível. Bernhard é o nome de um ralo que parece sugar e escoar tudo o que seja relativo à velha cultura, à literatura e à filosofia. Consternado, ele lamenta o suicídio da cultura, mesmo quando vomita sua cólera nos "inimigos do literário" remanescentes: os artistas patrocinados pelo Estado, sejam eles pintores, atores, escritores ou compositores, e seus jantares detestáveis, como os descritos em seu romance *Woodcutters*. Ele está preso a uma espécie de devaneio odioso da vida não literária, personificado pela irmã empresária socialaite, em *Concrete*, bem como em *The Loser*, em que postula que os únicos resultados possíveis de um esforço artístico são o suicídio, a loucura e o fracasso abjeto.

É claro, a ironia de Bernhard é que, enquanto seus narradores fracassam constantemente até para começar, o autor *encontrou* uma forma e uma maneira de se expressar. Seus músicos podem ter abandonado a música, e seus especialistas em música podem não conseguir escrever uma linha sequer sobre o tema, mas Bernhard compôs uma canção para si mesmo.

Ruínas da casa que Ludwig Wittgenstein ergueu em Skjolden, na Noruega, onde passou curtas temporadas e a qual afirmava ter influenciado suas reflexões filosóficas

Pode ser uma sinfonia grotesca, uma valsa ridícula, risível, burlesca e desumana, mas ainda assim há algo excitante – talvez até belo – na abnegação de sua música. Mais uma vez, como na obra de Vila-Matas, somente à beira do abismo conseguimos nos lembrar do que é intocável.

Um último exemplo de literatura que confronta o seu fim e sobrevive: *Os detetives selvagens*, de Roberto Bolaño, trata da tentativa de criar uma vanguarda literária em 1975, e foi escrito depois que as condições para a prática vanguardista haviam sido destruídas. É um livro sobre revolução política, escrito em uma época posterior ao inevitável fracasso de tais revoluções. É um romance sobre um movimento literário *avant-garde*, mas que, ainda assim, resiste à conceituação e à estilização que esse tipo de movimento requer. É um romance extático e apaixonado – o próprio Bolaño o descreve como "uma carta de amor para a minha geração" –, que funciona como uma paródia aos anseios pela literatura e pela revolução. É um romance, como outros romances mais recentes, que chega tarde demais, mas que, ao contrário dos outros, encontra um caminho para tratar desse atraso. Assim, *Os detetives selvagens* provê outro modelo por meio do qual os escritores aspirantes podem falar, de modo apropriado, sobre nossos sonhos anacrônicos.

Os supostos heróis do livro, Ulises Lima e Arturo Belano, líderes do grupo literário chamado de "realismo visceral", quase não aparecem em boa parte do romance. Na maioria das vezes, ouvimos sobre os dois de modo deslocado, por meio dos narradores distintos que Bolaño invoca para contar sua história. E o veredicto sobre os protagonistas nem sempre é compatível – eles têm um admirador na figura do *gauche* e excitável estudante de direito Madero, cujos diários brilhantemente divertidos sustentam *Os detetives selvagens*, mas têm também seus detratores. "Belano e Lima não eram revolucionários. Não eram escritores. Às vezes escreviam poesia, mas também não creio que fossem poetas. Eram vendedores de drogas",[6] diz um dos narradores de Bolaño. "Todo o realismo visceral era [...] o pavonear demente de uma ave idiota ao luar, algo bastante vulgar e sem importância", afirma outro. No fim das contas, eles seguem para "a hecatombe ou o abismo", como enxergam o mundo, ainda tentando alcançar uma postura literária e política em uma época em que a literatura e a política já

6. Tradução de Eduardo Brandão. São Paulo: Companhia das Letras, 2006. [N. do T.]

tinham ido embora. "Lutamos por partidos que, se tivessem saído vitoriosos, teriam nos mandado imediatamente para um campo de trabalhos forçados", diz Bolaño sobre sua geração. "Lutamos e vertemos nossa generosidade em prol de um ideal que estava morto há mais de 50 anos."[7]

Dedicar-se conscientemente a um ideal morto – essa é a característica que permeia *Os detetives selvagens*. O *insight* de Bolaño – e ele é, ao mesmo tempo, inquietante e libertador – é que o único assunto que resta à escrita é o *epílogo* da literatura: a história das pessoas que perseguem a literatura, esfolando os joelhos nos rastros de sua passagem. E isso não é apenas um embuste metaliterário ou solipsismo; é encarar as coisas de frente. Vivemos em uma cultura em que milhões de escritores imitam os grandes moldes literários que tanto adoram – apenas vagamente conscientes do quanto regurgitam *kitsch*. Todos sabemos que *Liberdade*[8] não pode ser Flaubert, e ainda assim não conseguimos compreender exatamente por que essa porta está fechada para nós. A cada ano, vemos estilos mortos – realismos, modernismos, novos jornalismos, divertidos pós-modernismos – apresentados como a última moda, como algo retrô, como uma epidemia. Está na hora de a literatura admitir o próprio fim em vez de brincar de marionete com seu cadáver. Devemos falar abertamente sobre a farsa de uma cultura que sonha com coisas impossíveis de serem criadas, pois essa farsa é nossa tragédia. Devemos encarar a melancolia e o humor amargo de nossa situação. Por qual outra razão um dos narradores de Bolaño desenharia anões com pênis gigantes enquanto aguarda em uma cela de prisão israelense, ou Madero faria seus companheiros brincarem de adivinhações com desenhos, reproduzidos nas últimas páginas de *Os detetives selvagens*, enquanto se aproximam do fim de sua busca por Cesárea Tinajero? Esses são os comportamentos de pessoas vivendo após a literatura. Mais uma vez, como em Cervantes, a narrativa mais atrativa é sobre o papel da literatura em nossa vida, exceto no cenário contemporâneo, que é o papel do fogo-fátuo sobre o pântano, do fantasma arrastando correntes, da entidade derrotada que hipnotiza uma legião de idiotas: pseudorromancistas, pseudorrevolucionários, críticos, professores de filosofia, editores de blogs de literatura, assinantes de revistas e pseudointelectuais – todos *nós*.

7. Trechos do discurso que Bolaño proferiu ao receber o Prêmio Rómulo Gallegos, em Caracas, 1999. [N. do E.]

8. Referência ao romance de Jonathan Franzen. Tradução de Sergio Flaksman. São Paulo: Companhia das Letras, 2011. [N. do T.]

O QUE ESCREVER NO DESPERTAR

Existe esperança em abundância, esperança infinita, mas não para nós.

KAFKA

Então aqui estamos, deste lado da montanha, com saudades dos altos platôs castigados pelas tempestades onde nossos ancestrais escritores um dia realizaram sua mágica, mas cientes de que vivemos nas planícies. Aqui estamos no fim da literatura e da cultura, despojados, desolados, perplexos. Somos crianças vagando com botas antigas. Talvez até mesmo Bernhard e Bolaño sejam grandes demais para imitarmos! Devemos estudar os perversos rabiscos de David Shrigley e Ivan Brunetti. A própria escolha de instrumentos mostra como eles abraçaram sua sorte. Devemos desconectar os computadores, colocar os livros na varanda e esquecer que aprendemos a ler e a nos importar. Mas, para aqueles que não conseguem escapar da necessidade de rabiscar e digitar, aqui estão algumas sugestões.

Utilize uma *clareza* não literária. Sabe-se que o jogo acabou, que está tudo terminado. O estilo de *Os detetives selvagens* é notavelmente *não* literário, quase deselegante, apesar de todo o virtuosístico desassossego de suas vozes narrativas. O livro tem uma "retidão chocante". Mesmo Bernhard, com todas as suas convoluções gramaticais, escreve, por fim, com uma espécie de obviedade patética – não complica nem adorna demais, em vez disso vomita suas queixas. O abismo necessita da clara constância de um testemunho, da sobriedade de uma testemunha no dia seguinte, para lembrar-se do que ocorreu antes. A literatura não é mais o objeto em si, e sim o objeto desaparecido.

Rejeite métodos encerrados, rejeite obras-primas. O anseio de criar obras-primas é uma espécie de necrofilia. A escrita deve estar aberta a todos os lados da vida para que seu esboço – a vida melancólica e farsesca – possa estar presente, saqueando suas páginas. Vila-Matas afirma ser necessário, para qualquer um que escreva um texto ficcional, mostrar a própria mão, permitir que uma imagem de si mesmo apareça. Mas é uma imagem da *vida cômica* que mostra a própria mão nessa literatura que vem após a literatura. O autor deve desistir de macaquear o gênio – em vez disso, deve apresentar o autor como um macaco, como um idiota. Não tenha a arrogância de ser o comediante. Você é o cara sério nessa farsa; o universo é o cara engraçado. Então não seja bobo, gracioso, piadista ou recatado: permita a hilaridade, um riso doloroso que purifica e que divide em dois o corpo e o coração. Siga sua própria tolice como pegadas na areia.

Escreva sobre *este* mundo, independentemente do assunto sobre o qual esteja escrevendo, escreva sobre um mundo dominado por sonhos mortos. Ressalte a ausência de esperança, crença, compromisso ou seriedade elevada. Assinale o passado que nos arruinou e o futuro que nos destruirá. Escreva

Na Monk House, em Rodmell, interior da Inglaterra, Virginia Woolf dizia "viver para o espírito" e obter a concentração ideal para seu trabalho

sobre um tipo de esperança que um dia foi possível, como a literatura, a política, a vida, mas que não é mais possível para *nós*.

Deixe claro seu *sentimento de impostura*. Você não é um autor, não no antigo sentido da palavra. Você realmente não escreveu um livro, não um livro de verdade. Você não faz parte de nenhuma tradição, movimento ou vanguarda. Não há nenhum prêmio para você na literatura, claro que não, nada para sua pompa insensata. Além disso, *pouquíssimas pessoas estão lendo de verdade*: atente para esse fato também. *Ninguém está lendo, idiota!* Existem mais romancistas do que leitores. Existem *livros demais*...

Dê vulto à sua melancolia. Deixe claro que o fim está próximo. A festa acabou. As estrelas estão partindo, e você e sua estupidez são indiferentes ao negrume do céu. Você está junto dos personagens de Bolaño, no final de sua busca, perdido no deserto de Sonora, no fim de todas as buscas. Está rabiscando desenhos estúpidos para matar o tempo no deserto. E é esse o conjunto de sua obra: rabiscar desenhos estúpidos para matar o tempo no deserto.

Não seja generoso, nem gentil. Ridicularize a si mesmo e o que você faz. Ataque a arte, como canibal que é. Lembre que só quando as coisas estão mortas, bicadas por um milhão de anos de corvos, roídas por chacais, descartadas e esquecidas, podemos descobrir o último pedaço de osso intacto.

LARS IYER (1970) é professor da universidade de Newcastle upon Tyne, na Inglaterra. É autor de dois livros sobre Maurice Blanchot (*Blanchot's Communism* e *Blanchot's Vigilance*) e dos romances *Spurious* e *Dogma*, todos inéditos no Brasil. Este ensaio foi publicado originalmente em novembro de 2011, na *The White Review*.

TRADUÇÃO DE THIAGO LINS

ENSAIO Na relação de Alexandre Eulalio e Roberto Schwarz está parte da história do ensaísmo brasileiro, dividido entre diletantes e professores

Viagem à roda de uma dedicatória

PAULO ROBERTO PIRES

Que misterio es una dedicatoria, una entrega de símbolos!
Jorge Luis Borges, *La cifra*

Em junho de 1978, Alexandre Eulalio deu de presente a Roberto Schwarz um exemplar de *Prosa de ficção – de 1870 a 1920*, o livro de Lucia Miguel Pereira que seria um dos volumes da *História da literatura brasileira* idealizada por Álvaro Lins e jamais realizada. Na folha de rosto, escreveu ao amigo:

> *Para o Roberto*
> *este livro notável que, lido em 1950, ao mesmo tempo que o "Coelho Neto, romancista", de Brito Broca, me mostrou que o que eu queria fazer mesmo era ensaio brasileiro.*
> *com o abraço*
> *do Alexandre*

Josef Albers
Estudos de cor (1976)
Imagens cedidas pela The Morgan Library © The Josef and Anni Albers Foundation/ Albers, Josef/ Licenciado por AUTVIS, Brasil, 2012

Com estas 30 palavras, excluídas a saudação ao destinatário e a manifestação de afeto do remetente, Alexandre Eulalio escreveu um curioso microcapítulo da história do ensaio no Brasil. Episódio que pode ser lido literalmente à margem, num fac-símile escondido em meio a poemas, ensaios, resenhas e reportagens editados em 1993 na revista *Remate de Males*. A edição especial foi a forma de o departamento de teoria literária da Unicamp homenagear aquele que, ao morrer, em 1988, havia dedicado nove de seus 55 anos, os nove últimos, a ensinar naquela universidade – onde ingressou na condição de professor notório saber, ou seja, dispensado da formação superior regular.

À revista que revelou esta declaração íntima e despretensiosa, Maria Eugenia Boaventura e Carlos Augusto Calil, os organizadores, deram o título *Alexandre Eulalio – Diletante*. O epíteto é do próprio autor, que assim se denominou simulando um cartão de visita. Assumia com fina ironia, como se fosse profissão, médico ou advogado, um julgamento que muito rondou seu nome e nele muitas vezes foi colado. "Diletante" é, como sabemos, adjetivo com baixo teor de ambiguidade, pois diz menos da paixão do amador – que efetivamente traduz – do que insinua sobre a superficialidade e a ligeireza de seus múltiplos interesses, intelectuais e estéticos.

Mas, para quem declarou "ensaio brasileiro" como prática principal e meio de vida, "diletantismo" é mais honraria que demérito. Ou, dependendo do ponto de vista, um ônus inevitável. Poeta, jornalista, historiador, crítico de arte e literatura, cronista, cineasta e tradutor, Alexandre Eulalio tornou-se, essencialmente, o que grande parte dos intelectuais brasileiros só foi ou é como ramal auxiliar: ensaísta.

E o ensaísta nada mais é que um diletante profissional, curioso vocacional que faz deste impulso modo de vida, elaborando seu variado interesse em texto bem cuidado, às vezes próximo do literário e sempre tendo no horizonte o convite de uma conversa com o leitor. Culto – e, no melhor dos casos, desprovido de arrogância –, passeia despreocupado entre as fronteiras das disciplinas, prefere a dúvida à certeza e se realiza plenamente na forma breve, no tiro mais curto que um livro ou uma tese. E.B. White, um dos mestres do gênero, dizia ter orgulho de, na condição de ensaísta, ser um cidadão de segunda classe no mundo das letras. Vê-se que o preço da deriva é quase sempre alto e especialmente exorbitante numa vida intelectual que, como a brasileira, faz da especialização na pesquisa e do cultivo do jargão formas poderosas de distinção intelectual.

É da vocação de "ensaísta brasileiro", plenamente realizada por Eulalio, ponto final de sua mensagem a Schwarz, que parte esta viagem em torno de uma dedicatória. Do que ela pode revelar dos dois e, através deles, da definição do ensaísmo moderno no Brasil.

O RECADO DOS NOMES

O destino intelectual de Alexandre Eulalio é, em suas próprias palavras, decidido por Lucia Miguel Pereira, cuja obra escolhe, fisicamente até,

para declarar a Schwarz sua admiração, e por Brito Broca, que o influenciou pelo que escreveu, mas também ou sobretudo pela convivência, amigos e colegas de trabalho que eram no Instituto Nacional do Livro. Mortos precocemente, ambos em acidentes trágicos – Lucia tinha acabado de fazer 58 anos quando o avião em que viajava caiu; Broca estava às vésperas dos 58 quando foi atropelado –, ambos ocupam, com o próprio Eulalio, lugares discretos e quase à margem no cânone ensaístico em que Schwarz tem hoje posição destacada.

Quando ganhou o livro de presente, Roberto Schwarz, nascido na Áustria em 1938, já era, ele sim, o perfil do intelectual que se consagraria como legítimo representante do "ensaio brasileiro". Como seu amigo, tinha se aventurado em diversas frentes: poesia (*Pássaro na gaveta*, 1959, e *Corações veteranos*, 1974), teatro (*A lata de lixo da história*, 1977) e tradução (Brecht, Bruckner, Marx e Adorno). Mas os alicerces de sua obra, desde sempre sólida, começavam a ser plantados com dois livros de ensaios: a coletânea *A sereia e o desconfiado* (1965), que trata de Mário de Andrade e Dostoiévski, Nathaniel Hawthorne e Clarice Lispector, e *Ao vencedor as batatas* (1977), tríptico temático que inaugura sua influente interpretação de Machado de Assis.

Pelo amplo espectro de interesses e a realização em linguagens diversas e temas variados, Schwarz poderia ser considerado tão diletante quanto o amigo – e seus dois ilustres antecessores. Mas a ele e a toda uma geração que a partir da década de 1960 elegeu o ensaio como plataforma, sobretudo na crítica literária, jamais se colou o rótulo do amadorismo. A carreira universitária já autorizava suas falas e legitimava suas hipóteses, dando ao tal "ensaio brasileiro" um lugar peculiar na tradição do gênero. Lugar que fica mais claro voltando para um pouco antes de 1978 – ano em que Alexandre Eulalio publicou seu único livro não póstumo, *A aventura brasileira de Blaise Cendrars*, narrativa de gênero indefinido que mescla análise, crônica, depoimentos e imagens para dar conta da convivência do poeta francês com os modernistas brasileiros.

FAIR PLAY INTELECTUAL

Ao prefaciar, em 1949, o volume *Ensaístas ingleses*, da coleção Clássicos Jackson, Lucia Miguel Pereira defendia que o ensaio é "antes atitude mental que propriamente gênero literário". Apontava, assim, para sua formação e carreira, uma e outra fora dos trilhos institucionais ou científicos, misturadas com a provisoriedade inerente ao jornalismo e, também, ignorando os limites de gênero literário. Além da sólida ensaística e das biografias – seu *Machado de Assis* é clássico na fortuna crítica do autor de *Esaú e Jacó* –, Lucia também publicou literatura infantil e romances que ela mesma reconhecia de importância menor.

"Filho tardio do Renascimento, a maior época do mundo ocidental, o ensaio representa, no plano literário, o mesmo impulso humanista e experimental de que resultaram a Reforma e o descobrimento da América", escreve Lucia, tomando o Novo Mundo como correlato metafórico dos horizontes que se abrem quando o "homem comum", o não especialista, põe-se a refletir sobre o mundo e a cultura numa "mistura de instinto com experiência". Em ótima definição, ela define o ensaio como, antes de mais nada, *fair play*, "luta sem violência nem crispação" do intelectual empenhado em decodificar porções do mundo, da literatura e de si mesmo.

Participar ativamente do debate intelectual era, para uma mulher brasileira na década de 1930, um inequívoco posicionamento político que tem a independência intelectual como força motriz. Ainda mais sendo ela uma autodidata que, inicialmente ligada a um grupo de intelectuais cristãos (reunidos em torno da revista *Ariel*), torna-se divorcista convicta e termina casando, fora do país, com um homem mais velho e separado, Octávio Tarquínio de Sousa – este, por sua vez, outro "diletante profissional", célebre advogado de carreira e historiador vocacional, autor da *História dos fundadores do Império do Brasil*, conjunto de dez biografias das quais a mais importante é *A vida de d. Pedro I*.

Não foi só a Alexandre Eulalio, então com 18 anos, que encantou *Prosa de ficção*. "Existem algumas páginas que eu ousaria situar, sem nenhuma hesitação, entre as maiores que já produziu a crítica literária entre nós", escreveu Sérgio Buarque de Holanda na *Folha da Manhã*, em 7 de junho de 1950. A resenha, entusiasmada, sublinha precisamente pontos que dizem respeito ao ensaio, praticado com brilhantismo pelo próprio Sérgio, que em 1936 publicara *Raízes do Brasil*.

O historiador destaca no livro a escrita que "não procura ser erudita e exaustiva, porém crítica e compreensiva", "a atenção dedicada pela autora a romancistas e contistas menores" e, finalmente, as "ideias nítidas e despretensiosas" que formam um "esqueleto invisível". Pois, como ele observa, "cada capítulo vem a ser uma constelação de ensaios", método possível de marcar a diferença em relação aos historiadores que, em suas palavras, "só tinham olhos para os grandes feitos políticos e guerreiros, ou para os heróis que os encarnaram".

Citando livremente Benedetto Croce e o E.M. Forster de *Aspectos do romance*, Lucia defende em *Prosa de ficção* que o "verdadeiro juízo sobre a obra de arte" deve partir de um ponto equidistante entre o historicismo e o esteticismo. Em sua formulação, trata-se de uma equação sempre variável entre as condições em que a obra foi criada, as doutrinas estéticas e "um elemento subjetivo frequentemente esquecido, e contudo indispensável, o gosto". Segundo esse ponto de vista, a obra em si determinaria a ênfase em um ou outro aspecto, sendo o crítico responsável pela dosagem certa de pesquisa e idiossincrasia, teoria e livre opinião – concepção certamente próxima do ensaísmo clássico e na qual o jovem Alexandre Eulalio enxergou o "ensaio brasileiro".

A MÃO CANHESTRA

Para que os personagens desta dedicatória estreitem ainda mais seus laços, é bom lembrar que foi Lucia Miguel Pereira quem indicou a Antonio Candido, seu primo, o nome de Brito Broca para o *Suplemento Literário* de *O Estado de S. Paulo*. Naquele 1956, o jornal paulista começaria a publicar o caderno projetado por Candido, que levava à grande imprensa os princípios editoriais da *Clima*. A revista literária, publicada entre 1941 e 1944, defendia uma crítica menos impressionista e mais meditada teoricamente, resultado da formação, na Universidade de São Paulo, de seus fundadores – além de Candido, Decio de Almeida Prado (que ficaria à frente do *Suplemento* do Estadão), Gilda de Mello e Souza, Paulo Emílio Sales Gomes, Rui Coelho e Lourival Gomes Machado.

No projeto do *Suplemento*, Brito Broca poderia ser visto como charmoso anacronismo. Recomendou Candido que ele se encarregasse da seção "Letras Francesas" por sua longa relação com a literatura daquele país. A propósito, veio de um autor francês, André Billy, a ideia de "vida literária" que marcaria sua trajetória a partir de seu livro mais importante. Em *Vida literária no Brasil – 1900*, discreta obra-prima lançada no mesmo ano em que o *Suplemento* começou a circular, Broca consolidaria o misto de história, crônica e ensaio em que procurava mostrar práticas, valores e comportamentos em torno da literatura que, a seu ver, são tão importantes quanto as obras em si para compreender determinado autor ou momento.

Paulista de Guaratinguetá, José Brito Broca vivia no Rio de Janeiro desde 1937, escrevendo para jornais, traduzindo e tendo trabalhado um período como redator da José Olympio Editora. O "Coelho Neto, romancista", ensaio que tanto impressionou o jovem Alexandre Eulalio, saiu pela primeira vez em 1941 na *Revista do Brasil*, então editada por Octávio Tarquínio.

Em 1954, aos 22 anos, Alexandre Eulalio conheceu Broca e, segundo lembrava, desde então passaram a manter um contato "quase diário". Em 1957, já trabalhando como redator da *Revista do Livro*, conseguiu que Broca, então com 54 anos e já consagrado, fosse contratado pela publicação. A relação de amizade e cumplicidade entre os dois resultou em um único texto a quatro mãos, "Os folhetins de Hop-Frog", ensaio publicado no número 14 da revista (1959) sobre a obra de Tomás Alves – autor, naturalmente, menor e "diletante", tão ao gosto da dupla.

Eulalio também tentava pôr ordem na produção dispersa e confusa de Broca, célebre pela desorganização pessoal. Sonhava com a edição de uma "obra reunida", que efetivamente iniciou em 1979, com a publicação de *Românticos, pré-românticos, ultrarromânticos: vida literária e romantismo brasileiro*. Dois anos mais tarde, sairia *Ensaios da mão canhestra*, mas os demais volumes só seriam publicados pela Unicamp na década de 1990, com adaptações pontuais no projeto original.

No prefácio a *Ensaios da mão canhestra* – título dado por Eulalio, já veremos por quê –, Antonio Candido atenta para a singularidade de Broca, que a princípio e apressadamente poderia ser tomado como o perfeito antagonista da crítica praticada pelo próprio autor de *Formação da literatura brasileira*. Candido sustenta que Broca encarna um tipo "matizado" de cronista em que "a interpretação adere de modo indiscernível à descrição: quando está descrevendo, enumerando, detalhando, o cronista está ao mesmo tempo sugerindo, desvendando e analisando".

Considera-o não um "diletante" no sentido pejorativo, mas um "conhecedor", no sentido brasileiro e francês, "um sabedor preciso e um apreciador requintado de biografia, história, edições, estilos, miudezas". A eventual "omissão analítica" da qual Broca é frequentemente acusado, observa Candido, é largamente compensada por uma virtude nada desprezível e não por acaso fundamental para o ensaísmo: "poder ser inovador justamente nos terrenos pisados".

Em raro depoimento sobre seu próprio trabalho crítico, Brito Broca explica como negociava suas convicções intelectuais com os ares do tempo em que viveu. "Sou visceralmente cético com relação à chamada *critique des vivants*", afirma em entrevista concedida ao *Jornal do Brasil* e cuja data se perdeu. "Não obstante, é preciso que os escritores sejam criticados pelos seus contemporâneos, embora, segundo me parece, só a perspectiva histórica os coloque no verdadeiro lugar".

Ruth Silver, a entrevistadora, era o pseudônimo usado pela jornalista Mary Ventura para escapar de perseguição política dentro do próprio jornal. A julgar por outras entrevistas com intelectuais feitas por ela para o *Suplemento Dominical do Jornal do Brasil* – há uma, famosa, com Mário Faustino, reproduzida no volume *De Anchieta aos concretos* –, a conversa com Broca aconteceu no final dos anos 1950. Broca reconhecia a mudança pronunciada do ambiente intelectual – "de uns dez anos para cá compreendi a necessidade de especialização" –, mas advogava uma separação: o lugar da chamada "crítica universitária" é livro e revista; no jornal, cairia melhor a chamada "crítica impressionista", demonizada pelas primeiras gerações de críticos em busca de parâmetros menos movediços para a análise de obras literárias.

Sublinhando uma distinção bem clara entre *informar* e *opinar* – para ele é obrigação de um crítico dar conta de seus contemporâneos e

divulgá-los ao leitor na mesma medida em que deve mergulhar no passado e meditar para poder manifestar seu juízo sobre alguma obra ou autor –, Broca via no olhar histórico um terreno firme a percorrer: "Julguei ter encontrado na pesquisa o único caminho que me convinha".

Em deliberada indecisão entre jornalismo e história, crítica de rodapé e impressionismo, seguia o crítico da "mão canhestra", aquele título, um tanto derrisório, que Eulalio assim justificava: "Gostaria de haver captado um pouco da orgulhosa autoironia de Brito Broca, consciente por igual das limitações e do interesse daquilo que ia realizando, *na circunstância brasileira dele*, com vivacidade, argúcia e até mesmo algum ceticismo".

ENTOMOLOGIA DO *HOMO BRASILIENSIS*

Em 15 de dezembro de 1978, seis meses portanto depois da dedicatória reveladora, Alexandre Eulalio volta a se dirigir a Roberto Schwarz, desta vez publicamente. Na revista *Leia Livros*, publica "Pai de família, mas desconfiado", a pretexto do então recente lançamento de *O pai de família e outros estudos*, terceiro livro de ensaios do autor. Indiretamente, como convém, fala do livro para falar do ensaio, fala de Schwarz para falar de si mesmo.

Assim como em *A sereia e o desconfiado*, livro anterior de Schwarz ao qual o título da resenha também faz referência, trata-se de percurso variado formado pelo que Eulalio chama de "textos assimétricos": um perfil de Anatol Rosenfeld, estudos sobre *O amanuense Belmiro* e *Três mulheres de três PPPês*, considerações sobre vanguarda, política e Kafka. O que não raro se reprova no ensaísmo como "ecletismo" ganha para o resenhista sentido preciso quando o conjunto é considerado como "revisão sem cerimônia de si mesmo dentro da pauta concreta do tempo – tal miscelânea na verdade indica, sem situação, um preciso itinerário que se completa pelos próprios descaminhos".

Tratado como "um dos raros momentos realmente altos do *ensaísmo interpretativo brasileiro*", o livro de Schwarz foge, segundo Eulalio, "ao campo específico da literatura" para aprofundar "o conhecimento entomológico do casmurro e massacrado *homo brasiliensis*". Eulalio atesta ainda que, "amadurecido, o crítico já não disputa com o ficcionista – irmão e inimigo – o predomínio intelectual; dispensando desferir a última palavra, *abandona o gosto do veredicto* para instaurar, muito mais vivo, ardente diálogo com o texto". Tudo isso, acrescenta, embebido em "ironia corrosiva (indispensável reagente químico anticonformista na farmácia Schwarz)", sintetizada por Eulalio numa imagem deliberadamente extravagante: "A Musa da Ironia de Roberto usa terninho de veludo preto sem blusa alguma, paletó generosamente desabotoado bem baixo, e em cada mão um tubo de vitríolo, modelo grande, desses de laboratório profissional".

O que este praticante do "ensaio brasileiro" vê em seu irmão, seu próximo, é, portanto, o intelectual onívoro que, fiel aos próprios interesses flutuantes, acaba constituindo uma coerência não regrada por matérias ou ortodoxias – ainda que seja sumamente importante em Schwarz o compromisso e a convicção ideológicos de esquerda, em tudo e por tudo tão distante do nem tão discreto monarquismo de Eulalio. Tal complexidade é expressa por uma escrita literária, provocativa e autoirônica na qual o gume afiado da não ficção jamais exclui a deriva da imaginação.

Ora, o que vale aqui para Roberto Schwarz vale para Alexandre Eulalio, tanto no geral quanto nos limites daquela resenha. Porque ele, como grande parte dos que se dedicam principalmente ao ensaio, volta e meia põe-se a falar de seu próprio lugar. Uma reflexão que pode brotar do imediato, no "hoje-já-meio-ontem" que é a temporalidade predominante do ensaio, ou mesmo transformar-se numa viagem de longo curso ao passado.

ENSAIO DE ORIGEM

Influenciado por Lucia Miguel Pereira e Brito Broca, Alexandre Eulalio descobriu cedo que queria fazer "ensaio brasileiro", pouco mais de uma década mais tarde iria tentar encontrar na história a origem da ambicionada filiação intelectual. "O ensaio literário no Brasil", assinado com o pseudônimo Capangueiro, venceu o Prêmio Brito Broca, promovido em 1962 pelo *Correio da Manhã* em homenagem a seu amigo, morto um ano antes. No júri, Otto Maria Carpeaux, Fausto Cunha e Augusto Meyer – todos dedicados principalmente ao ensaio e, também, autodidatas.

Aqui, mais uma vez, os detalhes interessam. "Capangueiro", explicou ele em entrevista a José Condé depois de receber a premiação, era o "antigo comprador de diamante, que ia pelas lavras afora escolhendo pedras nos garimpos". Tendo herdado a balança em que seu avô pesava o que recebia dos capangueiros, Eulalio transformou-a no brasão pessoal de uma "vontade de precisão diamantina: o ensaísta aprendiz de crítico a pesar letras e palavras na balança avoenga, e que não sabe se reconhecerá o *alef* de que fala Borges".

"O ensaio literário no Brasil" é ousada tentativa de compreender os tortuosos percursos do gênero na história literária brasileira entre os séculos 18 e 20, ou, como ele mesmo definiu naquela entrevista, "um panorama crítico evolutivo de 150 anos de nossa prosa de não ficção, portanto um panorama que, *grosso modo*, vai de Hipólito da Costa a Antonio Candido", ou seja, do início da imprensa livre no país, com o fundador do *Correio Braziliense*, até *Formação da literatura brasileira*.

A publicação do ensaio vencedor pela José Olympio era parte do Prêmio Brito Broca, mas este precioso texto ficaria inédito até 1989, quando

Lake View

saiu pela primeira vez na revista *Língua e Literatura*, do Departamento de Letras da USP. Especula-se se ele não teria "postergado infinitamente" a publicação para estender e aprofundar as riquíssimas sugestões e caminhos possíveis ali indicados. Mas se, como escreve Eduardo Portella, o ensaio é sempre "menos do que pode e mais do que deve", o texto de Eulalio é modelar.

Comparando o ensaio literário a uma "península estética" que tem seus limites redefinidos constantemente por uma "maré muito variável", Eulalio procura mapear historicamente as ocorrências do que chama de prosa de não ficção dentro de uma "vida literária consciente" do Brasil. Por esta consciência, entenda-se a escrita intencional, refletida, "dentro de um critério mínimo de prosa literária cultivada". Critério que vingaria aqui tardiamente, já que o ensaio, que nasceu na França e cresceu na Inglaterra, ganhou o mundo sem passar, como gênero corrente, pela "área portuguesa" – seja na metrópole, onde a cultura permanecia "confinada à livraria do erudito ciumento", ou em suas colônias distantes.

Resultado do compromisso entre o livre juízo e o periodismo, o ensaio só se constituiria enquanto tal com a Independência. Mas na hipótese de Eulalio é possível identificar aqui e ali uma "índole ensaística" ou mesmo um "ensaísmo involuntário" – a primeira presente nos *Sermões* do padre Antônio Vieira; o segundo quando, em exemplo citado, José Bonifácio usa a forma de uma carta para dar seu recado político, embalando assim as ideias numa forma estrategicamente eleita.

O percurso proposto por Eulalio – pontuado por atalhos, digressões e potenciais pontos de partida para outros trabalhos – culmina estabelecendo a filiação do ensaio à crítica literária ("musa retardatária, matriculada por último num jardim do Parnaso cheio de mato"), à reflexão sobre a identidade nacional (com Mário de Andrade, Sérgio Buarque de Holanda e Gilberto Freyre) e à produção universitária. É aí, onde sua análise se interrompe voluntariamente, que o gênero, segundo ele, surge como "problema estético e cultural" e alcança "o limite de consciência indispensável para a plenitude dessa espécie literária".

UMA DIGRESSÃO: NA COMPANHIA DOS IMPUROS

Gilberto Freyre, cuja obra decisiva e controversa configura um dos tais problemas estéticos e culturais do ensaísmo, sobretudo no confronto com o conhecimento científico, escreveria em 1975 sobre a importância do gênero em sua formação intelectual: "Desde que li [Walter] Pater a primeira vez, ainda em Baylor, ele se tornou tão parte da minha vida quanto Charles Lamb, que eu supunha não pudesse ser excedido por nenhum outro escritor na arte do ensaio". Três anos mais tarde, reconheceria, no entanto, que, apesar de não ser "de todo pobre no gênero", a literatura em língua portuguesa foi pródiga sobretudo em ensaístas que praticavam esta forma literária "sem o saber".

Em raciocínio rigorosamente ensaístico, ou seja, libérrimo, Freyre defende, no prefácio a *Alhos & bugalhos – Ensaios sobre temas contraditórios: de Joyce à cachaça, de José Lins do Rego ao cartão-postal*, que o brasileiro teria uma disposição quase atávica para o gênero, ecoando sem o saber, a rica sugestão de uma "índole ensaística" feita por Alexandre Eulalio. Diz o autor de *Sobrados e mucambos* que o ensaio é "expressão literária em harmonia com o que, no brasileiro, é, em vários casos, misto de ânimo lírico e de gosto pela análise, pela observação, pela interpretação, pela crítica criadora sem deixar de ser objetiva".

De forma ainda mais interessante, Freyre defende o ensaísmo de duas acusações que lhe são frequentemente dirigidas do ponto de vista do trabalho intelectual institucionalizado: a "imperfeição" formal, que mistura procedimentos de gêneros literários distintos, e sua consequência direta, a "impureza". É "impuro", segundo Freyre, aquele escritor que não conhece a fronteira entre o literário e o não literário, ou seja, que escreve sem levar em conta as autorizações que pretendem organizar o conhecimento e a cultura. O escritor – e aí ele também não vê distinção entre ensaísta ou romancista – alcança tanto mais legitimidade quanto mais "acrescente ao que é literário, nos seus objetivos e na sua linguagem, elementos não literários".

Em outras latitudes, mas não menos significativamente, a linhagem dos impuros tem notável representante em Roland Barthes. Quem o disse foi o próprio e em situação que dramatiza os impasses do ensaio mesmo no país a que se atribui o surgimento do gênero e que, até excessivamente, preza os valores de sua literatura. Fenômeno acadêmico e popular na França dos anos 1970, Barthes percorreu tortuoso caminho até ser admitido no Collège de France. A instituição, como se sabe, difunde desde o século 16 um modelo livre de ensino – seus cursos não conferem grau e são permanentemente franqueados ao público –, ainda que sustentado por uma ideia perfeitamente hierárquica de autoridade: trata-se do mais alto posto de um professor na França.

Até proferir a célebre aula inaugural de 7 de janeiro de 1977, Barthes, que não tinha doutorado, teve sua candidatura escrutinada por intelectuais e professores pouco à vontade com sua variada obra. Até então, tinha se aventurado pela cultura de massa (*Mitologias* e *Sistema da moda*), analisado hereticamente monumentos literários (*Sobre Racine* e, no estudo *S/Z*, Balzac) e aproximado autores improváveis (Sade, Fourier, Loyola). Segundo Marie Gil, biógrafa de Barthes, Michel Foucault, teoricamente defensor de sua candidatura para o Collège, dizia horrores de sua obra e, na aula inaugural, demonstrou teatral enfado quando o novo professor proferiu a bombástica e célebre afirmação: "A língua é fascista". Mas, daquela aula, nos interessa aqui o início, revelador (com destaques meus):

> Se minha carreira foi universitária, não tenho entretanto os títulos que dão geralmente acesso a tal carreira. E se é verdade que, por longo tempo, quis inscrever meu trabalho no campo da ciência, literária, lexicológica ou sociológica, devo reconhecer que produzi tão somente ensaios, *gênero incerto* onde a escritura rivaliza com a análise.

E, mais adiante: "É, pois, um *sujeito impuro* que se acolhe numa casa onde reinam a ciência, o saber, o rigor e a invenção disciplinada".

Há, é claro, diferentes graus de impureza na linhagem do ensaísmo. E é Antonio Candido quem vai reforçar o vínculo de Alexandre Eulalio com essa estirpe. Na orelha que apresenta *Tempo reencontrado: ensaios sobre arte e literatura*, mais um "livro involuntário" de Eulalio organizado por Carlos Alberto Calil (coedição da 34 com o IMS), o professor faz o elogio do "nivelamento revelador", que desconsidera hierarquias consagradas entre obras e autores para, neste mergulho, encontrar novos caminhos. "Sua visada era *impura*, num bom sentido da palavra", escreve o crítico (e o destaque é dele), "pois ele não tinha o desejo formalista de especificidade e depuração, que estava na moda quando exercia a crítica".

UMA TERCEIRA MARGEM

Digressão feita, há no impuríssimo ensaio sobre o ensaio de Alexandre Eulalio ainda outro ponto que, à maneira de Montaigne, ele deixa em aberto para um futuro crítico. Concedendo, finalmente, que o gênero não é, afinal, "a província deserta, ou quase despovoada, de nossas letras", ele defende que, no encontro com a universidade, então produzindo fagulhas, pode estar uma oportunidade de depurar as diversas manifestações do ensaísmo brasileiro. Uma nova etapa que seu texto não contempla e que teria em Antonio Candido – novamente ele – um importante ponta de lança.

Aqui é preciso voltar a 1978 e ainda a uma outra dedicatória. Esta impressa, em *O pai de família e outros estudos*, o livro de Roberto Schwarz resenhado por Alexandre Eulalio:

> *Ao meu mestre-açu Acê.*

Com entonação macunaímica, o autor usa o tupi (*açu* é sufixo de magnitude, o "mestre-grande") e o jogo fonético (*Acê* refere-se às iniciais A e C) para saudar Antonio Candido. A ele Schwarz irá referir-se de diversas formas ao longo de sua carreira, mas superlativamente na menção que faz no prefácio de *Um mestre na periferia do capitalismo*. No livro, de 1990, afirma que o professor o "impregnou" a tal ponto que "as notas de pé de página não têm como refletir".

Em 1960, Schwarz era um insatisfeito estudante de sociologia. No terceiro ano, vivia um impasse diante do modelo de sociólogo que então se impunha, definido, em suas palavras, como um profissional dedicado à "pesquisa empírica, quantitativa, com metodologia norte-americana". Não por acaso decidiu aconselhar-se com Antonio Candido, que num outro estágio da vida também havia deixado a sociologia e, instalado na universidade de Assis, no interior de São Paulo, estruturava um departamento de teoria literária. "Fui até lá perguntar a ele o que achava da minha crise, que, mal comparando, já tinha sido a dele", lembra.

A crise à qual Schwarz se refere se dá, precisamente, depois da conclusão de *Os parceiros do Rio Bonito*, em 1954. Defendida na Faculdade de Filosofia, Letras e Ciências Humanas da Universidade de São Paulo, a tese de doutorado de Antonio Candido evidenciou a incompatibilidade do talho intelectual de seu autor – um crítico que, no domínio pleno do rigor conceitual, não abriria mão da liberdade especulativa e da abordagem transversal da cultura – com a obstinação metodológica que visava a instaurar padrões científicos nas ciências humanas. Por estes padrões, entendam-se a observação estrita dos limites disciplinares e o franco estímulo ao uso do jargão especializado, que tende a se sobrepor à escrita livre e de feição literária. A banca votou contra a nota máxima por entender que o trabalho filiava-se mais à antropologia que à sociologia.

Pode-se apressadamente ver aqui reflexo de uma suposta querela do cientificismo e do impressionismo, do disciplinamento enrijecido e da liberdade. Mas a figura única de Antonio Candido vai apontar para uma terceira margem, que no dizer de Schwarz firma "um padrão de ensaísmo inédito no Brasil" por meio de "escritos que abrem mão da terminologia e da exposição científicas, mas não da disciplina mental e dos conhecimentos correspondentes". Tal será a tônica tanto da obra de Candido dali em diante, incluindo a monumental *Formação da literatura brasileira*, quanto da de Schwarz, que trabalhará como seu assistente e, seguindo sua orientação, prosseguirá a própria formação nos EUA e na França, definitivamente mais próximo de um Alexandre Eulalio que de um Florestan Fernandes – este considerado, não sem razão (nem com menos importância), o pai da sociologia de matriz científica no Brasil.

Outro dos mais brilhantes alunos de Candido, Davi Arrigucci Jr., evidencia no próprio autor de *Literatura e sociedade* uma chave para sua marca crítica, que nem de longe se resume a uma solução formal. "Instrumento crítico por excelência", escreve Arrigucci em "Movimentos de um leitor", o ensaio por assim dizer solta o espírito, que, instigado

pela imaginação, pode proceder por tentativas, experimentar por tateios. E assim a busca da verdade, posta entre a ciência e arte, pode caminhar por sondagem, aventurando-se no desconhecido. A procura de novos ângulos de desvendamento, avançando sobre o já dado, corresponde a um impulso ao mesmo tempo experimental e humanizador na demanda do conhecimento e constitui o movimento principal do leitor, a viagem em que se realiza o que provavelmente Antonio Candido concebe como *imaginação crítica*.

A ideia de uma *imaginação crítica* implica ainda dois pontos importantes. Vacina o crítico da assimilação indiscriminada de conceitos e métodos – sobretudo das "modas" – e representa uma permanente abertura ao diálogo com o leitor culto e não especialista. É como se as estratégias narrativas da crônica ou o cultivo da clareza de raciocínio dessem corpo e chão – sem nivelar pela mediania, bem entendido – ao que há de potencialmente autorreferente e exibicionista em raciocínios puramente teóricos. E, nesse mesmo movimento, alimentassem a escrita com o rigor e a meditação próprios dos raciocínios orientados pelo método. Trata-se de uma arte impura que pode unir diletantes e professores no que Lucia Miguel Pereira chamou de "atitude mental".

UMA ENTREGA DE SÍMBOLOS

Voltemos ao começo. Ao dedicar o livro ao professor, o diletante bem sabia que suas trajetórias estavam separadas – não em qualidade ou inquietação intelectuais, mas pelos lugares que ocupariam no debate intelectual brasileiro, lugares que já se delineavam naquele momento. Em duas frentes, traçava-se uma linha divisória perversa e incrivelmente resistente.

Por um lado, a profissionalização indiscriminada da carreira universitária, com a banalização das titulações, a burocratização das pesquisas e o adestramento das formas de expressão da produção acadêmica. Por outro, a redução progressiva, a teores mínimos, das ambições intelectuais dos periódicos não especializados, com a aposta, majoritária, no nivelamento de abordagens e temas.

Os partidários de um e de outro lado trabalham com afinco para tornar a barreira intransponível. Professores criticam duramente – e não sem razão, diga-se – a banalização das discussões intelectuais não especializadas. Intelectuais não institucionais atacam – também com seus motivos, destaque-se – o circuito autocongratulatório da academia, no qual o diálogo entre pares muitas vezes parece mais importante que o diálogo com a sociedade.

É certo que nem todo diletante é Alexandre Eulalio. E que nem todo professor é Roberto Schwarz. E só assim, pensando sem reduzir a inteligência a essências, será possível escrever os capítulos que ficaram faltando no tropeçante e, como não poderia deixar de ser, errático percurso do ensaísmo brasileiro.

REFERÊNCIAS Quando não identificadas diretamente, as referências são as que seguem, na ordem em que aparecem no texto.◖ E.B. White assim se define na introdução a *Essays of E.B. White*, citado em *Essayists on the Essay*, organizado por Carl H. Klaus e Ned Stuckey-French.◖ *A aventura brasileira de Blaise Cendrars* ganhou em 2000 uma segunda edição, ampliada e editada por Carlos Alberto Calil (Edusp/Imprensa Oficial).◖ "Lucia Miguel Pereira e a historiografia literária" (revista *Exagium*, n. 9) e "Lucia Miguel Pereira e o ensaísmo" (revista *Línguas & Letras*, n. 12), ambos de Josoel Kovalski, bem como "Crítica de cultura no feminino", de Heloisa Pontes (revista *Maná*, n. 14, 2008), ajudam a traçar um retrato intelectual e biográfico da crítica carioca.◖ A história do *Suplemento Literário* de *O Estado de S. Paulo* está em *Suplemento Literário: que falta ele faz!* (Imesp, 2007), de Elizabeth Lorenzotti, sendo a participação de Brito Broca detalhada em "Brito Broca no *Suplemento Literário* do jornal *O Estado de S. Paulo* – 1956-1961", de Nelson Luis Barbosa.◖ Para entender melhor o Grupo Clima, há o fundamental *Destinos mistos* (Companhia das Letras, 1998), de Heloisa Pontes.◖ As informações biográficas sobre Brito Broca constam do "Estudo biobibliográfico", assinado por Homero Senna no número 11 da revista *Remate de Males*, dedicada ao crítico.◖ "Coelho Neto, romancista" foi lido por Alexandre Eulalio em 1954, quando republicado em *O romance brasileiro (de 1752 a 1930)*, volume organizado por Aurélio Buarque de Holanda para as Edições O Cruzeiro. Passou a integrar o volume *Ensaios da mão canhestra*.◖ Além das citadas, as obras de Brito Broca passaram a ser publicadas pela Editora da Unicamp, em sete volumes, a maioria dos quais esgotada em 2012.◖ A célebre entrevista de Brito Broca foi incluída, sem data, em *Escrita e vivência*, um dos volumes da obra reunida do autor. Em conversa em junho de 2012, Mary Ventura diz não se lembrar do encontro, mas acredita que tenha acontecido no final dos anos 1950.◖ A resenha de Alexandre Eulalio para *O pai de família e outros estudos* está em *Livro involuntário: literatura, história, matéria e memória* (Editora UFRJ, 1993), organizado por Carlos Augusto Calil e Maria Eugenia Boaventura.◖ "O ensaio literário no Brasil" é comentado pelo próprio Alexandre Eulalio em "Vida breve de Alexandre Eulalio", texto de Homero Senna no muitas vezes referido número da *Remate de Males* dedicado à sua obra. O ensaio em si, além da revista *Língua e Literatura*, foi incluído em *Escritos* (Unicamp/Unesp, 1992), coletânea organizada por Berta Waldman e Luiz Dantas.◖ As alusões de Gilberto Freyre a Walter Pater e Charles Lamb são citadas por Silvana Moreli Vicente em "Entre o inferno e o paraíso: o ensaio de Gilberto Freyre", na revista *Estudos Linguísticos*, n. 34, de 2005. A teoria do "escritor impuro" é defendida brevemente pelo sociólogo em *Heróis e vilões no romance brasileiro*, volume organizado por Edson Nery da Fonseca para Cultrix/ Edusp em 1979.◖ A citação de Roland Barthes vem de *Aula* (Cultrix, 1980), em tradução de Leyla Perrone-Moisés. *Roland Barthes: au lieu de la vie* é a biografia de Marie Gil, lançada em 2012 pela Flammarion.◖ Todas as falas de Roberto Schwarz sobre sua crise intelectual vêm de memorial acadêmico apresentado em 1990 na Unicamp e são citadas por Rodrigo Martins Ramassote na utilíssima dissertação de mestrado *A formação dos desconfiados: Antonio Candido e a crítica literária acadêmica (1961-1978)*, defendida na Unicamp, em 2006.◖ As referências de Schwarz ao ensaísmo de Candido estão em "Saudação *honoris causa*", publicado em *Sequências brasileiras* (Companhia das Letras, 1999). "Movimentos de um leitor", de Davi Arrigucci Jr., faz parte de *Outros achados e perdidos* (Companhia das Letras, 1999).◖ Agradeço a Elvia Bezerra, Katya de Moraes Perez e Fábio Frohwein, do Instituto Moreira Salles, e a Carla Rodrigues pela ajuda fundamental na bibliografia, bem como a Vera Lins pela preciosa dica de "O ensaio literário no Brasil".◖

PAULO ROBERTO PIRES (1967) é editor da ***serrote***. Professor da Escola de Comunicação da UFRJ, é autor do romance *Se um de nós dois morrer* (Alfaguara, 2011).

Árvores pintadas, série que originou o ensaio a seguir, sintetiza o trabalho de TACITA DEAN (1965), projetado internacionalmente pelo Turner Prize de 1998, em que se destaca o cruzamento do cinema, da fotografia e do desenho. A artista, que nasceu na Inglaterra e vive e trabalha em Berlim, começou colecionando cartões-postais de troncos deformados e fora do padrão e, mais tarde, passou a fotografar árvores centenárias no interior inglês, cada uma delas ganhando um sentido em sua vida ou na História. As imagens, pintadas à mão, fazem parte hoje de importantes acervos, como o do MOMA, de Nova York.

LIRISMO Quando o verbo poético se transforma num fim em si, cria um mundo hermético no qual o verso nasce como produto químico

Contra os poetas

WITOLD GOMBROWICZ

Seria mais razoável de minha parte que não me metesse em temas drásticos, uma vez que me encontro em desvantagem. Sou um forasteiro inteiramente desconhecido, careço de autoridade, e meu espanhol é um menino de poucos anos que mal sabe falar. Não sei fazer frases poderosas ou ágeis, distintas ou finas, mas quem sabe se essa dieta obrigatória não fará bem à saúde? Às vezes tenho vontade de mandar todos os escritores do mundo para terra estrangeira, fora de seu próprio idioma e fora de todo ornamento e filigrana verbal, para verificar o que restaria deles então. Quando não se tem meios para realizar um estudo sutil, bem amarrado verbalmente, sobre por exemplo os caminhos da poesia moderna, começa-se a meditar sobre essas coisas de um modo mais simples, quase elementar, talvez elementar demais.

Não cabe dúvida de que a tese desta nota – *que quase ninguém gosta de versos e que o mundo da poesia versificada é um mundo fictício e falso* – parecerá desesperadamente infantil; seja como for, confesso que não gosto de versos e que chego a me aborrecer com eles. O curioso é que não sou um ignorante absoluto em questões artísticas, nem me falta sensibilidade poética; e quando a poesia surge misturada a outros elementos, mais crus e prosaicos, como por exemplo nos dramas de Shakespeare, nas obras de Dostoiévski e Pascal ou, simplesmente, nos crepúsculos de todo dia, estremeço feito qualquer mortal. O que minha natureza dificilmente suporta é o extrato farmacêutico e depurado daquela poesia

Emmanuel Nassar
Fotos da série
***Chapas* (2007 e 2008)**
Cortesia da Galeria Millan

que se chama "poesia pura", sobretudo quando versificada. Eu me canso com o canto monótono de versos assim, sempre elevado; o ritmo e a rima me fazem dormir; estranho, no vocabulário poético, certa "pobreza na riqueza" (rosas, amor, noite, lírios); e às vezes suspeito que todo esse modo de expressão e todo o grupo social que se dedica a ele padecem de algum defeito básico.

Eu mesmo acreditava, no início, que isso se devia a uma peculiar deficiência da minha "sensibilidade poética", mas cada vez levo menos a sério esses *slogans* que abusam de nossa credulidade. Não há coisa mais instrutiva que a experiência, e por isso comecei a realizar algumas muito curiosas: lia um poema qualquer, alterando intencionalmente a ordem dos versos, de tal modo que ele se convertia num absurdo, sem que nenhum de meus ouvintes (finos e cultos, certamente, e fervorosos admiradores do poeta em questão) desse pela trapaça; ou então, analisando de forma detalhada o texto de um poema mais extenso, comprovava com assombro que os "admiradores" nem sequer o haviam lido por inteiro.

Como assim? Admirar tanto e não ler? Desfrutar tanto a "precisão matemática" das palavras e não perceber uma alteração fundamental da ordem da expressão? Sucede que toda essa soma de supostos desfrutes, admirações e deleites está baseada num acordo de mútua discrição; quando alguém declara que tem adoração pela poesia de Paul Valéry, é melhor não assediá-lo demais com investigações indiscretas, pois então ficaria em evidência uma realidade tão distinta de tudo o que imaginamos, tão sarcástica, que nos sentiríamos sumamente constrangidos. Quem abandona por um momento as convenções do jogo artístico logo tropeça num monturo de ficções e falsificações, feito um filósofo escolástico que fugisse aos princípios aristotélicos.

Foi assim que me vi cara a cara com o seguinte dilema: milhares de homens fazem versos; outros milhares dedicam-lhes grande admiração; grandes gênios expressam-se por meio do verso; desde tempos imemoriais o poeta e o verso são objeto de veneração; e diante dessa montanha de glória estou eu, com minha convicção de que a missa poética se dá no vazio mais completo.

Coragem, senhores! Em vez de fugir rapidamente desse fato, tratemos de buscar suas causas, como se fosse um fato como qualquer outro.

Por que não gosto da poesia pura? Pelas mesmas razões que me fazem não gostar do açúcar "puro". O açúcar é delicioso quando o tomamos junto com o café, mas ninguém comeria um prato de açúcar, seria *demais*. É o excesso que cansa na poesia: excesso de poesia, excesso de palavras poéticas, excesso de metáforas, excesso de nobreza, excesso de depuração e de condensação que tornam os versos semelhantes a um produto químico.

Como chegamos a esse grau de excesso? Quando um homem se expressa de forma natural, isto é, em prosa, sua fala compreende uma gama infinita de elementos que refletem sua natureza integral; mas lá vêm os poetas e tratam de eliminar gradualmente da fala humana todo elemento apoético; em vez de

E

falar, começam a cantar e, de homens que eram, convertem-se em bardos e vates, consagrando-se única e exclusivamente ao canto. Quando um trabalho semelhante de depuração e eliminação se mantém ao longo de séculos, chega-se a uma síntese tão perfeita que não restam mais que notas, e a monotonia forçosamente invade o campo do melhor poeta. O estilo se desumaniza; o poeta não toma como ponto de partida a sensibilidade do homem comum, mas sim a de outro poeta, uma sensibilidade "profissional", e entre os "profissionais" se cria uma linguagem tão inacessível como qualquer outro dialeto técnico; e, montando uns sobre os outros, formam uma pirâmide cuja ponta já vai se perdendo nos céus, enquanto nós ficamos aqui embaixo, confusos. Mas o mais importante é que todos eles acabam por se tornar escravos de seu instrumento, pois essa forma é tão rígida e precisa, sagrada e consagrada, que deixa de ser um meio de expressão; e podemos definir o poeta profissional como um ser que não pode se expressar porque tem que dar expressão aos versos.

Por mais que se diga que a arte é uma espécie de chave, que a arte da poesia consiste precisamente em lograr uma infinidade de matizes a partir de poucos elementos, tais e semelhantes argumentos não ocultam o fato primordial de que se deu com a máquina do verbo poético o mesmo que se deu com todas as outras máquinas, pois, em vez de servir a seu mestre, ela se converteu num fim em si mesma; e, francamente, uma reação contra esse estado de coisas parece ainda mais justificada aqui do que em outros campos, pois aqui estamos no terreno do humanismo *par excellence*. Existem duas formas de humanismo, básica e diametralmente opostas: uma que poderíamos chamar "religiosa", que põe o homem de joelhos diante da obra cultural da humanidade, e outra, "leiga", que trata de recuperar a soberania do homem diante de seus deuses e suas musas. O abuso de qualquer uma dessas formas deve necessariamente provocar uma reação, e é bem verdade que uma tal reação contra a poesia seria hoje totalmente justificada porque, de vez em quando, é preciso parar por um momento a produção cultural para ver se o que produzimos ainda guarda algum vínculo conosco. É possível que os que tiveram a oportunidade de ler um de meus textos artísticos estranhem isso que estou dizendo, uma vez que pareço ser um autor tipicamente moderno, difícil, complicado e até mesmo enfadonho. Mas fique claro que não estou aconselhando ninguém a prescindir da perfeição já alcançada; considero que essa perfeição, esse aristocrático hermetismo da arte, deve ser compensada e deve levar em conta os homens menos refinados; e, quanto mais idealista for, mais realista deve ser. Esse equilíbrio, à base de compensações e antinomias, é o fundamento de todo bom estilo, mas não o encontramos nos poemas e tampouco na prosa moderna influenciada pelo espírito da poesia. Livros como *A morte de Virgílio*, de Hermann Broch, ou o célebre *Ulisses*, de Joyce, são impossíveis de ler, pois são "artísticos" demais. Tudo ali é perfeito, profundo, grandioso, elevado, e ao mesmo tempo nada nos interessa, porque seus autores não os escreveram para nós, e sim para o Deus da Arte.

Mas a poesia pura, além de constituir um estilo hermético e unilateral, constitui também um mundo hermético. E suas debilidades aparecem com maior crueza quando se contempla o mundo dos poetas em seu aspecto social. Os poetas escrevem para os poetas. Os poetas prestam homenagem a seu próprio trabalho, e todo esse mundo se parece muito com qualquer outro dos tantos e tantos mundos especializados e herméticos que dividem a sociedade contemporânea. Os enxadristas consideram o xadrez como ápice da criação humana, têm hierarquias próprias, falam de Capablanca como os poetas falam de Mallarmé e prestam-se mútuas homenagens. Mas o xadrez é um jogo, ao passo que a poesia é algo mais sério, e o que é simpático nos enxadristas vem a ser, entre os poetas, signo de uma mesquinharia imperdoável. A primeira consequência do isolamento social dos poetas é que tudo se infla no mundo poético, e mesmo os criadores medíocres chegam a assumir dimensões apocalípticas; pelo mesmo motivo, os problemas de pouca monta adquirem uma transcendência assustadora. Algum tempo atrás, houve entre os poetas uma grande polêmica sobre a famosa questão das assonâncias, e parecia que o destino do universo dependia da possibilidade de rimar *espessura* com *sussurram*. É o que acontece quando o espírito de grêmio domina o espírito universal.

A segunda consequência é ainda mais desagradável: o poeta não sabe se defender de seus inimigos. E assim vemos como, no terreno pessoal e social, se evidencia a mesma estreiteza de estilo que mencionamos mais acima. O estilo não é outra coisa senão uma atitude espiritual diante do mundo, mas há vários estilos, e o mundo de um sapateiro ou de um militar tem pouco a ver com o mundo dos versos. Como vivem entre si e entre si formam seu estilo, evitando todo contato com ambientes diversos, os poetas ficam dolorosamente indefesos diante daqueles que não compartilham seu credo. Quando se vêm atacados, o máximo que são capazes de fazer é *afirmar* que a poesia é um dom dos deuses, *indignar-se* contra os profanos ou *lamentar-se* diante da barbárie de nossos tempos, o que certamente acaba sendo bastante gratuito. O poeta se dirige apenas àquele que já está compenetrado da poesia, isto é, a quem já é poeta, como um padre que infligisse um sermão a outro padre. E contudo o inimigo é tão mais importante que o amigo em nossa formação! Apenas diante do inimigo podemos verificar plenamente nossa razão de ser, apenas ele nos proporciona a chave de nossos pontos fracos e nos apõe o selo da universalidade. Por que, então, os poetas fogem do choque redentor? Ah, porque carecem de meios, de atitude, de estilo para confrontá-lo. E por que lhes faltam esses meios? Ah, porque evitam o choque.

A mais séria dificuldade de ordem pessoal e social que confronta o poeta provém dele mesmo, quando se julga superior em sua condição de sacerdote da poesia e se dirige a seus ouvintes de cima para baixo; mas os ouvintes nem sempre reconhecem seu direito à superioridade e não querem ouvi-lo de baixo para cima. À medida que aumenta o número de pessoas que põem em dúvida o valor dos poemas e faltam com o devido respeito ao culto, mais delicada e próxima do rídiculo torna-se a atitude do vate. Por outro lado, tampouco para de crescer o número de poetas, e a todos os excessos da poesia, já enumerados, vem se acrescentar o excesso de bardos e o excesso de versos. Essas cifras ultrademocráticas minam por dentro a aristocrática e orgulhosa atitude do mundo dos poetas, e não há nada mais comprometedor, nesse sentido, do que a ocasião em que se veem todos reunidos, por exemplo, num congresso: uma multidão de seres excepcionais.

Um artista verdadeiramente preocupado com a forma buscaria algum escape a esse beco sem saída, pois não resta dúvida de que esses problemas, aparentemente de ordem apenas pessoal, estão na verdade estreitamente ligados à arte, e a voz do poeta não soa bem, não pode soar séria e convincente, quando ele mesmo é reduzido ao ridículo por tais contrastes.

Um artista criador e vital não vacilaria em mudar totalmente de atitude e se dirigiria às pessoas *de baixo para cima* como quem pede o favor de ser reconhecido e aceito, como quem canta mas sabe que está aborrecendo os outros. Poderia também proclamar publicamente essas antinomias e escrever seus versos sem estar satisfeito com eles, desejando ser transformado e renovado pelo choque regenerador com os demais homens. Mas não se pode exigir tanto de quem dedica toda a sua energia à "depuração" da rima. Os poetas seguem aferrando-se febrilmente a uma autoridade que não têm e embriagando-se com a ilusão do poder. Como se enganam! De cada dez poemas, pelo menos um há de cantar o poder do Verbo e a elevada Missão do Poeta, o que justamente demonstra que o Verbo e a Missão estão em perigo... E os estudos e resenhas de poesia causam uma curiosa impressão, uma vez que sua inteligência, sutileza e refinamento contrastam com seu tom, ao mesmo tempo ingênuo e pretensioso. Os poetas ainda não compreenderam que não se pode falar de poesia em tom poético, e por isso suas revistas estão cheias de poetizações sobre a poesia muitas vezes horripilantes por seu estéril malabarismo verbal. São levados a esses pecados mortais contra o estilo pelo temor que sentem diante da realidade e pela necessidade que têm de encontrar a todo custo alguma afirmação de seu quebrantado prestígio.

A cegueira voluntária se nota também no simplismo tremendo em que caem homens, de resto muito inteligentes, quando está em jogo seu destino. Muitos poetas pretendem salvar-se das dificuldades expostas mais acima, declarando que escrevem apenas para si mesmos, para seu próprio desfrute estético, por mais que façam todo o possível para publicar suas obras. Outros buscam a salvação no marxismo e afirmam com toda a seriedade que o povo é capaz de assimilar seus refinadíssimos e árduos poemas, produto de séculos de cultura. Agora, a maioria dos poetas acredita firmemente na repercussão social dos versos e nos dirão, perplexos: "Mas como você pode duvidar?... Veja só as multidões que assistem a todo recital de poesia. Quantas edições se

publicam! Quanto se escreve sobre a poesia, e como são admirados aqueles que conduzem os povos pelo caminho da Beleza!".

Não lhes ocorre pensar que, num recital de poesia, é quase impossível assimilar o verso (porque não basta escutar um verso moderno uma única vez para entendê-lo), que milhares de livros são comprados para nunca ser lidos, que os que escrevem nos jornais sobre poesia são também poetas, e que os povos admiram seus poetas porque precisam de mitos. Não se dão conta de que, se as escolas não ensinassem às crianças o culto dos poetas nas aulas de idioma nacional, tão tristes e tão formais, se esse culto não se mantivesse por inércia entre os adultos, ninguém teria interesse por eles, exceção feita a uns poucos aficionados. Não querem ver que a suposta admiração pelo canto versificado é, na realidade, o resultado de muitos fatores, como a tradição, a imitação e até o sentimento religioso ou a paixão esportiva (pois assistimos a um recital de poesia do mesmo modo como assistimos a uma missa, isto é, sem compreender, meramente cumprindo um ato de presença a um *rito*; e o fazemos porque nos interessa a carreira dos poetas rumo à glória, da mesma maneira como nos interessam as corridas de cavalos). Mas não, esse complicado processo de reação das multidões se reduz, para eles, à fórmula "o verso encanta porque é belo"...

Os poetas que me perdoem. Não os ataco para incomodar, e com muito gosto prestarei tributo aos altos valores pessoais de vários deles; mas já se encheu o cálice de seus pecados. É preciso abrir as janelas dessa casa hermética e trazer seus habitantes para o ar fresco, é preciso sacudir a pesada, majestosa e rígida forma que os assombra.

Pouco me importa que os senhores digam as piores coisas de mim e desta nota. Como eu poderia esperar que aceitassem um juízo que lhes tira a razão de ser? De resto, minhas palavras se dirigem à nova geração. O mundo se veria em situação desesperada se a cada ano não entrasse em cena um novo contingente de seres humanos, frescos, livres do passado, não comprometidos com nada nem com ninguém, não paralisados por cargos, glórias, obrigações e responsabilidades, seres, enfim, ainda não definidos pelo que já fizeram, e portanto livres para escolher.

WITOLD GOMBROWICZ (1904-1969) é um dos expoentes da literatura no século 20. Nasceu na Polônia e escreveu em sua língua-mãe, ainda que tenha construído sua obra de teatro e ficção no estrangeiro – viveu em Buenos Aires entre 1941 e 1963, ano em que se mudou para Vence, no sul da França, onde morreu. É autor de romances já clássicos como *Ferdydurke* (1937), *Pornografia* (1960) e *Cosmos* (1965), todos publicados pela Companhia das Letras. "Contra os poetas", escrito e publicado em 1951 na Argentina, foi incorporado postumamente a seu extenso diário, inédito no Brasil.
TRADUÇÃO DE SAMUEL TITAN JR.

b

BRANCO, KENYA HARA

Não é o branco que existe. Existe a sensibilidade que percebe o branco como branco. Por isso não se deve procurar o branco. Deve-se buscar o modo como se sente o branco. Ao perscrutar a sensibilidade que capta o branco, nos tornaremos capazes de conduzir nossa sensibilidade em direção a um branco um pouco mais branco que o branco comum. E passaremos a perceber o branco que está entretecido na cultura japonesa com uma multiplicidade surpreendente. Começaremos a compreender a linguagem do silêncio e do vazio, e ficaremos aptos a discernir o significado latente neles. Ao dirigir a atenção ao branco, o mundo intensifica a sua luminosidade, tornando a sombra ainda mais acentuada.

O preto da letra impressa não é preto em si, mas torna-se preto por estar emparelhado com o branco do papel. O círculo vermelho da bandeira japonesa fica brilhante como o sol não por estar vermelho dentro do círculo, mas por ter o fundo branco. A margem de uma folha pode ser azul ou bege, mas o branco está imanente nela. A ausência, justamente por almejar a presença, pode às vezes fazer com que se sinta mais forte a falta da presença do que a própria presença. O branco, por se sujar com facilidade e por ser difícil de manter limpo, torna a sua beleza mais marcante para quem o vê; faz nascer o sentimento de tristeza por saber que essa beleza é efêmera, o que a torna mais impressionante ainda.

A arquitetura, o espaço, os livros e os jardins do Japão nasceram como uma resposta a essa palpitação dos sentidos que intervêm no branco. Junichiro Tanizaki (1886-1965), em sua obra *Elogio da sombra*, explicou o senso estético do Japão a partir da sombra. É excelente a ideia de encontrar na sombra o ponto de fuga da perspectiva que avalia o senso estético da cultura japonesa, mas não haveria outro ponto de fuga na claridade extrema que contrasta com a penumbra? Meu pensamento paira sobre esse ponto.

—

O branco é uma cor? Parece, mas pode também não ser. Afinal de contas, o que vem a ser a cor? O mecanismo da cor se explica de modo bem organizado como sistemas claros nos dias de hoje, graças à física moderna. Trata-se da sistematização das cores conforme determinados métodos de classificação, como o de Munsell ou o de Ostwald. O sistema de cores, expresso de modo tridimensional por meio de um espectro circular – com os níveis de luminosidade, intensidade e matiz, ou seja, com graus de claridade e nitidez –, explica a estrutura da cor como fenômeno físico fácil de ser compreendido. Entretanto, isso não significa que o homem sinta as cores de acordo com esse sistema.

O amarelo grosso e untuoso da gema do ovo que acaba de ser quebrado ou a cor do chá verde que quase alcança a borda da xícara não são meramente cores. São sentidos como texturas acompanhadas de sua própria materialidade, mantendo fortes vínculos com o gosto e o cheiro. O homem percebe a cor combinando todos esses elementos. Desse modo, a cor não é algo apenas visual, ela engloba todos os sentidos. O sistema de cores resulta simplesmente da organização das características físicas e visuais dos objetos.

Atualmente, utiliza-se o catálogo de amostras de cores como referência na seleção das cores para impressão, tecidos e produtos industriais. A maioria das cores indicadas é padronizada de acordo com os sistemas de Munsell ou de Ostwald, que são muito convenientes para fins práticos. Para transmitir a indicação de cores sem deixar margem a erros, a ordem e a objetividade estabelecidas são muito úteis.

Entre os catálogos de amostras de cores que utilizo com mais frequência, está *Cores tradicionais do Japão*. Trata-se de um catálogo editado conforme as denominações tradicionais das cores do Japão. Uma vez que esse catálogo não pretende estabelecer a coerência com o sistema convencional de cores, nem sempre é adequado para uma seleção rigorosa, mas sua reputação se deve à capacidade de evocar, de modo bem suave, as imagens associadas às cores. Toda vez que consulto esse catálogo, aceito, sem objeção e com tranquilidade, a natureza da cor capturada pelas palavras. Ao mesmo tempo, sinto o despertar das minhas sensações nos pontos mais minuciosos e delicados, além do sentimento de segurança ou de alívio, como se estivesse ouvindo o dialeto da minha terra natal. Permanece, contudo, um toque de tristeza e solidão. Onde estariam as raízes de toda essa emoção?

É evidente que estão expressos os sentimentos delicados em torno das cores, mas isso não é tudo. No âmago da emoção não estaria a percepção, o despertar para a realidade de que as cores "foram descobertas" pelo homem? Nele, haveria a ressonância entre a percepção e a própria emoção. Cores não existem de maneira separada e independente na natureza. Elas ganham forma, de modo magnífico, por meio da linguagem, enquanto vagam na transitoriedade das gradações sutis da claridade. Ficamos admirados com a adequação das escolhas linguísticas no nível emocional. As cores tradicionais são as maneiras de perceber e apreciar as cores expressas pelas palavras em determinada cultura.

Quando tentamos imaginar uma cor, pode ser necessário apagar da mente todas as categorias preexistentes e retornar à estaca zero para então imaginá-la mais uma vez. Em termos de etimologia, a palavra *iro*, "cor" em japonês, significa também "amante", e pode conter uma gama de associações bem mais extensa do que a noção de cores que temos nos dias de hoje. Feliz ou infelizmente, quando crianças, recebemos a caixa de giz de cera com 12 cores para desenhar e pintar – e com isso acabamos assimilando automaticamente a noção do que seria a "cor da água" (azul-claro) ou a "cor da pele" (bege). Mas e se esses parâmetros não existissem e as palavras que tivéssemos para descrever as cores fossem escassas? Veríamos as cores da mesma forma como as vemos no mundo de hoje?

Conta-se que no Japão, nos tempos antigos, por volta do século 8, quando foi lançada a primeira coletânea de poemas *Man'yôshû*, havia muito menos palavras para descrever as cores. Os adjetivos básicos usados naquela época seriam quatro: *akai* ("vermelho"), *kuroi* ("preto"), *shiroi* ("branco") e *aoi* ("azul"). O acréscimo do sufixo *i* transforma o substantivo em adjetivo. Não levarei em consideração os casos de *kiiroi* ("amarelo") e *chairoi* ("marrom"), que trazem *iro* ("cor") no meio. Os quatro adjetivos que nasceram na antiguidade do Japão se referiam, respectivamente, ao estado de claridade com energia (vermelho); à ausência de luz (preto); ao brilho intenso (branco); e à impressão de algo vago ou obscuro (azul). Esses quatro adjetivos podem nos parecer muito pouco, mas é bem provável que cada palavra tivesse um alcance muito extenso, de modo que, conforme o contexto em que a cor fosse inserida, seria possível expressar por meio dela as sutis diferenças de sentido ou de aparência. Não havia necessidade de classificar as cores de modo tão rigoroso como se faz hoje; assim, o azul e o verde eram apreendidos como pertencentes ao azul (*aoi*) genérico a partir da óptica da emoção do momento. Quanto aos nomes de outras cores, pode-se pensar que, antes de serem adjetivos que levassem em consideração o estado psicológico do receptor, tenham surgido de acordo com as denominações dadas aos objetos que representavam ou personificavam as cores – como o índigo ou o violeta para tintura à base de plantas, ou então as cores de tangerina, de cinza ou de grama bem tenra.

Foi na cultura da corte imperial da era Heian (794-1192) que as cores tradicionais do Japão foram descobertas em sua deslumbrante multiplicidade. Foi nessa época que nasceu a cultura de captar em detalhes as mudanças da natureza e, como que para compartilhar tais mudanças, essa sensação passou a ser expressa sob a forma de cores nas roupas e nos objetos domésticos. Dividimos o ano em quatro estações, mas o Japão importou o sistema de calendário chinês, que identificava 72 padrões característicos de tempo (*kou*), dividido em 24 *sekki* (estações), e adaptou-o à própria sensibilidade. Nessa época, uma pessoa era considerada com boa formação quando sabia dividir o ano em ciclos de cinco dias e prestava muita atenção às sutis mudanças ocorridas nas vistosas paisagens da natureza representadas pelo conjunto de palavras "neve, lua e flor". Uma pessoa era tida como culta quando podia, de modo admirável, expressar essa sensação compondo poemas.

As palavras que indicam cores das estações em mudança, como *moegui-iro* ("verde tenro dos brotos") ou *asagui-iro* ("azul-esverdeado como folha de alho-poró"), são refinadas e frágeis, mas, por capturar o momento da observação de modo certeiro, têm o poder de convencer. Por isso mesmo conseguem adentrar, de modo ligeiro e suave, no âmago da sensibilidade de cada um. É como uma agulha finíssima ligada a uma linha chamada "nomes de cores", que costura com facilidade e precisão as partes delicadas de nossos sentidos. O que sentimos, então, é uma onda de prazer ou de empatia que enche o peito, justamente porque o alvo foi alcançado. Isso pode também soar doloroso, já que nos torna conscientes de que essa delicadeza está desaparecendo na vida moderna.

Assim como as estalactites se formam pelo acúmulo de pequenas gotas que escorrem uma a uma, em repetição infindável, as imagens mentais que nascem quando o homem depara com o brilho da natureza em mudança se acumulam gradualmente para formar os nomes de cada cor. Alguns desses nomes se perdem, outros se transformam e, sem que ninguém se dê conta, passam a fazer parte de um grande sistema da consciência das cores. Há, provavelmente, tantos sistemas tradicionais de cores neste mundo quanto há culturas e línguas. *Cores tradicionais do Japão* é apenas um deles.

—

A palavra *shiro* ("branco"), no quadro das cores tradicionais do Japão, provém das quatro cores nascidas na antiguidade e tem sua raiz na palavra *shiroshi*, que, por sua vez, está relacionada às palavras *itoshiroshi* e *ichijirushi*, que exprimem a evidência das coisas. O aspecto de algo que é *ichijirushi* se destaca clara e nitidamente num mundo em constante mudança. É como uma luz de altíssima pureza, a limpidez extrema de uma gota d'água ou então alguma coisa dotada de luminosidade vívida, como uma grande cachoeira. *Shiroshi* é a imagem mental que faz vibrar as cordas de nossa sensibilidade quando se focaliza a atenção sobre tais coisas. Essa imagem veio sendo apreendida com palavras ao longo da história, até a consolidação de uma noção do *shiro* como um senso estético.

As cores tradicionais não se referem simplesmente às atribuições físicas da luz – como já mencionei, elas carregam uma grande variedade de associações, tanto materiais como emocionais. O fato de *ichijirushi* estar latente na palavra *shiro* ajuda a explicar suas características distintivas, e é extremamente útil para analisar o branco em profundidade.

—

O branco é uma cor muito especial, por exprimir a "ausência de cor". Antigamente, os japoneses chamavam o estado das coisas que se encontravam latentes de *kizen* ("antes da oportunidade"). O branco é o estado latente do aparecimento das cores, ou seja, é uma cor *kizen*.

Ao misturar todas as cores do espectro, obtém-se o branco. Quando se subtraem as cores de uma tinta ou de outros pigmentos, aparece o branco. Em suma, ele é "todas as cores" e "nenhuma cor" ao mesmo tempo. Essa identidade de uma cor que pode "fugir à cor" faz do branco algo muito especial. Não só sua textura evoca fortemente a materialidade dos objetos; o branco pode também conter princípios temporais e espaciais, como *ma* ("intervalo de espaço e de tempo") e *yohaku* ("margem em branco"), ou conceitos abstratos, como a inexistência e o zero.

Obviamente, esses atributos não têm nada a ver com o branco como cor para consumo em produtos comerciais, nem são tópicos apropriados para discussões teóricas sobre cores. Tampouco poderiam ser adequadamente discutidos dentro da genealogia das cores tradicionais do Japão. Mesmo assim, meditar sobre esses aspectos do branco faz nascer uma certa linha de questionamento e investigação. O branco, não sendo simplesmente uma cor, não estaria antes funcionando como design ou como conceito expressivo?

O japonês **KENYA HARA** (1958) é referência no design mundial. Responsável desde 2002 pela direção de arte da cadeia Muji, mantém o Hara Design Institute, *think tank* que desenvolve projetos e discussões conceituais. Este verbete é parte de *White*, um dos livros publicados pela organização, que pode ser conhecida melhor em www.ndc.co.jp/hara/en.

TRADUÇÃO DE **YUKO TAKEDA**

COMPORTAMENTO Assim como as míticas famílias de Tolstói, cada qual infeliz à sua maneira, todos já fomos humilhados de diversas formas

Humilhação

WAYNE KOESTENBAUM

1
Recentemente, em Nova York, um homem que havia sido preso foi despido e revistado – procedimento padrão – em Rikers Island. Falou o suspeito: "Fui colocado numa cela e me mandaram tirar a roupa". Disseram-lhe – de acordo com o *The New York Times* – para "se agachar e afastar as nádegas". O acusado, que fora detido por posse de maconha, descreveu a situação como "chocante": "Para um homem-feito, fui humilhado".

2
"Humilhação" significa "fazer-se humilde". Fazer-se humano? "Humano" e "humilhação" não compartilham a mesma raiz etimológica, mas até em latim as duas palavras – "*humanus*" e "*humiliation*" – sugestivamente compartilham o mesmo prefixo.

3
Repetidas vezes assisto aos clipes de Liza Minnelli no YouTube. Quero vê-la se humilhar. Quero vê-la sobreviver a essa atroz experiência, que ela transforma em glória.

4
Ser humilhado é uma experiência, imagino, pela qual não se quer passar – a não ser que se trate de um masoquista. Aí a experiência não é terrível. É prazerosa. A humilhação, quando centrifugada no masoquismo, torna-se júbilo, ou elevação – as dissonâncias emocionais todas resolvidas.

Desenhos de Louise Bourgeois
Sem título (1986)

Coleção Ursula Hauser.
Foto de Christopher Burke

5

Uma lenda frequentemente recontada: Colette, a escritora, foi trancafiada no próprio quarto pelo marido, Willy, sendo obrigada a escrever sua série de romances com a personagem Claudine. Será que preciso me humilhar para escrever este livro?

6

O pai de Michael Jackson batia nele; o estúdio MGM fornecia os estimulantes a Judy Garland. O artista deve ser coagido ou brutalizado para desempenhar sua arte. "Beat It" e "Over the Rainbow" reverteram a humilhação, ou a continuaram.

7

Artistas se proliferam em artistas, uma saga intergeracional de aflições. Liza (aos olhos de um público ávido por ver sua vergonha) é humilhada pela inabilidade para atingir o auge de sua mãe, ou por não conseguir voltar ao próprio auge. Triunfos passados surgem para humilhar o sujeito presente.

8

Não precisamos ouvir testemunhas para provar que a humilhação existe. Todo mundo já foi humilhado, embora a textura da experiência de cada um seja diferente – assim como as famílias infelizes de Tolstói, cada uma infeliz à sua maneira.

9

Imagine uma sociedade em que a humilhação é essencial – feito um rito de passagem, um passaporte para a decência e a civilização, um necessário expurgo do húbris.

10

Sinto como minha a humilhação de qualquer escritor. "Não quero que poetas sejam humilhados", escreveu a poeta Ruth Padel sobre a campanha difamatória contra seu rival Derek Walcott, acusado de assédio sexual. Mas, em seguida, a imprensa revelou que Padel havia ajudado a espalhar a fofoca sobre Walcott, e ela, por sua vez, caiu em desgraça. Ao recontar essa história, estremeço: sou contaminado pela notícia que ajudo a vazar.

11

Para a feminista Mary Daly (citada por Adrienne Rich em *Of Woman Born*): "Muita gente considera o aborto um procedimento humilhante". Muita gente considera a inseminação um procedimento humilhante. Muita gente considera a morte um procedimento humilhante. Muita gente considera a alfabetização um procedimento humilhante.

12
Abordo esse vasto tema de um ângulo limitado – o ângulo da fadiga. Estou cansado, como qualquer ser humano deve estar, depois de uma vida tentando evitar a humilhação, cuja chama, ainda assim, continua próxima, as faíscas que desfruto, o calor, a luminosidade paradoxal.

13
Não apenas porque estou cansado, mas porque tal tema, a humilhação, é monstruoso, e porque ele corrói a voz que tenta dominá-lo em suas complexidades, vou me resignar, nas fugas que se seguem, a apresentar uma série sem fim de paradoxos e justaposições. (Chamo de "fugas" essas incursões não apenas porque quero a licença retórica que a invocação do contraponto provoca, mas também porque um "estado de fuga" é um tipo de desequilíbrio mental em que a dissociação leva ao distanciamento da própria identidade.) Algumas de minhas justaposições em fuga são lógicas e literais, ao passo que outras são figurativas, pensadas apenas para sugerir a presença de ligações subterrâneas, solidariedades, ressonâncias compartilhadas entre experiências essencialmente *distintas*. Se alguma recompensa pode existir nesse exercício de justaposição de contrários para detectar o brilho ocasional da semelhança, tal prêmio é a captura de uma presa singular: é detectar, dentro de cada um de nós, um animal lamuriante, um animal cujas lamúrias são microarfadas, por demais débeis para ser percebidas normalmente.

14
Quando vejo uma figura pública ser humilhada, me solidarizo. Imagino: *aquele mártir poderia ser eu*. Mesmo se essa figura pública fez algo errado, tem minha solidariedade. Mesmo Michael Jackson, por ter ido para a cama com crianças. Mesmo Roman Polanski, por ter estuprado uma garota de 13 anos. Quando vejo a célebre figura ser levada a julgamento, ainda que seja apenas um julgamento pela mídia, *e especialmente se o crime é de natureza sexual*, sou tomado de horror e fascinação, de piedade, de terror: aqui, de novo, como se fosse a Acrópole ou o Coliseu romano, vejo o dramático desenrolar de uma cena conhecida, um desmascaramento, um ataque, uma mácula, uma destituição de privilégio.

15
Ao falar, me exponho – uma exibição pornográfica. Sou um pôster em página dupla, minhas pernas abertas. Se alguém vê na internet uma foto minha nu, sou humilhado, ou então é o fuçador da internet quem, ao encontrar minha foto, se sentirá humilhado em meu lugar.

16
Ao encontrar na internet a foto de um estudante nu e me masturbar olhando para ela (posso estar inventando tal fato), temi tê-lo humilhado. Ou talvez esteja humilhando o estudante agora, ao contar a história para vocês. Para que não queiram me processar por causa das minhas fantasias, saibam que o estudante tinha 20 e tantos anos e aparecia num anúncio vendendo serviços sexuais. Na foto, sorria com o que me pareceu uma autêntica satisfação.

17
Depois de uma briga, um rapaz de 18 anos da Flórida envia uma foto da namorada menor de idade nua (ela tem 16 anos) a "dezenas de pessoas, inclusive os pais dela", segundo o *The New York Times*, em cujas páginas navego em busca de humilhação. Ao colecionar essas matérias, torno-me cúmplice.

18
A sexualidade, em qualquer de suas formas e posições, é potencialmente humilhante. Pelo menos era o que pensava Margaret Fuller, a feminista transcendental. Elizabeth Hardwick, que com tanta eloquência escreveu sobre mulheres seduzidas, cita uma passagem reveladora: quando o namorado, ou o marido, de Fuller a obrigava a fazer sexo, ela experimentava algo "que era bastante humilhante quanto a qualquer sentimento digno e feminino". E, no hoje canônico *Incidents in the Life of a Slave Girl: Written by Herself*, de Harriet Jacobs, a autora reserva a palavra "humilhação" para exemplos de degradação *sexual*. Ao fato de ser escravizada, não se refere como humilhante. O que é humilhante é o corpo sexual em si, seus fluidos e dilatações, suas pulsações e emissões. A teórica Julia Kristeva usa a palavra "abjeto" para descrever esse processo fétido, úmido, orgânico.

19
Marquês de Sade coleciona humilhações, e meu objetivo é esse também. O prazer que alguns de nós temos vendo TV ou aparecendo nela, ou o prazer que alguns de nós obtemos com pornografia, ou o prazer de alguns de nós ao desprezar criminosos sexuais – o prazer (ou defina-se isso como uma emoção mais complexa do que o prazer) que alguns de nós sentimos diante de espetáculos de todo tipo está ligado ao que transpira de uma sala de torturas.

Coleção Saint Louis Art Museum
Foto de Beth Phillips

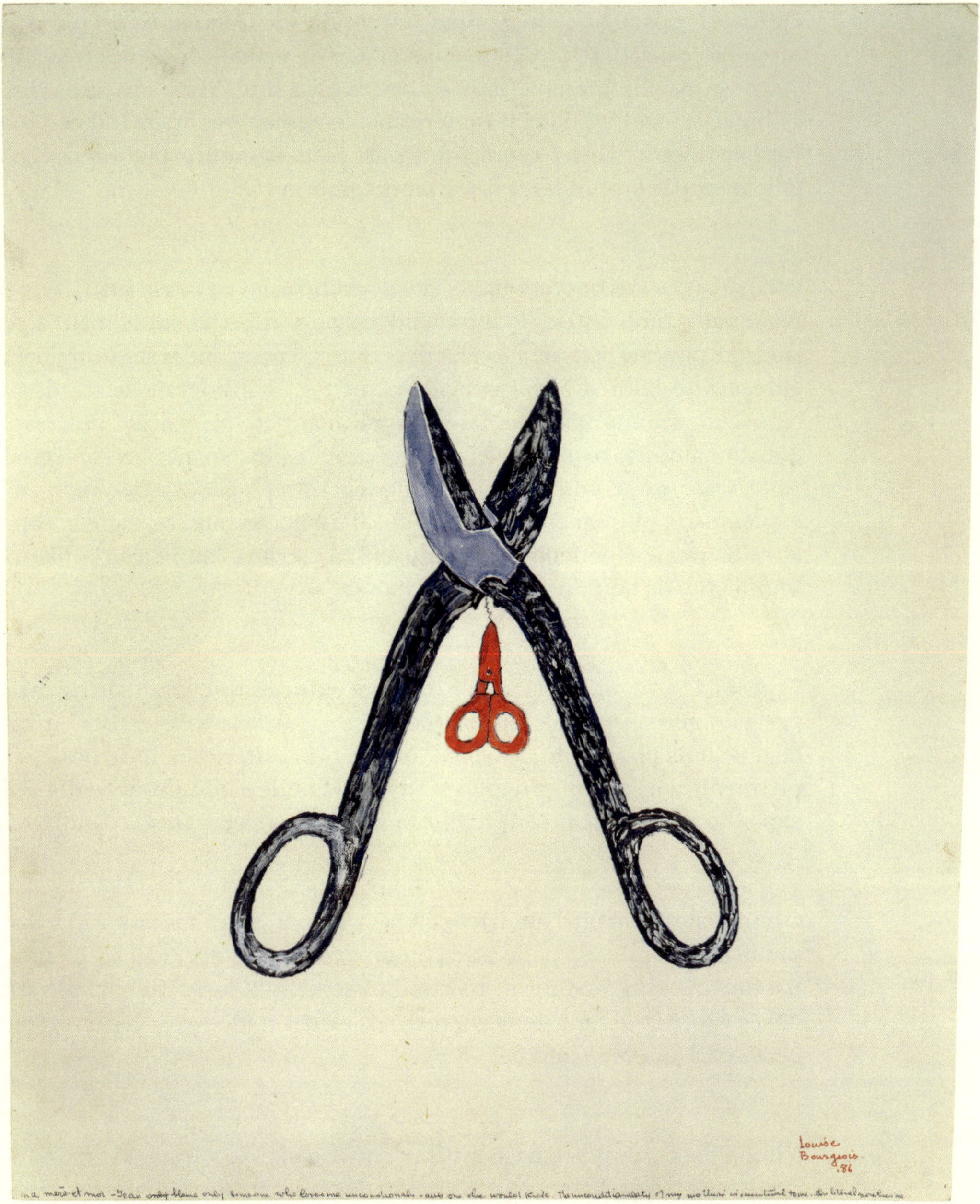
Louise
Bourgeois
.86

20

As fotos de Abu Ghraib deram atualidade à tortura. Uma reservista do exército americano – Lynndie England, acompanhada de colegas lubricamente curiosos – posou ao lado de uma "pirâmide" de iraquianos despidos; ao humilhá-los, ela se transformou em objeto de maledicência internacional. Sua postura – de aparente satisfação – pareceu simbolizar a natureza brincalhona da tortura à maneira americana: somos alegres dizimadores. (Toda vez que trago à tona a tortura, me assalta certo desânimo por nunca conseguir chegar às profundezas desse tema sombrio.)

21

Por que as pessoas querem aparecer em *reality shows* na TV em situações e de maneiras humilhantes? (Exibindo um corpo gordo. Cantando mal. Gaguejando.) É possível pensar que elas talvez quisessem esconder sua humilhação em lugar de exibi-la. Mostrar, evidentemente, é considerado cura – descarrego feito, trauma apagado. O termo psicanalítico "ab-reação" descreve o que ganhamos ao passar por humilhações ou por não mantê-las em segredo. "Ab-reação", de acordo com meu confiável *Oxford American Dictionary*, é "a expressão e a consequente liberação de uma emoção antes reprimida, obtida ao se reviver a experiência que a causou". A escrita é "ab-reação" – libero o sentimento de humilhação ao reencená-la.

22

Para evitar a humilhação, que é o temido e inevitável resultado da maior parte do que se escreve, especialmente se a escrita se sabe escrita, preciso falar de uma posição de sabedoria, onisciência, autoridade. Não posso simplesmente colecionar exemplos sórdidos de nudez. Adquiro meu domínio expondo um argumento. Apresento a seguir seus elementos expandidos.

23

A humilhação envolve um triângulo: 1) a vítima, 2) o abusador e 3) a testemunha. O humilhado pode ainda observar a própria degradação, ou imaginar outra pessoa, no futuro, assistindo a essa degradação ou ouvindo falar dela. O horror da cena – sua energia, sua eletricidade – envolve uma *tripla* presença. Uma valsa infernal.

24

A humilhação, um sistema às avessas, envolve uma inversão: do topo para a base, do alto para baixo, da exaltação à degradação, do seguro ao inseguro. A inversão ocorre rapidamente. Alguém tem de estar lá para vê-la acontecer, e então levar a notícia a outro lugar.

25
A humilhação envolve um processo físico: fluidos, sólidos, órgãos, cavidades, orifícios, secreções, ingestões, excrescências, espargimentos. Humilhação demanda imundície. Ainda que a provação seja meramente mental, o próprio corpo se vê tragado pela sujeira.

26
A humilhação envolve o clássico trio de marcadores sociais: gênero, raça, classe. A humilhação depende de qual é a aparência da pessoa, de como ela fala, de quanto dinheiro ganha, de como anda, do cheiro que tem, de onde joga seu lixo. A humilhação nos atinge no lugar onde vivemos, na confusa e inexoravelmente determinante rede entrecruzando negro, branco, masculino, feminino, intermediário. Se habitamos o limbo, o transitório, o lugar dos sem-teto, isso também é humilhante.

27
A humilhação tem suas compensações. Entre elas: o privilégio de servir de exemplo. O prazer de virar um espetáculo. O apanágio da visibilidade, de tornar-se legível.

28
Outra compensação: a identificação com os oprimidos. Se sou humilhado, passo a fazer parte de uma nova comunidade, de uma confraria – através da história – de sofredores e párias. Jesus, que algum dia foi judeu, é mais que um coadjuvante nesse drama sangrento.

29
A pessoa que pratica a humilhação – agressor, tirano, abusador, autoridade, soldado raso, padre, poeta – é humilhada pelo ato. (Até mesmo Jesus sabia como fazê-lo: disse a Maria, mãe de Deus: "Mulher, que tenho eu convosco?".) E então o autor da humilhação (o instigador) é maculado, reflexivamente, pelo ato – ainda que apenas aos olhos da vítima e da testemunha.

30
A humilhação traz o próprio proscênio – um *kit* de fosso de orquestra, cortina, público, luzes, guichê de ingressos. A humilhação contém todo um aparato teatral, mesmo que somente aos olhos das partes afetadas (tirano, vítima, testemunha). Ou na mente de Deus. Deus, deduzimos nós, vê toda humilhação; pode não criar ou aprovar a humilhação, mas Ele a vê acontecer. A humilhação é uma moldura pela qual se dá sentido à realidade. Podemos chamar essa moldura de "óptica" – um modo de olhar.

31
A humilhação é algo externo, embora ganhe registro internamente. A vergonha, por outro lado, só pode emergir internamente, sem referência alguma a circunstâncias externas. A humilhação, acredito, tem de emergir (ainda que apenas na imaginação) de fora. A humilhação é um rebaixamento observável de status e de posição. Uma pessoa pode ser humilhada sem se envergonhar, ou até sem ficar triste. A humilhação diz respeito não apenas ao sentimento interior, mas à atmosfera externa, ao contexto, ao cenário. Podemos dizer que uma sala está fria, mas isso não significa, necessariamente, que as pessoas na sala *sintam* frio.

32
De certos pontos de vista, a condição de mulher ou feminilidade é uma característica humilhante. Ou, por outro, "feminilidade" é algo que pode ser destruído, censurado, reprovado, espezinhado – uma qualidade ou atributo sujeito a nódoa, mácula, cicatriz. De modo similar, "masculinidade", não importa quão questionável seja como propriedade nem quanto dela possuam as mulheres, é algo que pode ser visto como humilhante (é humilhante ter um pênis, é humilhante não ter um útero) ou como algo que pode ser *subtraído* pela humilhação (um homem que é humilhado passa a ter menos de seu pênis do que tinha antes de a humilhação ocorrer). Em termos freudianos, a humilhação é uma castração. Uma coisinha meiga é surrupiada, roubada – e o que resta de "mim" é um arremedo.

33
A humilhação é um processo de evacuação ou depleção. A palavra grega *askesis* generosamente (ainda que de forma oblíqua) implica esse rigoroso exercício de triagem, de fazer em retalhos e desaparecer. Supostamente, a energia (esse outro nome da matéria) não pode ser destruída. Mas a humilhação representa *a destruição da matéria*. Algo antes presente – intacto, sólido, substancial – se transforma em farrapos. Humilhada, a pessoa cresce cada vez menos. Eu me entrego a uma dieta de fome. Ou, para dourar a pílula, me torno um artista da fome.

34
A humilhação, no entanto, é também um processo de acréscimo, de acumulação. Incidentes humilhantes se acumulam; a pessoa vai se sentindo *cada vez mais* humilhada. A humilhação é um cultivar, um florescer. Acumular podridão. Montes dela.

35
Ou então (numa síntese dos dois princípios anteriores) a pessoa é devorada pela humilhação e vai se tornando cada vez mais um espectro – e, no entanto, dentro dela um núcleo duro, uma gema, um pedaço de metal, um depósito (feito placa dentária) se instauram. Aquela gema é a humilhação: a partícula, o resíduo.

36
"Um grupo de desqualificados numa manifestação do Tea Party", segundo um colunista do *The New York Times*, Bob Herbert, cujos relatos julgo como sendo a verdade sombria sobre esta nação, "insultou e humilhou um homem que, sentado no chão, exibia um cartaz dizendo que sofria de mal de Parkinson". Doenças degenerativas arrebentam com o corpo humano e o transformam em poste para cães urinarem, sejam eles nazistas, linchadores ou clientes.

37
A humilhação somente se dá *em relação a*. É um processo transitivo, interpessoal. Alguém só pode ser humilhado na cabeça de outras pessoas, à luz do que elas pensam.

38
A fisiologia da humilhação é, ao menos metaforicamente, ácida, relacionada à bile, à perturbação, à irritação, à supuração. Como trilha sonora para a humilhação, convoquemos os sons de um estômago embrulhado. De ânsias de vômito.

39
Será que nos dias de hoje há *mais* humilhação? A coisa vem numa escalada? Embora a humilhação, como característica cultural, talvez tenha mudado, ao menos em termos de memória recente, hesito em levantar argumentos históricos, ou a identificar uma tendência. É mais seguro supor que a humilhação é uma constante, historicamente, seu núcleo sempre o mesmo, a experiência, na raiz, imutável, miseravelmente unitária.

40
Portanto, não posso afirmar: "Hoje, com os *reality shows* na TV, e por conta das fotos de Abu Ghraib e dos prisioneiros de Guantánamo, há mais humilhação". Falso. A Idade Média ou a América pré-revolucionária, acredito, foram pródigas em humilhação. Em defesa dessa opinião, duas testemunhas mortas, cujos alegados tormentos me proporcionaram as primeiras noções quanto à terrível magnitude desse tema, não podem mais ser arroladas: Joana d'Arc e Tituba de Salém.

41
No que se refere a esse fato atemporal da vida psicológica e social, admito simplesmente: a humilhação dá cor à maneira como vejo o mundo. Mais do que isso, a humilhação dá cor à maneira como outras pessoas propensas à humilhação veem o mundo. A humilhação é como um par de óculos com as lentes salpicadas. Será que podemos inventar uma palavra ("detector de humilhação", "humilhômetro") que descreva tal tendência, tal suscetibilidade para perceber a humilhação dos outros, ou para temer a própria humilhação futura, ou para reencenar (na memória e na imaginação) degradações passadas?

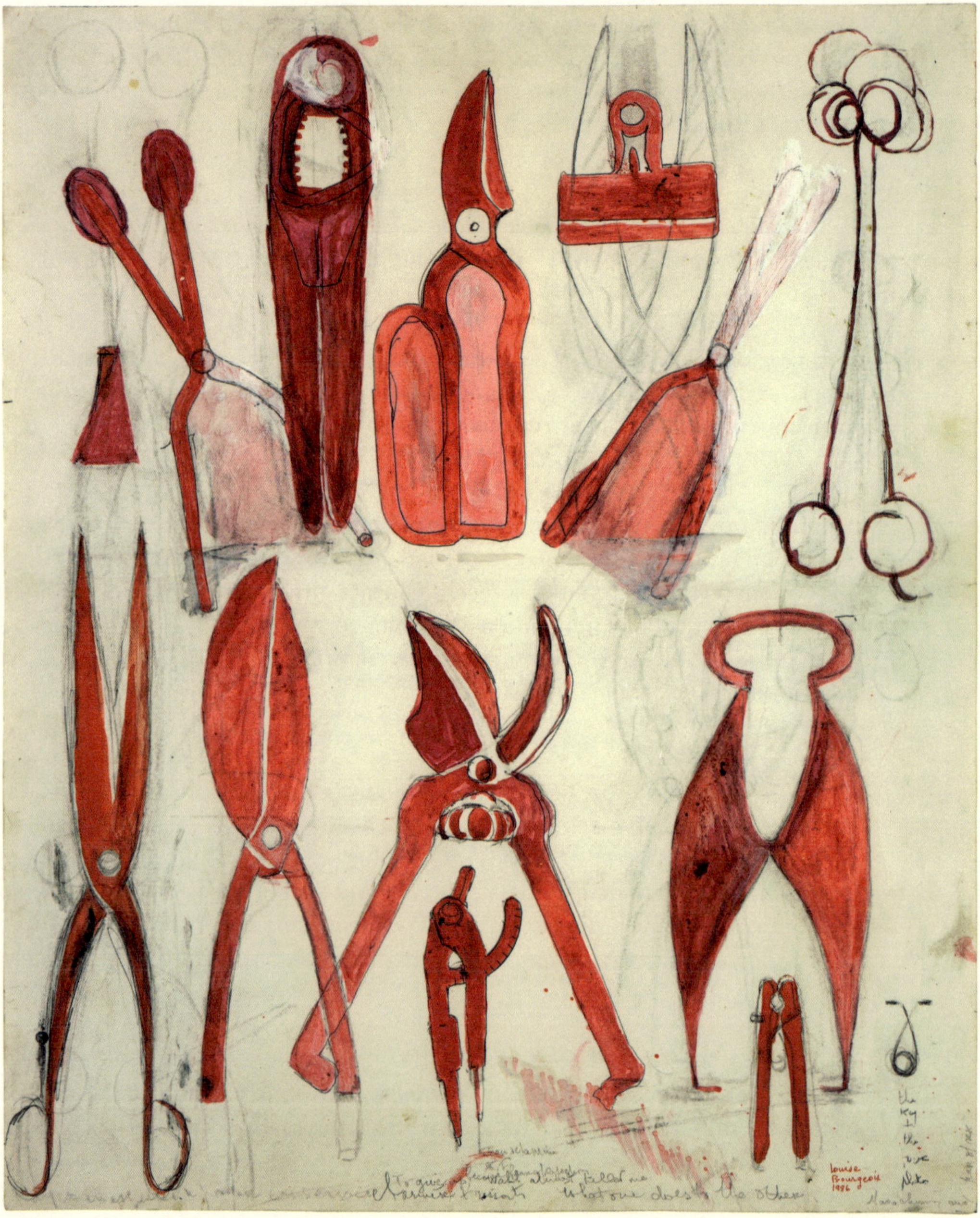
what one does to the other
louise
Bourgeois
1986

42
E será que devemos exigir que uma economia da transposição e da transcendência transforme a humilhação num bem, num prazer, em lucro, em ganho? Devemos insistir na alquimia da humilhação?

43
Mas, em certas circunstâncias, será que a humilhação, sem ser apenas horror, não é um caminho, uma passagem para alguma outra coisa, para algo tranquilizador?

44
Teorema: a sequência da humilhação pode ser paradoxalmente relaxante. A sensação de tranquilidade quando, tendo passado por uma humilhação, se emerge do outro lado. Então a humilhação dá lugar à *ausência de humilhação*. E essa interrupção, essa redução nos níveis de terror, é experimentada como prazer. "Depois de um grande sofrimento, vem um sentimento solene", escreveu Emily Dickinson – palavras que serviram de consolo a muitos sofredores. Minha mãe as recitou para mim ao telefone, ligando do hospital durante sua recuperação de um derrame. O sentimento solene – interrupção, pausa, interregno, cessar-fogo – é a recompensa por horas de flagelo.

45
Fato curioso: o site www.tinypenishumiliation.net, uma página convenientemente "criada para homens e mulheres afeitos à humilhação do pênis minúsculo", é o quinto resultado quando busco "humilhação" no Google. Aí prospera, evidentemente, uma subcultura de homens e mulheres que consideram "a humilhação do pênis minúsculo" um esporte prazeroso e excitante – ou uma atividade digna de proselitismo.

46
Em seu romance *Jakob von Gunten*, de 1909, o escritor suíço Robert Walser (cuja especialidade eram as miniaturas literárias) descreveu a bênção de ser pequeno: "Que sorte eu tenho por não ser capaz de enxergar em mim mesmo nada que seja digno de respeito ou nota! Ser pequeno e continuar pequeno." Não se referia à bênção de um pênis minúsculo,

Cortesia Hauser & With
e Cheim & Read
Foto de Christopher Burke

mas, acho, à de ser menor, desqualificado, esquecido, ignorado – à bênção de ser um oprimido. É preciso ser um *connoisseur* das bem-aventuranças ambíguas para encarar a opressão com tranquilidade.

47
A humilhação é bênção se a experiência de grandeza e magnitude se tornou opressora e desagradável e a pessoa necessita de alívio. Se a magnitude fere, a humilhação (ou o rebaixamento) funciona como remédio. Para o lamuriento rei Lear, de Shakespeare, a humilhação proporciona o prazer adicional de ser exilado no pântano, após ter sido expulso dos castelos por suas filhas peçonhentas; finalmente, depois de toda a provação de reinar, ele pode aproveitar o desfecho confortante de vagar na tempestade com seus companheiros de loucura. Que bênção ser destituído do poder! (Bênção? Talvez não. Mas, pelo menos, Lear relaxa e redescobre a língua, e redefine o que significa soberania interior.)

48
A humilhação pode levar ao ativismo, à revolta. As pessoas a quem Frantz Fanon chamou de "os desventurados do mundo" são capazes de reelaborar a degradação como prelúdio (ou catalisador) da revolução. O princípio de Rosa Parks: anos de humilhação levam à rebelião que marca uma época. A revolta, porém, não é sempre silenciosa. Ao escolher o martírio suicida como resposta à humilhação histórica, torno-me um homem-bomba.

49
A humilhação – como experiência – se parece com uma dobradura. Do romance *O Evangelho segundo Jesus Cristo*, de José Saramago: "Em auto-humilhação, sua alma se encolheu como uma túnica três vezes dobrada". (Por que três vezes? Três parece ser o número mágico quando se fala em humilhação ou santidade.) A alma que se auto-humilha se contorce internamente. Ou talvez qualquer sentimento forte se pareça com uma dobradura, com uma flexão de tecido e terreno psíquicos, quando a marcha adiante do eu é interrompida. Imagine dobrar um guardanapo, ou um pedaço de massa para fazer um pãozinho. Não sei por que estou convencido de que a humilhação se parece com uma dobradura, mas não consigo apagar essa convicção. Pelo ato de dobrar, os lados interior e exterior trocam de lugar. Pense no réu ou na ré de um julgamento vendo sua roupa de baixo ser apresentada pela acusação como prova. Um objeto que deveria ser privativo e secreto, súbito, está visível. Um acessório que aparece *no lugar errado*. Minha experiência íntima foi, à força, ejetada – empurrada para fora. O juiz escuta meus segredos. Minha podridão interna fica exposta. Minha pele foi virada do avesso. Essa dobradura (o eu que se torna uma costura) é a estrutura da reversão.

50
A humilhação, uma experiência educativa, gera identidade. A identidade da heroína de Charlotte Brontë em *Jane Eyre* (um romance que, quando li pela primeira vez, na sétima série, me ensinou a entender que a humilhação fortalece o caráter) é formada, em seus primeiros anos, pela experiência de ser trancafiada num quarto vermelho como punição. O crime? Ter lido um livro que não era seu. A identidade de Jane como *relegada e indigna de amor* se desenvolve em resposta a essa primeira humilhação; e levanto a hipótese de que, em geral, a identidade brota do solo da humilhação. (Por que minha confiança de que isso é verdadeiro? Será que sei o que é "identidade"? Construção fluida, ela consiste, acho, daquele coro de fantasias e memórias desconcertantes e apenas meio perceptíveis que formam a ilusória noção do ego.) A humilhação não é meramente o porão da personalidade, ou o monte de refugo escada abaixo. A humilhação é o *evento precoce* que pavimenta o caminho para que o "eu" saiba que existe.

51
Presumo que, como indivíduos morais, deveríamos nos esforçar para minimizar a humilhação, para não infligi-la. Deveríamos praticar uma ética da abstenção. Faça um juramento: abstenho-me de humilhar os outros deliberadamente. Se me vir envolvido nessa abominável prática, eu a abandonarei imediatamente e tentarei reverter o processo e remediar o crime. E, no entanto, um mundo sem humilhação é possível? É desalentador escrever sobre uma situação horrível. Com esse tema, não posso me entusiasmar.

52
Um emprego é algo humilhante. Quem já não ouviu – ou contou – uma história de humilhação no local de trabalho? Meu chefe é um monstro. Meus empregados me chamam de "baleia" pelas costas: li os e-mails deles. No seriado *The Office*, o chefe pegajoso alegremente humilha sua equipe, e o programa é um sucesso porque qualquer um que tenha um emprego quer reinterpretar as indignidades cotidianas – a ferida purulenta que é fazer parte da burocracia – como farsa, um tipo de teatro que, como catalisador político, pode ser mais eficaz que um melodrama.

53
Escrever é um processo de me virar do avesso: um regurgitamento. Ponho para fora minha vulnerável forração interna. Um expurgo. E então examino o material – meu interior expelido – e começo a sabatina sangrenta. Pergunto se aquilo é sujo ou limpo, se tem valor ou se é deplorável.

54

É humilhante ser uma prostituta? (Nem sempre, é nisso que eu gostaria de acreditar.) Numa entrevista na TV, a acompanhante contratada de Eliot Spitzer foi obrigada a descrever a si mesma como "prostituta", embora preferisse a palavra *escort*. A pessoa que levou a acompanhante a se definir como prostituta foi Diane Sawyer, que, como todo bom apresentador de televisão, combina sangue-frio, simpatia e sadismo. Alguns de nós somos especialistas em visitar lugares desasseados; como Diane Sawyer ou Barbara Walters ou Larry King ou qualquer outro de meus colegas da TV, despejo perguntas sorridentes na ferida aberta do entrevistado. O instrumento da humilhação – ou ao menos seu invólucro – é a jovialidade.

55

Monica Lewinsky, Hillary Clinton & cia. – mulheres traídas, mulheres que se deixaram seduzir, esposas enganadas, amantes difamadas – estimulam minha solidariedade. Imaginando o que elas sentem, ou talvez sintam, descubro algo sobre o que eu mesmo já sinto, o que eu, como ser humano, nasci sentindo: que todos vivemos às portas da humilhação, sob risco de sermos deportados para esse país hostil. Seja como esposa ou amante, sei que o público consumidor desses escândalos enxerga em mim um degradado. Ao falar desse sentimento, ou escrever sobre ele, o que espero provar? Espero me animar a entabular uma conversa fiada e retórica a partir de exemplos de pessoas humilhadas? Desejo confessar meu próprio prazer perverso enquanto assisto ao drama dessas pessoas? Desejo contar as histórias de minhas próprias descidas ao inferno? Seriam essas desgraças diferentes das suas?

56

Com frequência, temi que o resultado (se não a intenção) da minha escrita tenha sido humilhar as pessoas sobre quem escrevo – cantores, astros, artistas, íntimos. Meu objetivo consciente era celebrá-los, mas por vezes fiquei chocado ao descobrir, depois, que meu desejo inconsciente era humilhá-los e, portanto, assumir eu mesmo a identidade humilhada do traidor, do indiscreto, do ingrato, do dedo-duro, do usurpador, do apanhador de almas, do destruidor de reputações, do ladrão.

57

Daí emerge um teorema, aplicável a certos escritores, pesquisadores, colecionadores, coletores de informação: *estudar um sujeito é humilhar esse sujeito e humilhar a si próprio no processo de estudá-lo.*

58

Contemplar um sujeito humilhado é uma forma de adoração religiosa. Simone Weil, a judia anoréxica cujos ardores autoflagelantes inspiraram Susan Sontag, e que, assim, parece ser o paradigma do pensador que vê a humilhação como o pote de ouro no fim do arco-íris, alimentou-se da meditação sobre as feridas de Cristo. Numa carta de 1942, Weil afirmou com uma austeridade exultante: "Toda vez que penso na crucificação, cometo o pecado da inveja".

59

Na correspondência de hoje, recebo uma brochura da Smile Train solicitando uma doação. No envelope, a foto de uma criança que, sem ter sido operada, exibe uma excruciante fissura do palato. (Excruciante para quem? Para quem vê a foto e, presumimos, para a criança, cuja boca evidencia uma humilhação que a brochura me instiga a reparar.) Ao olhar para a foto, o que experimento é um choque – um espasmo que contém culpa, angústia e desespero, uma desagradável identificação: se não ajudar aquela criança, vou me transformar nela, ou terei causado retroativamente seu sofrimento. Sou acossado pela mesma lógica mágica quando deparo com alguém subjugado, sujo, sem teto ou que esteja vomitando, chorando, tremendo, sangrando ou passando por alguma provação física abjeta. Ao assistir a uma cena assim, sinto, antes de tudo, a humilhação daquela pessoa, e sou tomado de comiseração horrorizada. Em seguida, sinto a urgência de expulsar a pessoa do meu campo de visão: *vá vomitar longe de mim, sua aberração*. Mas, então, aparece uma lembrança (*também já fui uma aberração vomitando*), seguida de um pressentimento (*se eu não ajudar essa pessoa que vomita, de novo vou me transformar, em algum momento no futuro, numa pessoa que vomita*). Mas não quero que o vômito caia em mim. E se, no exato momento em que vejo a pessoa vomitando, imediatamente me tornar idêntico à pessoa vomitando, seja por identificação paranoica, seja por terna solidariedade? Nessa mesma tarde, contrito, preencho meu primeiro cheque para a Smile Train, nem que seja só para contar a vocês que fiz isso. Simone Weil, no ensaio "Human Personality": "O único caminho para a verdade é a própria aniquilação; viver por um longo tempo num estado de extrema e total humilhação". Ainda não tenho muita experiência na arte de Weil, de contemplar a degradação.

60

O Google é um instrumento de humilhação. Pesquiso um rival meu para ver se descubro detalhes desabonadores. E o processo em si de pesquisar é humilhante para o rival (de uma forma mágica), mas é humilhante também para mim. Toda vez que exercito o privilégio de "dar um Google só pra ver o que aparece", estou me humilhando. Não estou sozinho nisso; a internet é a autoestrada para a humilhação. Seu propósito é humilhar o tempo, transformar a informação (e a busca por ela) em humilhação. Diria o mesmo sobre a maior parte do que passa na TV, especialmente os *reality shows*. Muitas formas de entretenimento nutrem esse desejo mesquinho: humilhar o público e humilhar o artista; todos nós rebaixados ao mesmo (supostamente agradável) tumulto à beira do palco.

61
O jornal, igualmente, é humilhante – um covil de víboras, um círculo do inferno, animado por lamentações. A vítima, uma socialaite proeminente, um estudante de química, uma mãe trabalhadora, um viciado em drogas, um contador, um rapaz obeso mórbido com grave deficiência mental, um corredor de fim de semana, uma babá mal paga, um motorista, um hoteleiro, um médico especializado em dieta. Foto de um suspeito, capuz, traços de um portador da síndrome de Down, a cara de Sean Connery quando jovem, com uma cicatriz acima do lábio, a cara de Jennifer Jones quando jovem, mas de barba, com lábios aumentados cirurgicamente, com a cabeça raspada e tatuagens radicais no crânio, com um quipá, com um barrete de gala. A família do acusado de assassinato, chocada, reunida do lado de fora da casa. Os olhos envergonhados e fugidios da mãe do assassino, no tribunal, após o veredicto.

62
Nada que se compare a 1777, quando Ann Marrow foi açoitada em Charing Cross (de acordo com o *Newgate Calendar*, um almanaque do crime, também conhecido como *Malefactors' Bloody Register*) por "andar em vestimenta masculina e se fazer passar por homem casado". Quando a acusada foi posta no pelourinho, "era tal a indignação dos espectadores, particularmente da parte feminina do público, que a golpearam a ponto de cegá-la de ambos os olhos".

63
A pedagogia não pode passar sem a humilhação. O romance *A pianista*, de Elfriede Jelinek, cuja versão para cinema foi dirigida por Michael Haneke e estrelada por Isabelle Huppert, contém múltiplas humilhações; repeti-las aqui pode não ser proveitoso, então vou me abster de uma lista completa. A pior: Huppert enche os bolsos da jaqueta de um aluno de cacos de vidro; o aluno, ao colocar a mão no bolso, se corta e sangra. É um caso extremo de sadismo pedagógico; no entanto, todo aluno, pouco importa a sanidade ou a dedicação do professor, estruturalmente ocupa a posição de *objeto sob risco de ser sacrificado*. A pedagogia dos conservatórios, mesmo nos níveis mais elementares dos corais de escola, tem traços militares: um estudante de música clássica – ou balé? – sabe o que é a dor de errar, e acaba com um conhecimento entranhado de rígidos padrões. Qualquer tentativa

Cortesia Hauser & With
e Cheim & Read
Foto de Zindman/Fremont

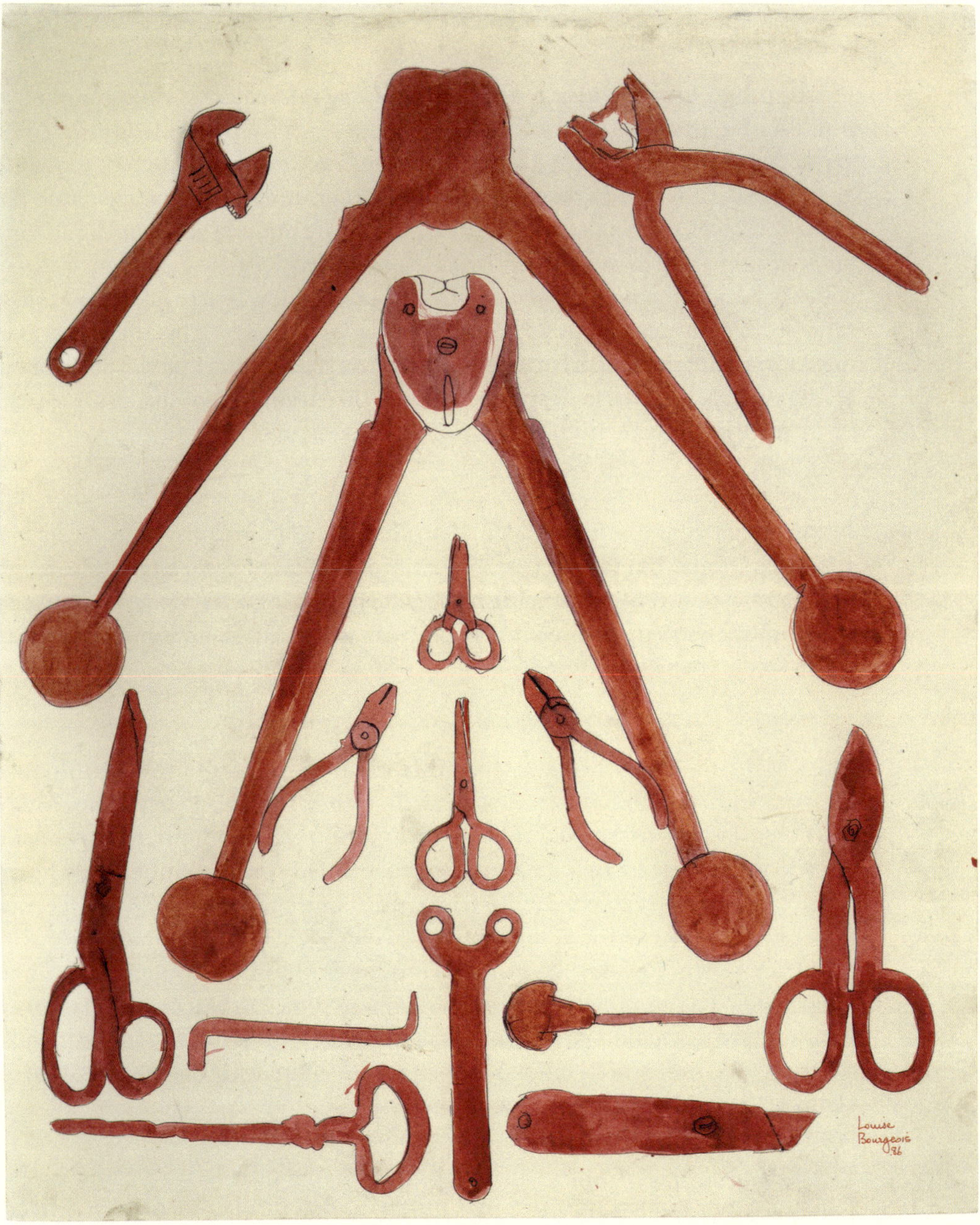
Louise
Bourgeois
86

de ensinar como se pratica uma arte – até mesmo poesia experimental, arte performática ou arte conceitual – pode facilmente humilhar, se o professor não for cuidadoso.

64
Freud tinha algumas ideias tolas, embora fosse notável seu entendimento da humilhação, que ele (no comentário sobre o dr. Schreber) considerou como causa "primeira" da neurose, especialmente "no caso dos homens". E quanto às mulheres? No estudo de caso de Dora, não exatamente seu auge como narrador confiável, opinou Freud, num disparate que poderia ser considerado um antecessor do que escrevo, e pelo qual espero que vocês me perdoem, e que os convido a encarar como um eco da própria tolice (quem, entre nós, não é tolo, e, sendo tolo, não está sujeito à saraivada de piadas e açoites?): "As mulheres assumem uma vaidade especial quanto ao estado de seus genitais; se eles sucumbem a uma doença que possa despertar aversão ou mesmo nojo, sua autoestima é insultada e humilhada num grau bastante considerável".

65
Tenho prazer em repetir a palavra "humilhação". Ela funcionará, nas fugas que se seguem, como um feitiço. Que a repetição da palavra, feito o pêndulo de um incensário, possa difundir uma atmosfera de perdão e consolo no frio santuário. Toda vez que uso a palavra, estou batendo um sino; o ressoar anuncia a interrupção momentânea do sofrimento.

66
Interessam-me mais homens humilhados do que mulheres humilhadas. Quando vejo uma mulher humilhada (na literatura, na vida, na tela, num sonho), fico horrorizado e triste – ou indiferente. Quando vejo um homem humilhado (levado a julgamento, ou na rua, na prisão, num hospital), também fico horrorizado, mas não necessariamente triste; sinto que sua masculinidade recebeu uma estocada necessária. E, no entanto, o colapso da masculinidade me enche de horror. Correção: interessam-me as mulheres humilhadas, igualmente. Mas o espetáculo da humilhação de um homem tem uma maturação especial. Posso estar sempre desejando vingança contra homens. E posso, como consequência, o tempo todo sentir-me à beira do precipício de merecer o ataque vingativo de alguém. Despido, revistado, nádegas afastadas.

67
E agora estou cometendo um erro terrível. Estou falando pela voz ficcional de alguém que se compraz com a humilhação dos outros – alguém que posa de *connoisseur*, saboreando amostras de humilhação, colecionando memórias a respeito. Isso não é verdade. Desvio o olhar, horrorizado, da humilhação

da adolescente que vê, num site dedicado à cruel destruição de reputações, chamado Formspring (de acordo com o *The New York Times*, meu atalho mais próximo para o abismo nacional), o que um colega de classe escreveu para ela: "Todo mundo sabe que você é uma vagabunda", ou: "Você é feia", ou: "Você parece uma idiota quando ri", ou: "Você não é tão gostosa quanto pensa que é".

68
Se minha voz parece afirmar que *o outro* é humilhado, e nunca eu mesmo, é mentira. A razão por que escrevo é silenciar as correntes marítimas que se avolumam, profundas, em minha pré-história da humilhação, um preâmbulo que não é mais inquietante que o seu.

69
Um tico de excitação sexual – reparadora, compensatória – circunda o tema da humilhação. Ao falar dele, protejo-me contra o retorno dela. Todo mundo tem uma razão para se identificar com são Sebastião, a quem as flechadas exaltaram, ainda que em retrospectiva.

70
Falar *depois* da humilhação: esta é a voz do sobrevivente, que, de acordo com o filósofo Giorgio Agamben, diz uma impossibilidade. A pessoa que foi humilhada – esta, ou este, não pode falar. Mas eu, como sobrevivente da humilhação, posso fazê-lo por essa pessoa, agora ausente, agora falecida. Falo, nestas fugas, como testemunha e fiador do "eu" humilhado, daquele que necessariamente silenciou. Mas essa é uma afirmação séria demais, por demais assertiva. E é cedo demais para trazer à tona o Holocausto.

Poeta e ensaísta, **WAYNE KOESTENBAUM** (1958) dedica-se sobretudo à crítica cultural, privilegiando o universo de referências *queer*. É autor de *The Queen's Throat: Opera, Homosexuality and the Mystery of Desire* (1993), ensaio em que analisa a predileção de homens gays pela ópera. Publicou em 2012 *The Anatomy of Harpo Marx*. Este ensaio, que ele prefere chamar de "fuga", é a abertura de *Humiliation*, livro publicado em 2011.
TRADUÇÃO DE **CHRISTIAN SCHWARTZ**

Drawing Lesson 47 (An Interview with the Artist), 2010 | © William Kentridge

WILLIAM KENTRIDGE: FORTUNA

Exposição
24.10.12 a 17.02.13

Instituto Moreira Salles - Rio de Janeiro
De terça a domingo, das 11h às 20h
Entrada franca
Rua Marquês de São Vicente, 476, Gávea
Tel.: (21) 3284-7400 / 3206-2500

IMS InstitutoMoreiraSalles